MON ACTEUR
FÉTICHE

UNE HISTOIRE ÉROTIQUE GAY, ÉCRITE PAR UN MEC.

ALEXANDRE FOSTIER

MON ACTEUR
FÉTICHE

UNE HISTOIRE ÉROTIQUE GAY, ÉCRITE PAR UN MEC.

Romance érotique — New Adult

Couverture : Alexandre Fostier
Mise en page et maquette : Thibault Beneytou
Photographie : Tyler Nix - Unsplash

© 2021 Alexandre Fostier, tous droits réservés.
Édition : BoD-Books on Demand, info@bod.fr

Impression : BOD - Books on Demand, In de Tarpen 42, Norderstedt
(Allemagne)
Impression à la demande

ISBN : 978-2-3224-6088-5
Dépôt légal : Decembre 2022

Je souhaite te remercier, toi, qui as pris de ton temps et de ta générosité pour lire cette œuvre. J'espère que celle-ci saura te faire voyager dans un autre univers.

Pour *moi-même, Patricia, Clément, Mathieu* et toutes les personnes qui m'ont soutenu dans l'écriture de ce roman.

NOTES D'AUTEUR

J'ai voulu refléter à travers ce roman ma définition du vrai amour, un amour qui ne se fait pas sur le physique, mais bien plus sur les émotions et les ressentis. Quelque chose de plus humain. À quoi sert un beau corps qui nous trahit ? Qui nous laisse des cicatrices ? Elle n'est peut-être pas parfaite, mais je tenais à la partager, car elle est celle qui me permet de me dépasser chaque jour, tout comme Thomas, que j'espère tu apprécieras découvrir dans cette histoire d'amour.

Cette romance entre mecs, comme j'aime l'appeler, est mon rêve à moi et j'espère qu'il te fera voyage le plus loin possible pour t'éviter tes fracas quotidiens, mais aussi pour te montrer une vision différente de ce que peut être une relation entre deux hommes.

Pour moi, l'homosexualité est aussi identique que l'hétérosexualité. Il n'y a pas de différence. La seule différence pour moi réside dans les pensées de chacun.

En lisant cette histoire d'amour, tu rencontreras une partie de mon imagination, j'espère que tu aimeras voyager parmi elle.

Je te souhaite une agréable lecture.

Alexandre Fostien.

AVERTISSEMENT

Ce livre est une fiction. Toute référence à des événements historiques, des personnages ou des lieux réels serait utilisée de façon fictive. Les autres noms, personnages, lieux et événements sont issus de l'imagination de l'auteur, et toute ressemblance avec des personnages vivants ou ayant existé serait fortuite.

La lecture de ce présent ouvrage est réservée aux personnes majeures. Merci de tenir éloignées de cet ouvrage les personnes mineures. Les relations sexuelles décrites dans cet ouvrage sont fictives, merci de ne pas essayer de les reproduire. Elles peuvent avoir des conséquences à vie. L'utilisation du préservatif est fortement recommandé pour tout pratique sexuelle avec un partenaire. Dans cet ouvrage, cela n'est pas précisé.

En lisant cette fiction, vous acceptez toutes responsabilités.

PRONONCIATION

Les prénoms imaginés pour cette œuvre littéraire sont tirés des langues anglaise et française. Ainsi, le prénom de *Thomas* se prononcera en français et celui de *Hugh* se lira « *hyou* » avec le son « h » expiré. Pour une lecture fidèle, il est recommandé de les prononcer comme ils ont été choisis par l'auteur de cette fiction.

« *Votre temps est limité, ne le perdez pas à vouloir vivre la vie de quelqu'un de différent. Ne suivez pas les règles qui vous imposent de vivre comme les autres pensent que vous devriez vivre. Ne laissez pas les bruits des opinions des autres assourdir votre voix intérieure. Et surtout, ayez le courage de faire ce que votre cœur et votre intuition vous demandent. Eux seuls savent ce que vous voulez vraiment devenir. Tout le reste est secondaire.* »

Steve Jobs
(24/02/1955 - 05/10/2011)

01

UN FANTASME

Il faisait chaud, et les rais de lumière venaient chatouiller mes longs cheveux bruns. L'atmosphère du parc et les arbres qui m'entouraient me mettaient à l'aise. Je m'étais adossé contre un imposant tronc d'arbre pour lire tranquillement. J'avais l'impression d'être privilégié.

Les arbres disposés en cercle tout autour de moi laissaient passer quelques rayons de soleil. Je me sentais protégé par la nature qui m'entourait. Ce parc me rappelait les nombreuses promenades à vélo que j'avais faites dans ma jeunesse.

Après tout ce temps, rien n'avait changé : les bois et les chemins creux étaient toujours présents. La couleur de l'herbe était toujours aussi vive. Rien ne semblait avoir évolué.

Je me laissais envoûter par la plume de l'auteur du roman que je venais de me procurer, quand tout à coup une musique familière retentit dans ma poche.

L'esprit de retour sur la terre ferme, je sortis mon téléphone de ma poche. Une nouvelle notification venait de surgir sur mon écran.

J'avais l'impression qu'il me regardait derrière ses courts cheveux noirs.

Âgé de 39 ans et originaire de Nouvelle-Zélande, Hugh était un acteur mondialement connu. Certains le connaissaient pour ses muscles saillants qui se dessinaient à travers ses vêtements, mais je voyais en lui quelque chose d'unique et d'indescriptible, car posséder un corps de rêve ne reflétait pas, à mon sens, la beauté d'une personne.

Je m'imaginais dans ses bras, les pieds dans le sable. Hugh me faisait valser et tournoyer dans les airs. Son corps avait beau me mettre dans un état d'apaisement et envahir mes idées, ce n'était pas pour ce motif que je ne pouvais m'empêcher de détourner les yeux de son regard. Il m'attirait et j'avais envie de le rejoindre. Quelque chose semblait émaner de lui. Une sorte de voile, aux couleurs chaudes et lumineuses, qui flottait tout autour de son corps. Sans doute son aura ?

Bien d'autres acteurs avaient un physique plutôt avantageux que je trouvais attrayant, mais l'aura de cet individu était comme angélique. Il m'inspirait et m'apportait une certaine chaleur... un sentiment que je ne savais décrire.

J'éprouvais le besoin de trouver un homme qui saurait me comprendre, un homme avec lequel je pourrais me reposer calmement et prendre mon indépendance.

Rares étaient les choses qui me faisaient peur, hormis, peut-être, la réaction de mes parents. J'étais, en tout cas, bien décidé à le faire. Peu importait ce que les gens pouvaient penser de moi, j'avais opté pour une vie positive et ambitieuse. Jusque-là, la chance m'avait souri et je comptais bien continuer dans cette voie. Peut-être qu'au fond de moi, cela renforçait la folle rêverie qu'un jour, je pourrais réaliser mon rêve et vivre à ses côtés, même si les chances étaient infimes. J'en étais conscient.

J'avais récemment fait mon coming-out et mes parents l'avaient plutôt bien pris, mais je n'étais pas encore prêt à leur déclarer mon attirance pour les hommes plus mûrs. La peur et le doute me rongeaient à l'idée de leur dévoiler mon affection pour cet homme. De toute façon, ils jugeraient cette histoire impossible, alors pourquoi leur annoncer l'amour que j'avais pour cet individu ?

Je pouvais déjà deviner ce qu'ils me diraient : « Il n'est pas bien pour toi, il est bien trop vieux et trop connu », ou bien également « tu n'as aucune chance avec lui, il est déjà marié » ; « Un homme comme lui ne t'apportera que des problèmes et ne sera pas assez présent pour toi. » Je ne savais pas ce que j'étais prêt à faire pour être avec lui. Une photographie dédicacée de lui et moi dans ses bras aurait sans doute mis ma tête dans les étoiles, mais j'aurais voulu aller plus loin en sa compagnie.

J'étais follement obsédé par tout son être. Le feu qui réchauffait mon cœur grandissait à mesure que je le regardais sur mon téléphone portable et j'espérais juste qu'il ne le fasse pas fondre trop vite.

Quand certains rêves sont accessibles, d'autres sont plus compliqués et complexes à atteindre, mais ils ne sont pas pour autant irréalisables. Je m'accrochais très fort à cette idée et à cette volonté de le trouver pour lui déclarer ma flamme. C'était l'occasion de trouver un moyen pour sortir de ma zone de confort et de me dépasser.

Dans sa dernière trilogie de films, il incarnait un héros au passé agité. La haine lui servait d'antidouleur et il affrontait ses adversaires à l'aide d'armes noires qui lui donnaient un sentiment de force presque surnaturelle. Il se montrait dangereux, brutal et impitoyable envers ses ennemis.

J'avais un écran comme au cinéma que j'utilisais pour les retouches photos que je faisais pour des clients. La colorimétrie de mon écran et mes enceintes *Dolby Atmos* m'aidaient à m'immerger plus facilement dans les films que je regardais. Je pouvais ressentir l'intensité de chaque scène et même les vibrations des chocs et explosions.

Cependant, Hugh Headland semblait être dans la vraie vie une tout autre personne. Il émanait de lui une atmosphère tendre et chaleureuse, mais il était doté d'une morphologie qui lui donnait un air féroce. Seul son sourire laissait percevoir la vérité. Sa préparation intensive pour cette trilogie lui donnait presque l'apparence d'un *bodybuilder*. Cependant, sa véritable force ne résidait pas dans son physique, mais dans sa volonté d'esprit, qui semblait être bien plus puissante que ses muscles et c'est bien ce qui m'intéressait le plus.

Couché dans mon lit, je pris mon téléphone sur ma table de chevet pour arrêter le carillon du réveil. L'écran indiquait qu'il était neuf heures. Je m'empressai comme chaque matin de désactiver la sonnerie et de me lever, mon smartphone en main.

Je marchais les yeux rivés sur mon smartphone, j'attendais que mes courriels arrivent. D'ordinaire, je recevais de multiples campagnes publicitaires, mais ce matin-là, je n'avais qu'un seul mail. Une singulière adresse électronique, et comme objet *Un voyage idéal* ; je n'avais pas pour habitude de me soucier de ces spams, mais ce message m'interpellait. Le courriel, une fois ouvert, affichait des couleurs apaisantes et un bouton au centre de la page annonçait : « Vous avez gagné un voyage tout compris dans le lieu de vos rêves ». Cette missive ne pouvait être qu'un jeu-concours, comme les nombreux autres que je recevais régulièrement.

Ce matin, j'avais du temps à gaspiller et cet unique e-mail dans ma boîte de réception m'intriguait.

Mon téléphone toujours en main, je partis prendre mon petit déjeuner. Un bouton couleur bleu nuit semblait rediriger vers une page web.

Je regardais la lumière qui traversait la vitre et qui annonçait une belle journée. Les nuages d'un blanc immaculé laissaient passer les paisibles rayons de soleil jusque dans la cuisine. Ce n'était donc pas un message électronique qui allait pouvoir changer quoi que ce soit à ce magnifique ciel.

Après avoir croqué fermement dans mon pain au chocolat, je cliquai sur le lien. Je naviguais sur le site et je vis que plusieurs possibilités, sous forme de boutons de validation aux contours dorés, s'offraient à moi : l'Irlande, le Japon et enfin la Californie.

Les paysages d'Irlande et du Japon me faisaient rêver depuis longtemps, mais une petite voix dans ma tête m'avait incité à choisir le soleil de la Californie.

Qu'allait-il bien pouvoir se passer ? Rien d'extraordinaire ne pouvait découler d'un simple jeu-concours... Soudain, une nouvelle page s'afficha dans mon navigateur internet. Une phrase s'anima à l'écran, « Félicitations, votre voyage idéal n'attend plus que vous i Pour confirmer l'envoi de vos billets, merci de renseigner vos données bancaires, pour en savoir plus, cliquez ici ».

Je me disais bien que c'était trop beau pour être vrai.

Par curiosité, je me suis rendu sur la *FAQ*. Je lus quelques lignes. Le voyage n'était pas entièrement gratuit. Il fallait rajouter la somme de mille trois cents euros pour recevoir les billets d'avion et réserver notre hôtel.

Le regard interrogatif, je me demandais vraiment l'origine de ce jeu-concours, qui paraissait provenir d'une compagnie encore inconnue à mes yeux. Sur internet, aucune information ne faisait mention de cette campagne publicitaire. Aucun internaute ne semblait en parler sur les forums de supercheries en tout genre.

Bon. Qu'est-ce que je fais ? me dis-je tout en croquant une dernière fois mon pain au chocolat. Allez i Qu'est-ce que je risque ? Au pire, je fais opposition.

J'avais une banque en ligne qui permettait de se faire rembourser en cas de fraude et le système fonctionnait plutôt bien. C'était d'ailleurs un de leurs plus gros atouts.

Je remplis innocemment mes informations personnelles, puis celles de ma carte et validai la transaction. Une fois ma décision confirmée, un message s'afficha sur mon écran de 6 pouces : « Merci de nous avoir permis de changer votre vie. Vous recevrez sous peu votre billet d'avion en direction de la Californie. Sur place, vous serez pris en charge par nos collaborateurs. Vous logerez au *Royal Blue*, dans une suite luxueuse avec vue sur la mer ».

Mon téléphone bipa à nouveau pour me notifier un nouvel e-mail. Je touchai l'icône en forme d'enveloppe et fus étonné : le courriel, ouvert quasi instantanément, me demandait de renseigner mon adresse postale pour confirmer l'envoi des billets.

C'était complètement invraisemblable !

Le lendemain de bon matin, en me levant de mon lit, je ne pus m'empêcher de repenser à ce mystérieux *jeu-concours*. Je me suis renseigné une dernière fois sur le site web que j'avais enregistré dans mes favoris. J'avais un hôtel réservé et mon vol pour dans quelques jours qui m'attendait. Le soleil me réchauffait et une idée me vint soudainement à l'esprit. Je dévalai les marches de l'escalier, deux par deux, comme *Harry Potter* dans le premier film, quand Ron lui annonce qu'il a reçu des cadeaux pour Noël.

Mes jambes, indépendamment de ma volonté, me dirigèrent vers la boîte aux lettres.

Le téléphone dans ma main droite, j'ouvris la serrure. Je regardais le paquet de papiers qui semblait contenir en majorité des magazines et publicités. Je ne voyais aucune lettre à mon nom.

Au moment de reprendre le chemin inverse pour retourner à l'air frais de la maison, une lettre qui semblait avoir été collée à la couverture d'une revue attira mon attention et tomba de la pile de courrier. Je me baissai pour la ramasser. Mon adresse ainsi que mon nom étaient rédigés en italique, ce qui me parut plutôt étonnant. La seule proche qui m'écrivait était ma meilleure amie et elle n'avait jamais osé une telle fantaisie sur ses lettres.

En plus de m'être destinée, elle était indiquée comme prioritaire, ce qui renforçait ma curiosité. J'ouvris la lettre. À ma plus grande stupéfaction, je vis un billet d'avion avec pour destination la Californie. C'était un aller simple, sans escale jusqu'à l'aéroport régional de *Monterey*, une ville située sur la côte ouest de la Californie.

Il semblait authentique, mais la manière la plus facile de confirmer la véracité de ce billet était d'appeler l'agence. Excité, je m'assis sur la chaise la plus proche et mis mon téléphone à l'oreille.

— Bonjour, je suis monsieur Asvård. Je viens de recevoir un billet d'avion pour la Californie et j'aurais aimé savoir s'il était authentique. Ma démarche peut vous paraître bizarre, mais je l'ai reçu en cadeau et j'ai préféré en savoir plus.

— Bonjour, monsieur Asvård. J'ai bien compris votre situation, c'est une circonstance inattendue. Pouvez-vous m'indiquer l'identifiant du vol ?

Je lus les renseignements inscrits sur mon billet. J'entendais mon interlocutrice taper les données sur le clavier de son ordinateur.

— Les informations que vous nous avez fournies correspondent effectivement à un vol. Je vous confirme donc l'authenticité de votre billet d'avion.

— Très bien. Merci, répondis-je surpris.

— Je vous remercie de nous avoir appelés. J'espère que vous prendrez plaisir à voyager au sein de notre compagnie. À bientôt à bord de nos vols.

— Merci. Je vous souhaite une agréable journée.

Sous le choc, je n'arrivais pas à croire ces mots que j'avais échangés au téléphone à l'instant. Allais-je pouvoir voyager et peut-être rencontrer le beau et fort *Hugh Headland* ? Cet homme qui réchauffait mon cœur et balayait toutes mes pensées d'un seul regard ?

HUGH HEADLAND

Hugh semblait être un homme heureux, même si son regard avait l'air de cacher quelque chose d'obscur, tel un ciel qui dissimule ses étoiles durant la journée. Ces lumières, qui luisaient tout au fond de son être, m'attiraient à lui et cette brillance dans ses yeux balayait tous mes sentiments néfastes.

Seule une mince partie sombre subsistait dans son regard, mais je préférais ne pas m'y attarder. J'avais entendu un ancien chaman[1] dire que l'on naissait tous avec deux loups dans notre esprit ; l'un représentait le mal et l'autre le bien. Plus on nourrissait l'un et plus il devenait fort. Je préférais, pour ma part, nourrir le bien et cela me semblait être aussi son cas.

Cette gaieté qui engloutissait petit à petit sa propre négativité m'appelait au plus profond de moi. Je savais qu'il était une personne bienveillante, qu'il ne me ferait aucun

---

1 - Le *chaman*, *chamane* ou *chaman*, est une personne considérée par sa tribu ou son groupe comme l'intermédiaire ou l'intercesseur entre les humains et les esprits de la nature.

mal. Il ne pouvait m'amener que de bonnes choses et je le sentais résonner en moi.

Personne n'est parfait.. Ce n'est pas avec tous les malheurs et destructions écologiques que l'humain pourra évoluer et grandir, à l'image d'une fleur, dévoilant ses plus beaux pétales.

Pour moi, l'esprit était visible dans les yeux d'une personne et j'avais l'intuition que cette sombre partie, au fond de son âme, était en partie liée à sa défunte mère qui l'avait quitté bien trop tôt.

Les quelques données à son sujet étaient minces et incertaines. Même en naviguant sur le net pendant des heures jusqu'au petit matin, je ne trouvais presque rien à son sujet. Je n'avais aucun renseignement, à part ses interviews où il faisait allusion à quelques éléments de son enfance.

Disait-il la vérité dans ses interviews ou préférait-il enjoliver quelques moments de sa carrière d'acteur? Sans doute pour éviter de parler de sujets fâcheux. Ce n'était pas suffisant pour moi et je souhaitais en savoir davantage sur lui, sur ce qui l'animait en dehors de la passion du cinéma. Je voulais partager sa philosophie, ses passions, mais aussi ses propres défauts et préoccupations. J'aurais tant aimé mieux le connaître.

Je me voyais bien partager son lit, tout en se racontant notre journée passée. Bien sûr, c'était dans le cas où l'on coucherait dans le même lit, ce qui diminuait la probabilité de la chose. Sûrement que cela serait délicat de tout se dévoiler au début de notre liaison passionnelle. Mais, j'étais certain qu'avec un dévouement mutuel, les secrets l'un pour l'autre seraient de plus en plus minces, à mesure que notre complicité évoluerait.

Une confiance ne peut émerger aussi rapidement, mais pour moi, la magie de l'amour existait bel et bien et elle peut se matérialiser en beaucoup de choses. Il suffisait de l'attirer à nous. Un homme méchant n'attire que le négatif, au contraire de l'homme bienveillant qui récolte les bonnes graines qu'il a semées dans son passé. Elle est invisible aux yeux des gens, mais visible aux yeux des êtres remplis d'amour ou en quête d'une vie lumineuse. Rien qu'en s'écoutant, on pouvait déjà percevoir sa lumière.

J'avais le sentiment que je pouvais l'accompagner sur son chemin, car il le méritait.

J'avais vingt-trois ans passés et pour moi, ses trente-neuf ans ne me dérangeaient pas.

Acteur de profession, Hugh Headland était d'origine néo-zélandaise. Quand il eut 8 ans, sa mère succomba suite à un tragique accident du travail, ce qui l'obligea à vivre aux côtés de son frère et de son père. Le décès de sa mère semblait être à la fois un souvenir heureux, comme une trace douloureuse de sa jeunesse. C'est en tout cas ce qu'il m'avait semblé comprendre lorsqu'un groupe de journalistes avait abordé le sujet. Devoir faire face à chaque fois aux mêmes interrogations des présentateurs devait être quelque chose de compliqué à vivre, mais il semblait tenir le rythme. Les chroniqueurs pouvaient se montrer cruels quand il était question de faire plus d'audience et je n'aurais pas aimé être à sa place.

Tout ce que j'avais pu trouver sur lui, sur la page Wikipédia qui lui était consacrée, racontait des choses identiques aux différentes chaînes américaines, que je regardais de temps à autre. Hugh Headland suivait sa carrière d'acteur et sa notoriété ne faisait que grandir. Il s'était même marié, d'après ce que j'avais vu sur les réseaux sociaux. Une femme qui selon mes propres goûts n'avait rien de particulièrement joli. Elle avait l'air d'une personne presque indifférente. Je ne ressentais pas une passion véritable entre eux, mais un désir que je n'aurais su qualifier. Pour moi, je ne croyais pas en leur couple. Cela ne pouvait être qu'une couverture. Au vu de la beauté de Hugh Headland, je m'attendais à voir l'équivalent féminin à ses côtés, mais ce n'était pas vraiment le cas.

Sa soi-disant femme me dérangeait. Je la trouvais presque malicieuse et malsaine, derrière ses petits yeux vert kaki. Ses actes et sa manière de vivre semblaient déteindre sur lui. Cela ne présageait rien de bon.

Je la voyais encore lui prendre la main, décorée de longs ongles rouge sang, devant de nombreuses caméras et flashes quand ils étaient sortis de l'église.

Soudain, j'eus comme une illumination, pas un flash d'appareil photo, mais une sorte de flash-back. Je me vis à la place de Cassandra (cette femme que je n'aimais pas voir en sa présence et qui me rendait presque jaloux).

J'étais là et je tenais la main de cet acteur de rêve. La joie se lisait sans aucune difficulté dans nos yeux. Nos corps réunis paraissaient ne former qu'un seul être. On semblait comme unis pour la vie. Personne n'aurait pu nous séparer, même pas ces multiples flashes d'objectifs qui nous éblouissaient. Il fallait rester les pieds sur terre, cependant, je gardais espoir qu'un jour, je marcherais à ses côtés, vers un avenir lumineux.

Qui sait ce que la vie nous réserve ? La vie, pour moi, était comme un jeu que l'on ne pouvait prévoir.

Malgré notre différence d'âge qu'il me faudrait gérer avec mes parents, j'étais attiré par lui, par sa personnalité. Vivre avec quelqu'un au corps parfait ne m'intéressait pas. Je voulais un homme qui saurait me comprendre et m'accepter comme j'étais. Comme quelqu'un de bienfaisant — même si penser cela de moi-même pouvait paraître égocentrique aux yeux de certaines personnes. L'aspect physique était une chose, mais la splendeur de l'intérieur, celle que l'on ne voit pas avec nos yeux d'humain, était bien plus importante pour moi.

Je ne voulais pas d'une personne méchante ou de quelqu'un qui ne m'écouterait pas et qui me ferait du mal. Personne ne me manipulerait, et certainement pas mon compagnon !

Je ne savais pas ce que j'étais capable de faire pour être avec le grand Hugh Headland... Il était si charismatique et il reflétait une ambition tellement grande. Si je pouvais ne serait-ce que prendre une photo avec lui, ne serait-ce pas un premier pas ? C'était peut-être quelque chose de plus pragmatique... Mais l'espoir et les rêves font vivre.

Certains désirs sont réalisables, quand d'autres sont plus compliqués et plus complexes à atteindre, et c'étaient ces rêves-là qui m'aidaient à avancer. L'existence d'un tel défi était pour moi une occasion de trouver un moyen de me dépasser pour exaucer mes vœux les plus insensés.

Hugh Headland était tout ce qu'il y avait de plus sympathique et agréable. Sa passion pour le sport et son travail intensif lui prêtaient une apparence virile et masculine. Sur la photo que j'avais sous les yeux, il portait une chemise en lin blanc, à fleur de peau et un jean orné d'une boucle de ceinture dorée.

Ses formes délicieuses et ses magnifiques yeux noisette me rendaient fou amoureux.

Sa barbe impeccablement taillée lui apportait un caractère distingué et mature. J'avais envie de sentir la chaleur de ses lèvres sur les miennes, ses mains dans mes cheveux et la puissance de ses bras tout autour de moi.

C'était quelqu'un qui avait l'air de mordre la vie à pleines dents et qui semblait doté d'une volonté de réussite extraordinaire. De jour en jour, ses rêves le portaient de plus en plus loin, à mesure qu'il faisait le nécessaire pour les rendre concrets, et c'était certainement un fait bien plus important que d'avoir tout un arsenal d'armes dans un film hollywoodien.

Les films sont une chose, mais ils ne peuvent changer un homme que le temps d'une scène, même si cela pouvait arriver que des stars sombrent dans l'alcool sous la pression que les studios leur imposent. Hugh, lui, ne semblait pas confronté à ce genre de problèmes.

Je me serais bien vu aux côtés de ce mâle farouche qui poussait des cris de guerre face à ses ennemis avant chaque début d'affrontement, un peu comme Rocky, mais différemment.

Mon fantasme le plus fou était de vivre sous le même toit que lui, de partager sa vie et de — pourquoi pas — s'unir par les liens du mariage.

La distance qui me séparait de lui était pour moi le seul obstacle, mais j'étais décidé à aller au bout de ce rêve et personne ne m'en empêcherait. J'étais sans cesse au courant de ses derniers déplacements. J'avais l'impression de m'approcher de lui quand je regardais ses photos et vidéos sur les réseaux sociaux. Je sympathisais avec quelques-uns de ses admirateurs, qui partageaient sans doute le même rêve que le mien : être son compagnon. Il était agréable de partager et commenter entre fans, de manière anonyme et sans aucun jugement. Il y avait bien d'autres artistes que j'appréciais, certains étaient plus jeunes, plus séduisants, aux yeux ravissants et pétillants. Mais peu importaient leurs physiques, ce qui me touchait le plus était l'âme de l'acteur.

Même si ce n'était qu'à travers un écran, je pouvais facilement voir l'amour profond qu'il était capable de transmettre. Son histoire et ses actions caritatives, qu'il entreprenait chaque jour, le rendaient unique. Gentil, serviable, agréable, attirant et élégant, c'était pour moi l'homme de ma vie.

J'étais à tel point plongé dans mes rêves que j'en avais presque oublié le billet que je tenais dans ma main gauche et qui glissait doucement en direction du sol. Mes muscles se détendaient à mesure que je me faufilais dans mes rêves. Mon téléphone me signala la réception d'un nouveau mail. J'ouvris le mail, qui disait « Pour réserver votre vol retour, merci d'indiquer vos préférences ». Je pris la décision de ne pas fixer de date de retour et de la choisir à la fin de mon séjour, quand je voudrai rentrer en France. J'étais photographe freelance et ça me permettrait de prendre tout le temps qu'il me faut pour prendre et travailler mes photos. J'étais spécialisé dans la photographie de scènes naturelles. Je prenais en photo les couchers de soleil, paysages angéliques et macros en tout genre. Tout ce qui touchait au milieu de la nature et que j'aimais immortaliser avant que ça ne disparaisse. L'homme était fort pour dominer et l'argent était vecteur de catastrophe. Selon moi, les deux formaient un « parfait » duo.

Debout dans le salon et le regard figé sur cette vieille pendule en bois, plus grande que mon mètre quatre-vingts, je ne m'étais même pas rendu compte de l'heure qui défilait. Il était déjà midi et demi passé et on allait bientôt commencer à déjeuner en famille.

Après le repas, je décidai de raconter ce qu'il venait de m'arriver. Ils semblaient tous étonnés de la nouvelle que je venais de leur apprendre. J'avais l'impression que je venais de leur annoncer que j'avais gagné au loto, car après tout, il faut bien payer pour jouer au loto. C'était une drôle de situation que je vivais là. Quelles que soient leurs prochaines paroles, je comptais saisir fermement cette chance que l'on m'avait apportée sur un plateau d'or.

Le déjeuner s'éternisa et se transforma rapidement en une longue réunion. La discussion ne fut pas aisée et j'avais du mal à m'exprimer. Je balbutiais à moitié (l'argent était toujours un sujet compliqué qui créait des disputes). Les expressions d'étonnement étaient nombreuses sur les visages des membres de ma famille et mon père ne semblait pas saisir la situation. Ma mère, quant à elle, la comprenait un peu plus. Je répliquai à mon père que la manière dont je dépensais l'argent que j'avais gagné en vendant mes photos sur internet ne concernait que moi. Mes grands-parents, eux, semblaient plutôt contents pour moi.

Personne ne pouvait prétendre connaître le mystère de

l'univers de toute manière, ni donc en toute logique ce qui allait m'arriver si je décidais de m'envoler pour la Californie. J'étais certain que si ma sœur avait encore été là, dans ce monde, elle m'aurait motivé à partir... elle qui nous avait fait tant de peine en mourant des suites de son cancer.

Il était tard et le lendemain serait un autre jour.

Toute la nuit, je me suis demandé ce qui me retenait ici et ce que je pourrais faire une fois arrivé sur le sol américain.

Le matin même, j'étais décidé... J'allais préparer mes bagages pour m'envoler vers ce pays ensoleillé ! Je ne voulais pas louper mon vol prévu pour demain. Je remplis ma valise de vêtements légers, puis rangeai mon appareil photo et ses accessoires dans son petit sac prévu pour, que je garderais avec moi pendant le vol (il était hors de question que je le mette dans la soute).

Je me voyais déjà fouler ce grand océan de bonheur, sur une plage où les grains de sable viendraient me chatouiller les orteils.

J'allais pouvoir faire des balades, lire tranquillement sur l'herbe fraîche et sous le soleil écrasant de la Californie ou encore dans ses parcs ou sur ses plages. Je n'allais sûrement pas m'embêter là-bas, j'en étais certain ! J'allais même, peut-être, pouvoir apercevoir la production du prochain film dans lequel Hugh Headland jouait, dans l'éventualité où il tourne une scène à l'extérieur, mais comme disaient mes parents, il valait mieux garder les pieds sur terre...

Je descendais les marches de l'escalier qui menait jusqu'à ma chambre pour donner mon verdict à mes parents.

Si cela leur paraissait peut-être un voyage des plus ordinaires (à part le fait que j'ai eu ces billets à prix plus que réduit par le miracle d'internet), j'étais convaincu que quelque chose d'inattendu et d'inimaginable m'attendait là-bas !

En regardant les nuages derrière la fenêtre, au-dessus des dernières marches de l'escalier, j'aperçus comme un mot, qui semblait flotter dans les nuages de mon imagination.

Il était marqué dans les cieux : Amour. Était-ce mon imagination qui me jouait des tours ? Un message qui provenait de l'au-delà ?

Ce mot signifiait beaucoup pour moi, car il était le signe d'une vie bienfaisante et amoureuse. Une vie dénuée de toute négativité.

Je ressentais comme un appel intérieur qui me disait de prendre mon courage à deux mains pour aller annoncer ma décision à ma famille. Ce fut ma mère la plus difficile à convaincre. Les mères ont souvent cet instinct maternel qui les pousse à protéger leurs enfants, la mienne peut-être un peu trop, mais j'avais réussi à la convaincre et c'était bien le plus important à mes yeux ! Mon père, lui, les yeux rivés sur son téléphone, était resté presque indifférent à la situation, mais avait accepté sans broncher.

Tout le monde était donc désormais au courant que je m'envolais demain pour la Californie.

Le lendemain matin à mon réveil, je ne pus m'empêcher de vérifier que l'enveloppe qui contenait mon billet d'avion était toujours présente sur ma table de nuit et ne s'était pas envolée. J'avais eu peur pendant la nuit qu'elle ne soit que le fruit de mon imagination et que rien de ce qui s'était passé ces derniers jours ne se soit réellement déroulé.

Mon taxi m'attendait pendant que je faisais mes au revoir à mes parents. Presque stressé et la boule au ventre, je m'engouffrai dans la voiture tout en remerciant le chauffeur qui me tenait gentiment la portière.

Arrivé à l'aéroport, je me suis dirigé instantanément vers l'enregistrement des bagages. J'y confiai mon unique valise et profitai d'un surclassement offert. Je vis là un avant-goût de ce qui pourrait m'arriver par la suite. Je rejoignis la douane qui accueillait déjà les premiers passagers du vol H-714. Je n'avais même pas eu à attendre. Jusque-là, mes craintes concernant mon voyage imprévu s'étaient quasiment toutes envolées.

J'attendais assis sur un banc métallique, mon téléphone à la main, que mon vol soit annoncé. Je lisais des articles de presse sur les prochains tournages cinématographiques dans lesquels Hugh jouerait. Il était justement sur la suite d'un film à succès qui devait paraître au cinéma dans les prochaines années, selon ses derniers tweets.

Je naviguais tranquillement sur Instagram, quand soudain, une petite voix sortit des haut-parleurs pour informer les passagers que l'embarquement du vol H-714 allait débuter. Les gens tout autour de moi commençaient à se regrouper en une file d'attente. Tout s'était enclenché rapidement, peut-être un peu trop pour moi. Mon cœur s'emballait et je ne pouvais empêcher mes jambes de trembler. J'étais à la fois stressé et excité de rejoindre les États-Unis. Je me sentais chanceux de pouvoir voyager jusque sur le sable chaud des plages de Californie sans rien devoir en échange.

Je me levai, mon sac accroché sur l'épaule droite, en direction des grands tunnels transparents qui reliaient l'aéroport aux avions.

Je présentais mon billet, les mains presque tremblantes, à l'hôtesse qui se dressait juste devant moi dans une tenue très coquette.

Des gouttes de sueur me perlaient sur le front. Heureusement que ma mère avait pensé à me mettre un paquet de mouchoirs dans ma poche !

D'un joli sourire, l'hôtesse me souhaita un bon vol et m'invita à rejoindre la passerelle d'embarcation pour rejoindre l'avion. Je saluai les hôtesses et le commandant qui me souhaitèrent un agréable vol en leur compagnie. Je balayai des yeux l'immense appareil dans lequel je me trouvais tout en évitant de déranger les passagers qui tentaient de s'installer. Jusqu'où pouvait-on s'enfoncer dans cet avion ? Il avait l'air si profond vu de l'intérieur. Je n'arrivais même pas à distinguer le bout des allées.

Je me faufilais entre les sièges de plus en plus espacés. Mon regard s'apaisa quand je vis la classe business.

Une femme, très élégamment habillée elle aussi, vint à ma rencontre alors que je m'installais confortablement sur mon siège.

Et si tout ceci n'était qu'un simple rêve ?

— Bonjour, bienvenue à bord ! dit l'hôtesse d'une voix charmeuse. Nous avons mis à votre disposition tout le nécessaire pour que vous puissiez passer un agréable vol en notre compagnie. Vous pouvez aussi, grâce à la tablette située juste devant vous, suivre l'itinéraire de l'avion en temps réel. J'espère que vous prendrez du plaisir à voyager avec nous. Si vous avez le moindre problème, n'hésitez pas à nous appeler. Nous sommes entièrement à votre disposition.

Ouf, me dis-je soulagé de savoir qu'elle ne venait pas pour me réveiller ! Je n'avais jamais eu aussi peur de me réveiller !

— Merci. Je ferai appel à vos services, si j'en ai besoin.

Une demi-heure plus tard, mon dos se plaqua au siège sous la pression du décollage. Mes paupières se fermèrent au contact des rayons de lumière.

Ça y est ! J'étais paré pour le grand voyage et personne ne pouvait désormais me faire reculer.

L'avion commençait à prendre de l'altitude et mon cœur s'emballa subitement. Le souffle court, j'avais l'impression de laisser mon ancienne vie derrière moi.

Une nouvelle page de mon histoire s'écrivait sous mes yeux !

CE BEL INCONNU

Une belle lumière blanche, qui paraissait venir de loin, traversa soudain le hublot.

Je sentis un sentiment de paix et une profonde liberté m'envahir pleinement.

L'intensité lumineuse était si forte qu'elle m'obligeait à fermer les yeux. Les paupières closes, je ne voyais et n'entendais plus rien. Seul un son blanc sifflait à mes oreilles.

Je ne pensais à rien et je me laissais happer par ce calme presque magique. J'étais dans une bulle et j'avais l'impression que le monde entier se réorganisait tout autour de moi.

J'eus soudain l'impression de voir Freya, ou plutôt l'image que j'avais d'elle, approcher de moi. Ses beaux cheveux blonds et ses yeux bleus lumineux. Elle portait *brisingamen*, le collier que lui avaient forgé les nains, pour ensuite lui offrir en cadeau.

Je voyais en cet Ase (ces divinités primordiales, qui étaient pour moi des porteurs de messages), un messager (sauf que je n'étais pas mort sur le champ de bataille et qu'elle ne venait pas me cueillir comme une fleur pour m'emmener au Valhalla, le domaine des dieux scandinaves où l'on festoyait et buvait de l'hydromel.).

Avec une certaine délicatesse, elle s'approcha de mon oreille et déposa tendrement sa main sur mon épaule gauche tout en me murmurant des paroles inaudibles.

Que voulait-elle me dire ?

Des symboles se dessinaient progressivement dans mon esprit. J'avais des notions de norvégien et je connaissais en grande partie l'ancien alphabet des Vikings : le vieux *Futhark*. Dans ma tête, j'eus une vision, je voyais un losange fusionné avec la lettre *O,* la rune d'Odin, le père de tout. Cependant, je ne compris pas ce qu'elle me disait. Quelques secondes plus tard, mes yeux s'habituaient de nouveau à la lueur du ciel, quand je sentis que cette main posée sur mon épaule était toujours présente.

Les rayons de soleil me caressaient le visage de leur douce chaleur pendant que je regardais l'avion entamer sa descente vers la piste d'atterrissage.

La tête encore dans les nuages et après avoir récupéré mes bagages, je cherchais désespérément les panneaux m'indiquant la station de taxis. Taxi qui m'avait été envoyé pour me conduire à l'hôtel offert par ce mystérieux jeu-concours, ou cette campagne publicitaire, je ne savais plus trop... Tout s'était passé tellement vite. Un homme portait une pancarte blanche sur laquelle était rédigée en lettres sombres « Thomas Asvård ». Je me suis approché de lui. Comment pouvait-il être sûr que c'était bien moi ? Sans doute grâce à la photo que j'ai envoyée pour le jeu-concours en tant qu'information personnelle. Ils m'avaient demandé tellement d'informations, aussi.

— Bienvenue au *Monterey Regional Airport*, monsieur, si vous voulez bien me suivre. J'espère que vous avez fait bon voyage.

Une fois les bagages déposés dans le coffre du taxi, le chauffeur m'invita à m'installer à l'arrière. Je regardais l'aéroport s'éloigner de moi, à travers la vitre du véhicule.

Je regardai la cathédrale *Saint-Carlos* passer devant moi, suivie d'une large maison aux allures d'hôtel ou de restaurant, puis s'ensuivirent de magnifiques bâtiments qui m'inspiraient déjà pour mes prochaines photos. Beaucoup d'entre eux reflétaient à la fois l'ancienne et la nouvelle Californie. Ça me faisait penser à *Disneyland Paris*. Je contemplais, les yeux alertes, les premières plages que le chauffeur m'indiquait. L'océan transparent se dévoilait entre les bâtiments. J'étais envoûté par l'éblouissant paysage californien.

La voiture commençait doucement à ralentir pour se garer quelques minutes plus tard devant un imposant hôtel.

— Bienvenue au *Royal Blue*, monsieur, j'espère que cette brève traversée de la ville en ma compagnie vous aura plu.

Je demandais d'un ton courtois le montant de la course au chauffeur, mais il m'indiqua que tout avait déjà été réglé par la compagnie qui m'avait offert ce voyage et qui avait organisé ce jeu-concours. Je n'en croyais pas mes oreilles.

— Bon séjour, monsieur, lança-il gentiment à travers la fenêtre du taxi pendant que je rejoignais l'entrée de ce grand hôtel qui m'impressionnait déjà par son style.

J'étais hypnotisé par la splendeur du bâtiment qui se dressait devant moi.

L'écran de mon smartphone affichait vingt et une heures précises. Les sept heures de décalage horaire se faisaient ressentir malgré ma sieste — certes un peu particulière — dans l'avion. Certains rêves sont reposants, quand d'autres soulèvent plus de questions qu'autre chose.

Un tunnel transparent donnait sur l'intérieur du Royal Blue. Je franchis une double porte en verre teinté, puis un couloir m'aspira. Toutes sortes de poissons exotiques tourbillonnaient et nageaient autour de ma tête. Je me trouvais sous un véritable bal subtropical uniquement séparé d'un dôme en verre. Une double porte identique à celle que je venais de franchir s'ouvrit silencieusement devant mes pas incertains. À l'intérieur et devant moi, se présentaient un bureau d'accueil orné d'un sublime bois d'acajou, ainsi qu'un escalier dissimulé au fond de la pièce. Des ascenseurs en marbre à ma gauche reflétaient un aspect lumineux et luxueux. J'étais émerveillé par le charme de cet endroit. Était-ce là un moyen pour que les clients restent plus longtemps que prévu ? Tout était si joliment coloré et sublimé par une douce lumière chaude. Le décor était à mon goût et je me voyais déjà subjugué par l'environnement qui m'accueillait les bras ouverts.

Je me dirigeai vers le bureau de réception. La nuit tombait et je rêvais d'un bon lit. Un homme d'une trentaine d'années, aux yeux vert émeraude, me regardait d'un air solennel alors que je m'approchais. J'avais l'impression de ne pas être à ma place, vêtu de mes habits modestes. Rien ne m'effrayait en ces lieux majestueux, mais le sentiment de ne pas appartenir à ce monde luxueux me mettait presque mal à l'aise.

— Bonjour. Bienvenue chez nous, monsieur, on vous attendait. Tout est déjà prêt. J'espère que votre séjour sera agréable, dit-il d'une voix courtoise et distinguée.

Étonné, je ne sus lui répondre.

Il attrapa derrière lui ce qui devait être le passe pour accéder à ma chambre, puis il me le tendit de bon cœur.

— Si vous avez besoin de quoi que ce soit, je suis à votre entière disposition, reprit-il.

— Je, heu... dis-je pendant que je toussotais dans le creux de ma main pour éviter son regard.

D'un geste subtil, il posa devant moi la carte magnétique de ma chambre.

— Merci, dis-je en relevant mes yeux vers l'homme.

Encore une fois, tout s'était passé à une vitesse bien trop rapide pour que je puisse réagir... c'est comme si tout le monde me connaissait.

Déjà le chauffeur de taxi, puis ce beau réceptionniste... Ils s'étaient tous donné le mot, ou quoi ? Étais-je, entre-temps, devenu une célébrité mondiale ?

Le passe en main, je montai dans l'ascenseur.

À mon arrivée au dernier palier de l'hôtel, je déverrouillai la porte de ma chambre, puis découvris une pièce si spacieuse et grandiose que j'aurais facilement pu inviter cinq personnes. La chambre était ornée de diverses peintures colorées, de meubles classiques en verre et d'autres décorations luxueuses. Décidément, tout semblait être destiné à des clients fortunés ou assez riches pour ne pas regarder leurs dépenses mensuelles. Tout était joli, pourtant je ne me sentais toujours pas à ma place, même avec la porte de ma chambre fermée.

La vue était magique, les rayons orangés du soleil éclairaient les moindres recoins de la pièce. Le lit était si grand que l'on aurait pu y dormir à trois. De toute façon, les seuls moments que je passerais dans cet hôtel seraient pour me reposer ou encore pour manger, vu que ça aussi, je l'avais gagné. J'avais une de ces chances, je n'arrivais pas à croire qu'en si peu de temps, je me retrouve dans un hôtel de luxe en Californie. Il ne manquerait plus que je rencontre mon acteur fétiche. Je n'allais pas m'enfermer alors qu'un tout nouveau monde m'attendait, les bras ouverts, à l'extérieur. Il y avait plein d'endroits que je voulais visiter en Californie !

Je me faufilai sous ma couette, vêtu de mon pyjama, les yeux rivés vers le ciel. Je regardais les étoiles à travers la large vitre, qui devait dépasser considérablement les deux mètres de largeur.

Les étoiles devenaient de moins en moins lumineuses, mes paupières devenaient lourdes, puis, les yeux clos, je m'envolai dans les bras des dieux.

Le soleil me réveilla vers 6 heures et je n'entendais aucun bruit. Personne ne semblait vagabonder ou courir dans les couloirs. On était fin août et la plupart des touristes avaient déserté les lieux. Je me levai, enfilai un tee-shirt et un pantalon, et dévalai l'escalier pour rejoindre la salle à manger. J'aurais très bien pu prendre l'ascenseur, mais j'étais plutôt exercice le matin que télévision ou ordinateur toute la matinée. Et puis ce beau tapis bleu nuit qui habillait l'escalier en marbre donnait plus envie de l'emprunter que de céder à la fainéantise, surtout si c'était pour se retrouver enfermé dans un espace clos, avec des gens qui ne sauraient pas où regarder par gêne. Ce n'était pas mon style.

Un homme élégant vêtu d'une chemise blanche et d'un pantalon de costume bleu remontait justement les marches. Ses formes somptueuses et sa musculature alléchante, ainsi que ses larges épaules me firent tomber sous le charme de ce bel inconnu. J'entendis un cliquetis, une porte s'ouvrir, puis l'homme rentra tranquillement dans ses appartements. C'était une chose plutôt banale dans un hôtel, surtout à cette heure de la journée, mais sa démarche m'avait intrigué.

Soudain, l'image de Hugh Headland s'empara de mon esprit, mais la partie de mon cerveau (la partie rationnelle) rejeta mes pensées. *Tu prends tes désirs pour des réalités, Thomas! Comme par hasard, il serait dans le même hôtel que toi? C'est impossible, réfléchis et arrête de rêver!*

Midi approchait. J'avais passé la matinée à visiter la ville et ses ruelles avant de découvrir les boutiques plus éloignées de l'hôtel. Mon estomac commençait à gargouiller et cela me rappelait que je n'avais pas dîné la veille au soir. Le café de ce matin était loin et à vrai dire, je ne me souvenais même pas d'avoir pris un repas chaud récemment. Tout s'était déroulé à une vitesse incroyable depuis mon départ de France!

Je regardais un petit restaurant de quartier qui me faisait face. Sa façade moderne et naturelle, pleine de verdure, m'attirait irrésistiblement. Il n'avait rien à envier au luxe du *Royal Blue*, mais la décoration de la terrasse extérieure et toute sa végétation apportaient une touche très accueillante.

J'entrais à peine sur la terrasse, au milieu de deux petits arbustes, qu'une serveuse s'approcha de moi, le sourire

aux lèvres et des yeux bleus pétillants. Elle m'installa confortablement, me laissa la carte et repartit pour me laisser le temps de choisir. Tant mieux pour moi, car je n'aimais pas faire patienter les serveurs pendant que je commandais. J'avais toujours cette impression de les déranger ou de leur faire perdre leur temps. Quelques minutes plus tard, elle revint prendre ma commande. Voyant que le contact passait plutôt bien, elle me demanda depuis combien de temps j'étais en vacances ici. C'est vrai que je n'avais pas la peau aussi bronzée qu'un Californien et puis mon accent français devait se remarquer, bien que je sache parler l'anglais presque parfaitement. Après lui avoir expliqué la raison de ma venue en Californie, elle me dit :

— Vous avez eu de la chance ! Vous n'avez certainement pas reçu cet e-mail pour rien, vous verrez, me répondit-elle subitement avec un clin d'œil subtil.

Je commandai sur ses conseils une salade californienne, qui me remplit l'estomac tout en laissant une petite place pour le dessert. Je craquai pour un banana split. Mes yeux s'écarquillèrent lorsqu'il arriva. La banane délicatement coupée en rondelles sur des boules de glace à la vanille était parsemée de minuscules copeaux de chocolat au lait. Le coulis au chocolat faisait saliver, la glace dégageait des parfums incroyables et le tout stimulait mon appétit.

— Le dessert vous a-t-il plu ? me demanda la serveuse qui revenait vers moi avec un petit plateau argenté pour me donner l'addition.

— C'était extraordinaire, merci ! Toutes mes félicitations au chef.

Elle m'encaissa, en me glissant de nouveau un clin d'œil

discret, puis elle ajouta :

— *Maybe you will meet him one day, who knows ?* Ce qui se traduisait par « Peut-être que vous le rencontrerez un jour, qui sait ? ».

L'idée de piquer un somme me vint soudainement à l'esprit et j'avais justement aperçu, depuis la terrasse du restaurant, un charmant petit parc. J'empruntai, juste après avoir passé le grand portail de l'entrée du parc, un petit chemin de terre qui zigzaguait à travers une végétation florissante d'arbustes et de bouquets tous plus resplendissants les uns que les autres. Un véritable festival d'été s'offrait à moi !

Ma liseuse électronique en main, je décidai de ne pas me prendre la tête plus longtemps. Je me plongeai aussitôt dans un tout nouveau récit. J'adorais ma liseuse, de par son aspect pratique et pour son confort de lecture. Pouvoir choisir sa typographie et sa taille de caractères préférées était vraiment devenu un indispensable pour moi.

Soudain, je vis l'heure. Le temps était passé plus vite que je ne l'aurais imaginé. Il était dix-neuf heures passées et je ne voulais pas manquer le dîner de ce soir. Une soirée de gala très attendue était organisée pour vingt heures et il me fallait compter le temps pour rentrer, car j'étais au moins à une demi-heure de marche de l'hôtel et je ne voulais pas arriver en retard.

Plus le temps de faire les boutiques ! Il fallait que je trouve une tenue appropriée dans ma valise. J'espérais trouver quelque chose à la hauteur du luxe de l'hôtel pour ne pas faire mauvaise impression.

À force de lire allongé dans l'herbe, quelques brindilles d'arbre étaient tombées dans mes longs cheveux bruns. Je m'étais vite fait secoué la tête, mais ce n'était pas vraiment une réussite. Je verrais cela devant le miroir de ma salle de bain.

Une fois à l'hôtel, je me faufilai discrètement jusqu'à l'escalier. Heureusement pour moi, personne d'autre ne semblait m'avoir aperçu. Les membres du personnel étaient pour la plupart bien trop occupés à trouver des sièges aux personnes qui attendaient d'être placées. La file d'attente commençait sérieusement à s'allonger.

Mon souffle s'accélérait et je m'approchais des dernières marches de l'escalier. Le pied presque sur la dernière marche, mon regard croisa soudain celui d'un grand homme, habillé plutôt chiquement, qui commençait à descendre l'escalier. Sa boucle de ceinture dorée me faisait de l'œil et semblait me rappeler quelque chose, mais au vu de la situation, je n'y prêtai pas vraiment attention, jusqu'à ce que ses yeux noisette s'emparent des miens.

Il s'arrêta devant moi.

Son corps sculpté sous sa chemise blanche, il n'y avait qu'une seule personne capable de provoquer autant de choses à l'intérieur de moi et d'un simple regard...

Mon corps se mit brusquement en alerte. *Je suis habillé comme un sauvageon et j'ai les cheveux en pagaille, mince ! Quelle image je vais donner à cet homme que j'idolâtre i!!*

J'avais besoin de tout sauf de ça ! Surtout en ce moment.

C'est vrai, j'étais tout ébouriffé et essoufflé, j'étais certain d'avoir l'air d'un sauvageon. Comment donner une bonne impression à ce si bel homme ? Cet homme qui ne faisait pas que lui ressembler... cet acteur qui habitait mes rêves depuis si longtemps... celui qui avait pour initiales deux « H » bien distincts. J'étais face à ce très célèbre et mondialement reconnu Hugh Headland! Ce rêve fou se matérialisait-il devant moi? Encore une fois, mon cœur luttait contre mes pensées qui tentaient d'éteindre l'espoir.

L'homme me dévisagea discrètement, puis me sourit amicalement, comme si l'on se connaissait déjà. Je venais d'arriver dans cet hôtel et lui, était là... juste devant moi. Je n'y croyais pas. Je ne voulais pas.

Je n'arrivais plus à maîtriser ma respiration et les palpitations de mon cœur s'emballaient à un tel niveau que j'allais frôler l'arrêt cardiaque. Jamais je n'aurais pensé qu'un jour je me retrouverais dans l'escalier d'un hôtel luxueux face à lui. Je l'avais rêvé, mais au fond de moi je ne pensais pas pouvoir être si près de lui un jour. Je ne savais pas comment réagir. Qui donc réagirait autrement face à un homme aussi connu et charismatique que lui! Étais-je réellement éveillé? Je ne contrôlais ni mes pensées et ni mon corps.

— *Good evening sir*, balbutiai-je.

Mes jambes flageolantes, je n'étais pas à l'aise. Il émanait de lui une énergie incroyable. J'avais le souffle coupé.

— Je suppose que tu descendras pour dîner?

Je me rappelais tout juste que les Anglais et Américains ne faisaient pas la différence entre le tutoiement et le vouvoiement. Seul le ton pouvait le différencier. Rien qu'en le regardant, je me sentais perturbé. Pour moi, j'avais l'impression qu'il me tutoyait.

Je repris mon souffle discrètement pour lui cacher mon stress naissant.

Bon, Thomas ! C'est le moment, tu as déjà fait ton coming-out, alors ce n'est pas cet homme qui va te faire perdre la tête. Reprends-toi ! Pour une fois, ma conscience était avec moi ! me cria ma petite voix intérieure.

— *If you insist. How can I resist ?* (Ce qui se traduisait en français par « *si vous insistez, comme pourrais-je résister ?* »).

Comment avais-je réussi à sortir cette phrase de ma bouche, et devant lui, moi ?

Il me fixa d'un air hypnotique.

— Tu es joueur à ce que je vois.

— Et comment ! lançai-je avec audace.

— Prends ma main.

Je ne sais pas comment c'était possible et pourquoi l'univers me l'avait envoyé si facilement sur ma route, mais je ne voulais pas laisser cette occasion s'échapper.

— Euh. Je... J'en serais honoré, dis-je d'un ton semi-professionnel, mais... (Est-ce qu'il me prenait pour quelqu'un d'autre ? J'étais certes assez ambitieux, mais assez raisonnable pour ne pas me faire passer pour celui que je n'étais pas.) Je suis désolé, mais je ne suis que moi-même, repris-je, stressé.

Autant être franc.

— Et c'est déjà beaucoup ! Rassure-toi, je ne me suis pas trompé, mais, si tu préfères rester dans ta chambre, c'est toi qui vois. C'est bien dommage, moi qui pensais parler à une personne plus ambitieuse que moi, conclut-il d'une voix plus faible.

Et puis, mince !

— Non, je vais venir, dis-je sans réfléchir un seul instant aux possibles conséquences. Je me change et te rejoins.

Ça me faisait bizarre de tutoyer une personne si importante, mais je ne me trouvais pas en France.

— Ah, super i Je t'attends en bas, à moins que tu n'aies peur des regards.

Il me sourit, me frôla d'un pas tranquille en passant subtilement derrière moi. L'effluve de parfum qu'il laissa me remplit les narines d'une odeur de pin. Il vérifia l'ajustement des manches de sa veste, puis continua sa descente.

— Dépêchez-vous avant que je ne vous remplace par une autre personne, lança-t-il avant que je ne le quitte des yeux.

Était-ce un jeu de sa part, un abus de langage, une pensée qui était sortie toute seule de ses pensées les plus profondes ? J'avais comme l'impression qu'il souhaitait prendre le contrôle de cette conversation.

Je le regardai s'éloigner d'un pas certain, pendant que je déverrouillais la porte de ma chambre. Il fallait que je trouve quoi me mettre pour me faire beau, que je me peigne correctement — et cette longue tignasse prenait du temps à coiffer — puis que je me montre sous mon plus beau jour pour resplendir auprès de cet homme qui semblait de plus en plus merveilleux à mon goût.

NOUVELLE RENCONTRE

J e me brossais les cheveux devant la vue splendide. Si splendide, qu'une seule envie me trottait dans la tête, celle de me plonger dans la beauté du paysage orangé qui s'éteignait juste devant à mesure que le soleil se couchait. Les rayons du soir se reflétaient sur mes longs cheveux bruns. La sensation de chaleur à travers la vitre était comme une douce caresse réparatrice. Je me sentais relaxé par cette énergie apaisante et mes yeux se fermaient devant ce halo presque magique. Je serais bien resté plus longtemps, ébahi devant la fenêtre à profiter du moment présent devant cette grande et superbe vue sur la plage, mais les minutes défilaient sur le cadran gris foncé de ma montre.

Pendant que les derniers rayons continuaient de se propager à travers toute la pièce, je pris rapidement une chemise blanche, un Levi's, puis à peine habillé, je me dirigeai vers l'ascenseur, tout en fermant ma braguette à moitié ouverte. Heureusement pour moi, personne n'était présent dans le couloir pour voir la scène.

Les yeux concentrés sur la vitre transparente, je guettais l'ascenseur, qui ne mit que quelques secondes pour me parvenir. Les portes s'ouvrirent. J'étais seul dans cet ascenseur luxueux. Une voix féminine et charmante m'accompagnait dans la descente jusqu'au hall d'accueil, mais mes pensées qui refirent rapidement surface la remplacèrent.

Je dansais frénétiquement devant l'encadrement métallique, comme si j'avais une envie pressante. Je ne voulais absolument pas manquer cette opportunité de revoir le grand Hugh Headland! Je ne savais pas ce qui allait se passer, mais je voulais absolument assister au dîner, je sentais que ce soir-là allait être spécial. Je ne savais pas pourquoi, mais ne pas saisir cette opportunité qui me tendait les bras aurait été comme retourner en arrière, bien avant mon départ, et bien que ma vie soit loin d'être désastreuse, je voulais rencontrer ce soir l'homme qui allait peut-être la changer.

Après deux minutes, les deux portes s'ouvrirent devant moi. J'entendis une sonnette, puis la voix féminine prononça : « Vous êtes arrivé au hall d'accueil, veuillez s'il vous plaît sortir de l'ascenseur. »

Je me dirigeai, le pas rapide, vers la salle de spectacle où devait se tenir la soirée. Les invités étaient presque tous placés et seules quelques personnes attendaient encore de s'asseoir. Ne voyant pas l'acteur de mes fantasmes, je pris la direction de la file d'attente, quand je le vis assis à une table blanche en train de me faire un signe de la main. Le cœur battant à tout rompre, je ne savais pas comment le rejoindre sans me faire refouler en me faufilant devant tout le monde, comme dans une boîte de nuit — même si ce n'était pas du tout mon style de danser et siroter des alcools vendus à des tarifs plus qu'exorbitants. Qu'est-ce que les gens trouvaient à débourser toutes leurs économies pour une soirée qui ne resterait pas dans leurs souvenirs ? Je ne comprenais pas certaines personnes... enfin bon. Chacun était libre de faire ce qu'il voulait.

J'interpellai avec une élégante courtoisie une jeune femme blonde qui était justement en train de placer un homme d'âge mûr, vêtu de vêtements que je ne pourrais sûrement jamais me procurer. Encore une chose que je ne comprenais pas... mon intérêt pour les vêtements de luxe s'arrêtait à deux ou trois marques qui me plaisaient.

Le torse bombé, je sortis mon meilleur accent.

— *Good evening, please excuse me*, dis-je en montrant discrètement de la main la table où était assis l'homme de mes rêves. Je suis attendu par monsieur Headland.

La femme, parfaitement vêtue pour l'occasion, prit son talkie-walkie, puis quelques minutes après m'invita à la suivre.

— *Good evening. If you would like to follow me*, me dit-elle tout en demandant à un de ses collègues de bien vouloir continuer de placer les invités.

— Attendez-moi là, s'il vous plaît, reprit-elle en s'éloignant vers la table où le grand et beau Hugh Headland était assis.

J'attendais entre deux tables qu'elle revienne vers moi.

La jeune femme susurra quelques mots à l'oreille de Hugh Headand, puis elle revint rapidement me rejoindre.

— Monsieur Headland vous invite à le rejoindre. Si vous voulez bien...

Elle repartit aussitôt.

Mon cœur s'emballait de nouveau et mes muscles se raidirent. Les épaules fermées, je me dirigeais vers cet homme à la prestance imposante. Quand j'aperçus son visage se tourner vers moi et me regarder droit dans les yeux, je ne sus plus où me mettre. Je cherchais une voie de secours, comme si une armée d'hommes s'apprêtait à foncer vers moi.

Que ferais-tu si une horde de guerriers fonçait droit sur toi, Thomas ? dit subitement une voix dans ma tête.

Je me mis à la place d'un guerrier nordique, brandissant une hache, fonçant droit sur les ennemis.

Qu'est-ce que je ferais dans cette situation ? Je foncerais certainement droit devant moi sans réfléchir en me montrant tel que je suis, un être prêt à tout pour vivre et remporter la victoire.

Ressaisi et motivé, je me dirigeais fièrement sans bomber le torse (l'égocentrisme n'était vraiment pas mon genre) vers ce grand acteur, qui m'émerveillait par sa présence et sa carrière.

Je fixais cet homme droit dans ses yeux noisette.

Son aura m'inspirait.

— Dépêche-toi, Thomas. Ça va bientôt commencer.

Les lumières commençaient tout doucement à baisser en intensité. Les derniers invités et spectateurs terminaient tranquillement de s'installer.

Depuis quand sait-il mon nom ? Je ne me rappelle pas lui avoir dit plus tôt.

— Assieds-toi à côté de moi, Thomas, je t'en prie, dit-il avec un grand sourire en me fixant.

Peu importe...

Je ne voulais pas paraître odieux, surtout devant cet

acteur, ni lui faire honte devant ce qui semblait être ses deux amis, alors je me suis rapidement assis à ses côtés pour ne pas déranger les autres.

Ses traits s'adoucirent en me voyant m'asseoir. Aussitôt, je fis mon plus beau sourire aux deux hommes qui étaient assis à sa table. J'inclinai ma tête pour les saluer.

Mon cœur palpitait à cent à l'heure et mes yeux ne tenaient plus en place. Ce n'était pas comme s'il me mettait mal à l'aise, mais je savais de moins en moins comment réagir à cette situation.

Rencontrer son idole dans un escalier, se faire inviter pour un dîner, se faire tutoyer... fait! Je n'étais vraiment pas à l'aise, assis à côté de lui.

Au bout de cinq minutes de conversation, tout allait déjà mieux, je me sentais dans un cocon de bonheur, je me sentais rassuré et chez moi. Je me sentais certes terrifié, mais une aura particulière semblait m'envahir petit à petit, comme s'il me partageait sa bienveillance. Une joie incroyable et infiniment bienfaitrice.

Je n'avais plus peur de rien et je laissais l'ambiance des lieux m'envahir, pendant que la scène s'animait des interventions sur l'écologie et les œuvres de charité.

À l'admirer, je me rendais compte que je ne l'avais encore jamais vu d'aussi près. Ses muscles avaient beau lui apporter un caractère de mâle dominant, ses traits équilibrés et son regard le rendaient authentique et bienveillant, mais pour une raison inconnue, quand je le regardais au fond des yeux, j'avais une impression étrange, comme si quelque chose de sombre était tapi tout au fond de lui et drainait peu à peu son énergie. Peut-être que c'était moi qui le rendais si jovial ?

Peut-être qu'une alchimie naissait entre nous ? En si peu de temps, cela m'étonnait beaucoup, mais je n'avais encore jamais ressenti le véritable amour ni jamais vécu de coup de foudre alors je ne savais pas vraiment.

Une odeur de chêne et de cuir me parvenait. Il sentait si bon !

— *Would you like a glass of white wine to start* ? (« Voulez-vous un verre de vin blanc pour commencer ? »), me demanda un des deux hommes assis à notre table.

L'un des hommes était habillé plutôt chiquement et l'autre était plutôt distingué et semblait refléter une aura différente, comme protectrice. Les yeux bleus dans un beau costume trois-pièces noir et gris, on aurait presque dit un garde du corps. Peut-être était-ce le cas, d'ailleurs ?

Hugh nous regardait de ses yeux brillants sous sa chevelure brune. Il avait une prestance folle malgré ses traits tirés. J'étais entouré de trois beaux hommes d'une quarantaine d'années, à part le garde du corps qui semblait en faire plutôt trente, mais aujourd'hui, il est plutôt facile de cacher notre âge avec la chirurgie esthétique.

— *Yes, I'd like to, please* (« Oui, avec plaisir, s'il vous plaît »), répondis-je gaiement.

Je n'étais pas très alcool, mais je n'allais pas leur refuser un verre. J'étais si bien entouré ce soir. À le regarder plus longtemps, il avait maintenant davantage l'allure d'un chauffeur privé que d'un garde du corps personnel, bien que les deux aient très bien pu être possible. C'était mon truc, ça ! J'arrivais, seulement en regardant quelqu'un, à savoir ce qu'il faisait possiblement dans la vie et s'il était une personne bienveillante, accessible ou à fuir. J'aimais bien me fier à mes ressentis, car, jusque-là, ils ne m'avaient jamais trompé. J'avais une relation magique avec mon intuition i Une chose était sûre, ce soir je n'en aurais pas besoin ! Tout semblait aligné pour moi.

— Oh ! J'oubliais les convenances ! Pardonnez-moi, monsieur, Je m'appelle Shannon. Je suis le chauffeur de monsieur, dit-il en regardant Hugh Headland.

La classe ! chuchotai-je dans ma tête.

Je m'attendais à ce que ce soit monsieur Headland qui fasse les présentations, mais il semblait penser à autre chose.

Avoir un chauffeur privé devait vraiment être un luxe que très peu de personnes pouvaient s'offrir, mais vu la stature de Hugh Headland, il n'y avait absolument rien d'étonnant.

— Thomas. Thomas Asvård.

Je lui tendis la main.

— Bonsoir, je m'appelle Oliver. Je travaille en ce moment avec monsieur Headland au studio, dit l'autre homme qui me salua à son tour, d'une poignée de main.

Je commençais à créer un lien avec Shannon et la discussion suivait tranquillement le cours des prestations qui défilaient devant mes yeux. Tout se passait bien... jusqu'à ce que je m'aperçoive que j'en avais presque oublié de discuter avec l'homme pour lequel j'étais là, même si je l'avais déjà fait dans l'escalier, pour moi ce n'était pas suffisant.

— Je suis désolé, je me suis laissé emporter, monsieur, dis-je en m'adressant à l'acteur de mes rêves.

— Non, il n'y a aucun problème et puis appelle-moi Hugh... s'il te plaît. On a déjà fait connaissance tout à l'heure, dit-il en me souriant. Je ne mets pas de distance avec mes fans, dit-il en me faisant un clin d'œil.

Son sourire me charmait une nouvelle fois et je ne relevai pas.

— Pardon monsieur, reprit Shannon, je n'aurais pas dû le monopoliser.

— Ce n'est pas grave, Shannon, je peux comprendre que ce jeune homme te plaise, mais laisse-moi profiter un peu de mon invité, rit-il.

Shannon se tut immédiatement et s'excusa auprès de nous. Je me sentais un peu gêné pour Shannon, mais les dernières paroles de mon acteur fétiche me mettaient mal à l'aise. Hugh Headland avait presque parlé de moi comme si j'étais un de ses trophées, et je trouvais ça plutôt excitant dans le sens où il était, pour moi, mon fantasme le plus profond. Autrement, je n'aurais avec certitude jamais apprécié ce traitement.

— Je suis vraiment content de pouvoir partager cette soirée avec vous, mais... puis-je vous demander, monsieur Headland, quelle est la raison de cette subite invitation ? J'ai également des projets, si je peux me permettre.

C'était un peu osé de ma part de lui parler de cette façon, surtout que je n'avais rien de prévu, mais je préférais montrer que, moi aussi, j'avais du caractère à revendre et que je n'acceptais tout sans broncher, sous le prétexte de sa célébrité.

Hugh me regarda soudainement avec des yeux écarquillés comme si je venais de l'insulter. Certes, j'avais conscience que le ton que j'avais utilisé pouvait choquer dans une soirée comme celle-ci, mais je voulais surtout lui montrer que je savais me défendre. Hugh Headland avait beau me faire de l'effet, et je percevais qu'il savait aussi bien que moi qu'il m'attirait — à moins que ce soit l'inverse —, mais je n'allais pas pour autant rester silencieux toute la soirée. J'étais un humain et non un simple jouet que l'on pouvait s'échanger !

Je fixais son regard en le dévisageant sans broncher, ni même en bougeant un sourcil. Il allait me faire quoi de toute manière ? Il n'oserait rien faire au milieu de tous ces gens, car cela se retournerait contre lui et sa notoriété en serait entachée.

— J'aime les hommes ambitieux... enfin plutôt jeunes hommes dans ton cas. N'y vois rien de négatif. Pour répondre à ta question, je voulais apprendre à te connaître. Tu m'as fait une drôle d'impression, tu sais... tout à l'heure. J'ai bien aimé ta franchise. Il y a quelque chose chez toi que j'aime bien. Je ne sais pas encore quoi, mais j'aimerais bien le découvrir.

Je sentis un pied toucher le mien.

Il me fait du pied ou je rêve ?

— J'espère bien ! dis-je en rigolant pour dissimuler mon stress.

Être aussi proche de son acteur fétiche et pouvoir lui parler librement, sans gardes, ni public, c'est tout sauf apaisant, bizarrement.

Je bus une gorgée de vin blanc en tenant mon verre le plus élégamment possible pour me fondre dans le décor.

Une lumière tamisée s'installait désormais.

— Qu'est-ce qui t'a amené jusqu'ici ? me demanda-t-il.

— Je ne pensais pas dire ça un jour, mais... j'ai gagné un jeu-concours et on m'a proposé plusieurs destinations. J'ai choisi de venir ici, sauf que je ne pensais pas te rencontrer dans cet hôtel.

— C'est complètement fou comme situation i Vous ne pensez pas, messieurs ?

Les deux autres hommes confirmèrent d'un hochement de tête.

— Et sinon, qu'est-ce que tu fais comme métier ?

— Je suis photographe freelance, je capture la nature pour la partager, sans la dénaturer. J'ai comme projet de présenter mes photos dans une galerie pour me faire connaître.

Tout le monde s'intéressa à mon projet d'ouvrir une galerie jusqu'à ce que la scène s'éclaire et attire l'attention de toute la salle.

La soirée se termina et tout le monde reprit ses habitudes.

Je remontais tranquillement les marches en la compagnie de Hugh tels deux amis qui se connaissent bien. La soirée nous avait rapprochés. Je l'avais perçu différemment ce soir. Je ne le voyais plus comme un acteur, mais comme une personne normale. Il m'avait, je ne sais pas comment, redonné confiance en moi.

— Tu as su rester toi-même ce soir et je dois avouer que cela m'a bien plu, merci, Thomas, me dit-il en s'approchant de la porte de sa chambre pendant que je rejoignais la mienne.

Il appuya sa carte d'un geste déterminé sur la surface magnétique rectangulaire, puis d'un air malicieux, il me regarda une dernière fois, un léger sourire aux lèvres.

J'aurais, ce soir, réussi à séduire un grand acteur.

J'aurais bien eu envie de discuter encore un peu avec lui, mais j'avais déjà une chance inouïe d'être dans cet hôtel de luxe, alors je n'allais pas en abuser.

J'entendis sa porte se verrouiller.

Sur mon lit et la main sur ma poitrine, je reprenais doucement ma respiration habituelle. La soirée avait été si forte en émotions que j'en avais parfois presque oublié de respirer. À chaque fois que je cherchais à éviter une conversation que je ne maîtrisais pas, Hugh avait pris plaisir à me sortir de ma zone de confort. Je n'avais rien contre ça, bien au contraire, j'en connaissais les bienfaits, mais c'est épuisant surtout devant un homme de son envergure. C'était loin d'être évident.

Je me levai comme chaque matin de mon lit, en prenant le temps de faire quelques exercices pour me réveiller devant la magnifique vue. Cette baie vitrée m'offrait un superbe panorama. J'entrai dans ma salle de bain entièrement faite de marbre blanc, puis me faufilai sous la douche. Je n'arrêtais pas de penser à lui et les rêves que j'avais faits cette nuit tournaient tous autour du même homme.

Ce bel homme si beau et si fort accapara mon esprit toute la journée. Cet acteur charmant au sourire rayonnant et au caractère si sympathique me rendait fou. Je me voyais déjà replonger dans ses yeux noisette et ses cheveux à moitié coiffés. Son allure brillante et son physique si caractéristique qu'il travaillait pour ses films américains. J'avais beau essayer de prendre de belles photos comme j'en avais l'habitude pour ensuite les vendre sur mon site internet, je ne faisais que multiplier les tentatives sans réussir à obtenir une bonne qualité d'image. Toutes ne faisaient que refléter un simple ciel bleu, des bâtiments sans âme ou une ruelle fleurie comme une autre. Je ne faisais que des maladresses dignes de photographes débutants. Mes photos n'avaient pas de style, de sens, mes cadrages étaient mauvais à mon goût et le résultat ne me satisfaisait pas. Mes idées s'envolaient rapidement et je prenais la plupart du temps des photos sans but précis. Je ne faisais que penser à lui, à cet acteur musclé, accueillant et si charismatique. Toutes mes pensées étaient comme aspirées par la vision que j'avais eue de lui, pendant cette magnifique soirée, bien qu'elle ait été intrigante et très énergisante pour moi. Elle demeurait tout de même la plus belle des soirées que j'avais vécues.

Je rentrais tranquillement quand une grande limousine se gara pile devant l'hôtel.

Les limousines ici étaient plutôt monnaie courante, en tout cas dans les lieux plutôt chics, mais celle-ci était particulièrement belle avec sa ligne dorée qui la rendait séduisante et raffinée. Ce n'était qu'une voiture à mes yeux, mais au moment où je vis sortir Shannon, mes yeux s'ouvrirent instantanément. Ce n'était pas n'importe quelle limousine ! Ce n'était peut-être pas directement la sienne, mais il devait certainement être assis à l'arrière. De toute façon, j'allais bientôt savoir à qui Shannon ouvrait, avec une certaine galanterie, la porte arrière de la voiture, même si je m'en doutais. Ses cheveux à la fois soyeux et foufous me faisaient penser à un jeune magicien qui vivait avec son oncle et sa tante dans un placard à balais, sous un escalier. Un rayonnement lumineux se reflétait dans ses cheveux et éclairait maintenant son visage qui m'était familier. Je regardais s'éloigner mon acteur de rêve et ses muscles saillants. Je n'allais de toute façon pas courir comme un dératé et lui faire honte. Je préférais garder mes distances, quitte à louper une nouvelle occasion de le voir. Je sentais qu'il fallait que je reste, ce soir, à ma place.

Je triais et sélectionnais les photographies que j'avais prises durant la journée. J'étais tranquillement assis sur mon lit, un oreiller derrière mon dos pour être plus confortable. J'avais bien un bureau à disposition, installé dans ma chambre, mais je trouvais que le lit m'inspirait davantage. Les vrais artistes sont ceux qui savent s'adapter et trouver le lieu parfait pour s'inspirer. J'y trouvais plus de confort et cela se ressentait sur le rendu de mes photographies. Au final, je n'avais rien gardé de la journée, aucune ne correspondait à mes exigences de photographe. C'était aussi ça, la photographie. Il y a des hauts et des bas. On peut très bien prendre cinquante photos pour n'en garder qu'une seule.

Le soleil commençait doucement à se coucher et sa lumière devenait de plus en plus mince. Un magnifique spectacle se dessinait devant mes yeux. Je regardai bouger les aiguilles grises de ma montre connectée. Il était presque sept heures du soir.

Je descendis dîner dans la pièce où s'était passée la soirée d'hier. Certaines chaises et tables avaient changé de disposition pour laisser la place aux serveurs de circuler avec aisance. Les assiettes et les couverts étaient dressés au millimètre près sur une belle nappe blanche. On m'apporta la carte et je m'étranglai en voyant les prix. Heureusement que tous les frais étaient inclus. La cuisine était tenue par un grand chef et la carte me donnait déjà l'eau à la bouche. Le repas fut aussi fameux que le précédent et mon appétit grandissait à mesure que les plats me parvenaient. Les assiettes étaient toutes magnifiques et pleines de saveurs. Le Royal Blue était un hôtel prestigieux et on le ressentait jusque dans ses plats i

De retour dans ma chambre, je m'assis sur mon lit pour lire un bon roman fantastique comme je les aimais. Ma passion pour ce genre littéraire grandissait et j'en avais déjà lu une bonne quantité de titres. Allongé confortablement comme sur un nuage épais, je me laissais bercer par une douce mélodie, puis je m'endormis en paix dans cette chambre à la vue imprenable.

Alors que je dormais à moitié, la lumière du jour éclairait progressivement la pièce. Soudainement, un bruit de papier se faufila jusqu'à mes tympans. La tête encore dans les vapes, je me levai, crevé. Je pris machinalement mon téléphone posé sur ma table de nuit. Cinq heures. Mon corps me signalait de me recoucher, mais une sorte d'intuition et une envie soudaine me poussèrent à rejoindre la porte de ma chambre. La faible luminosité et mes yeux ensommeillés me laissaient distinguer ce qui semblait être un carton noir de forme rectangulaire.

J'entrebâillais la porte, mais le silence rôdait tout autour de moi. Personne à l'horizon.

Qui aurait bien pu me laisser ce qui ressemblait à une carte de visite ? Je me penchai pour la ramasser tout en refermant la porte de ma chambre.

Je distinguais un carton noir et épais. *Hugh Headland*, en lettres dorées, se détachait en relief.

Un arôme de chêne et de cuir chatouillait mes narines. C'était une odeur que je me souvenais avoir déjà humée auparavant, sans pouvoir la resituer. Un certain sentiment semblait se dégager de cette carte de visite. Je la rangeai dans la poche de mon pyjama, puis je me rendormis. Quelques heures de sommeil en plus me permettraient peut-être de resituer le souvenir de cette odeur, et puis cette carte ne devait pas être réelle. C'était sans doute le fruit de mon imagination. J'étais tellement exténué qu'un bon repos supplémentaire me ferait le plus grand bien.

Neuf heures du matin, j'ouvris les yeux, je sautai sous la douche, puis je descendis prendre mon petit-déjeuner avant qu'ils ne remballent tout. Je préparai ensuite mon matériel photo pour la journée, espérant être plus productif que la veille... Peut-être que ma créativité reviendrait pour m'accompagner en cette fin de matinée. Je rejoignis la plage quasi déserte. Les rayons du soleil illuminaient les soyeux nuages blancs. La mer, le son des vagues, le sable chaud, le cri des mouettes... la nature est si belle quand on prend le temps de l'observer. Je mitraillai le paysage quelques heures, puis sortis ma liseuse pour me plonger dans une nouvelle histoire.

Le cadran de ma montre affichait six heures. La journée avait été brève, mais tellement reposante ! J'avais eu le temps de récupérer toute mon énergie et mes pensées se faisaient plus fluides. Peut-être — sans doute — grâce à l'ambiance relaxante de la mer. En revenant vers l'hôtel, j'aperçus une fois de plus la même belle limousine noir lignée d'or, qui venait tout juste de se garer devant le Royal Blue. Shannon en sortit, suivi de Hugh. Comment devais-je réagir ? Qu'allais-je dire s'il venait me parler ? *Comme s'il allait venir vers toi*, se moqua ma conscience. Hugh se tourna vers moi et plongea son regard dans le mien. C'était fou comme cet homme pouvait à la fois me stresser et m'apaiser.

Il se dressait devant moi, tel un valeureux guerrier qui reviendrait du combat. Je me sentais comme une princesse qu'il viendrait chercher. Sa grande prestance et la vue de son corps d'athlète me mirent immédiatement l'eau à la bouche. Je me voyais d'un seul coup dans les bras musclés de cet homme, voltigeant dans les airs tout autour de lui.

— Aah, Thomas, dit-il joyeusement en me voyant

approcher. Suis-moi, dit-il en me touchant, cette fois, le dos de la main.

— Parce que je suis obligé ?

Ouh-là, là ! Mais qu'est-ce que je venais de dire, moi ? Ce n'était peut-être pas la meilleure réponse. Étonnement, il ne répondit rien et se contenta de poursuivre sa route, comme s'il n'avait jamais croisé la mienne. Tous mes sens s'étaient aussitôt alarmés. Mes pensées fusaient à mille à l'heure. Mon corps s'était instantanément figé et je n'arrivais plus à bouger mes jambes. Cette situation inopinée m'avait laissé sans réaction. *Bouge ! Tu n'en verras pas deux comme ça des occasions ! me cria ma petite voix dans ma tête.*

— Je me suis permis de déposer ma carte sous ta porte, tôt ce matin. J'espère que ça ne t'a pas dérangé, dit-il en montant les marches paisiblement, alors que je venais tout juste de le rejoindre d'un pas pressé.

Est-ce qu'il avait remarqué qu'il m'avait laissé derrière ?

Bien sûr que oui ! me cria une nouvelle fois cette petite voix.

— Non... ça m'a juste réveillé, rien de plus, répondis-je le sourire aux lèvres.

Son sourire s'étirait jusqu'à ses oreilles et devenait de plus en plus malicieux. J'étais certain qu'il désirait encore jouer avec moi, comme à cette dernière soirée.

Reprends-toi et fonce ! Sois toi-même !

— J'ai dû la laisser dans mon pyjama en retournant me coucher.

J'espérais juste qu'il ne pense pas qu'il n'était d'aucune importance à mes yeux.

— Arf..., je suppose que tu n'as pas fait attention au petit mot. Ce n'est pas grave, c'est peut-être mieux de te le dire en face.

Mon cœur battait à tout rompre. Je l'écoutais comme un élève écoutant attentivement son professeur.

— Je suis désolé, je l'ai oubliée ce matin en partant faire des photos.

— Je te déstabilise à ce point-là, Thomas ? dit-il, debout sur la dernière marche en me regardant dans les yeux. Je voulais juste discuter avec toi en privé, rien de plus, rassure-toi.

Je restai là, sans réagir, en le fixant à mon tour.

Ooh et puis mince !

— Je ne sais pas si ça va te choquer, mais peu importe. Je me lance i Non, tu ne me déstabilises pas. Je suis fou de toi et je te suivrai n'importe où !

Ses lèvres s'étirèrent pour laisser place à un grand sourire.

Au moins, je lui ai dit le fond de mes pensées. Je reculais à moitié comme pour échapper à cette réalité que je venais tout juste de créer. Je lui avais à moitié avoué que je l'aimais et lui, à en croire son large sourire, semblait s'en amuser. Sa main se resserrait de plus en plus autour de mon poignet, mais sans me faire mal. Son pouce caressait ma peau et ses yeux me redonnaient soudainement confiance en moi, sans que je ne comprenne pourquoi.

Je me sentais comme dans une partie de Jumanji[2]. Le bruit des battements de mon cœur se répercutait dans tout mon corps, jusqu'à changer mes émotions. C'était inexplicable.

— Je t'en prie, parle-moi en toute liberté. Ce n'est pas parce que je suis connu que tu dois me parler différemment, dit-il d'un grand sourire bienveillant. Parle avec ton cœur et laisse

---

2 - Jumanji est un film américain fantastique d'aventures réalisé en 1995 par Joe Johnston. Il est librement inspiré du livre pour enfants de 1981 de Chris Van Allsburg.

ta peur de côté. Je peux la ressentir d'ici.

J'étais de plus en plus inquiet et je ne savais plus quoi faire. Je n'avais plus le contrôle sur quoi que ce soit. D'un côté ma peur me disait de fuir et de l'autre ma pensée me soufflait de continuer la discussion. Toutefois je restai silencieux et ce fut Hugh qui reprit.

— Je suis désolé si je te parais froid ou distant, mais la célébrité m'oblige parfois à poser des limites. Être célibataire ne m'aide pas non plus...

Ça y est, s'il voulait m'achever, c'était maintenant... *Mais attends. Ça faisait tilt dans ma tête. Célibataire ! Lui ? Non. Il est pourtant marié avec cette femme.* Je ne comprends plus rien. *Ce n'est pas possible, j'ai dû mal comprendre... il me cache quelque chose ou quoi ?* Je ne savais plus quoi penser et j'hésitais à lui poser la question, même si ça pouvait paraître impoli.

— C'est ton cœur que j'entends battre comme ça ?

Ho, merde ! Il manquait plus que ça ! C'est pas possible, comment peut-il l'entendre ?

— Non, répondis-je faussement.

— Je ne peux pas l'entendre, mais je peux le deviner à ta réaction, dit-il tout en poussant un petit rire. Assieds-toi.

Allez, reste pas debout, chanta ma petite voix intérieure.

— J'aimerais bien te connaître un peu plus, tu m'intrigues, Thomas.

— Moi aussi, même si je suis déjà fou de toi, dis-je en souriant largement.

Je regardais devant moi pour me concentrer sur notre discussion.

— Tu n'es pas célèbre comme moi, et c'est bien tout ce qui

m'intéresse, reprit-il d'un ton plus grave.

— La non-célébrité, c'est ça qui t'intéresse ?

— Oui, c'est ça. Tu as tout compris, Thomas.

— On ne se connaît pas, pourtant j'ai l'impression de déjà avoir vécu une vie à tes côtés. Je ne sais pas comment l'expliquer.

Je détournai mon regard du mur pour contempler son beau visage.

— Quand je te regarde, je vois un jeune homme qui aime rêver et qui ose dépasser ses limites, me dit-il, droit dans les yeux.

— J'aime ta façon de vivre, ce côté humain que tu dégages sur les réseaux. Je sais qu'il y a un truc que tu ne veux pas me dire... tu vois... moi aussi, je peux deviner des trucs, dis-je pour rigoler. Je sais qu'avec toi, je serais bien, que je pourrais me dépasser continuellement.

— J'aime ta façon de penser.

Mes yeux partaient dans tous les sens. Lui me regardait fixement, sans broncher comme s'il m'hypnotisait, mais dans un acte de bienveillance infinie. Je n'arrivais plus à formuler aucun mot. Je ne savais plus comment me tenir face à l'homme de mes rêves. Je n'avais envie que d'une seule chose, le prendre dans mes bras et ne plus rien dire.

D'un geste à la fois doux et vif, il approcha ses lèvres de mes oreilles. Je ressentais la douce et faible chaleur de ses lèvres au contact de mes tympans. Mon corps montait en température. Je ne parvenais toujours pas à bouger, mon corps ne répondait plus.

— Je crois que je suis tombé amoureux de toi dès lors que mes yeux se sont posés sur toi et ça, je ne pourrai jamais le nier, Thomas.

Je ne pouvais plus tenir. Les réactions de mon corps étaient comme synchronisées avec ses paroles. Je tremblais comme une feuille. L'imaginer tout près de moi dans mes rêves était une chose bien plus simple que de le côtoyer en vrai, juste face à moi ! D'un coup, je sentis une sensation étrange, comme si je devenais un aimant. Un côté négatif qui chercherait son côté positif. Je me sentais capable de tout, de l'embrasser avec entrain ou de me laisser emporter dans ses bras. Comment était-ce arrivé ? Je n'en avais aucune idée, mais je venais de trouver la force de me rapprocher de lui. Hugh vérifia d'un coup d'œil les alentours.

— Nous sommes seuls je crois, et de toute façon les vacances se finissent. Les touristes sont rentrés... enfin pour la plupart. C'est parfait, tu ne penses pas... Thomas ?

Il me fixait de nouveau, je le regardai à mon tour. On s'échangeait nos regards.

— Lève-toi et suis-moi, chuchota-t-il.

Il m'emmena par la main jusque dans le couloir qui rejoignait nos chambres.

Nos regards se croisèrent de nouveau et ses yeux parurent comme remplis d'un amour infini. Une lumière dorée envahit soudainement mon âme. Étais-je celui qu'il espérait ? Était-il la pierre précieuse qui manquait à mon cœur ?

Les vibrations de mon cœur se faisaient de plus en plus rapides. Son visage et ses lèvres se rapprochèrent des miennes... je posais, dans un mouvement instinctif, mes mains sur les formes sculptées que dessinaient les muscles de ses épaules. Je le poussais tout doucement vers le mur du couloir et mon corps tout entier se réchauffait de lui-même.

Je rentrais en parfaite harmonie avec la chaleur de ses lèvres. Un sentiment intense semblait s'en dégager. Je pouvais à présent sentir son cœur battre contre le mien et ma poitrine vibrer au contact de la sienne. Ses lèvres rosées s'étaient si vite rapprochées de moi... Sa barbe me caressait le menton et provoquait des fourmillements dans mon bas-ventre. Nos corps devenaient tellement chauds que l'humidité de ses lèvres ne me gênait plus. Il apposa sa main gauche sur mes hanches pour me caresser d'un geste chaleureux, puis dirigea l'autre juste sous mon menton.

— Personne ne peut te voir. Sauf moi, me dit-il en m'admirant comme si j'étais devenu une biche et lui un cerf aux bois imposants, prêt à bondir sur la femelle qu'il convoitait.

Je voulais ajouter quelques mots, mais aucun ne me vint à l'esprit. La magie et la folie de l'amour, sans doute !

— Tu n'as pas besoin de parler, reprit-il. Je sais que tu le veux, toi aussi. Je peux le deviner.

— Oui, dis-je simplement comme pour confirmer ce qu'il venait d'insuffler en moi, par sa propre pensée.

Je ne voulais pas paraître faible à ses yeux, mais je ne pouvais laisser passer cette opportunité.

— Prêt ? me dit-il, le regard amoureux.

Je fis un signe de la tête pour accepter sa requête. Doucement, il posa une main sous mes fesses, puis l'autre derrière mon dos et me souleva comme si je n'étais qu'une plume, pendant que je repliais inconsciemment mes genoux. Mes jambes enserrant sa taille, je me retrouvais ainsi donc dans les bras de l'être que j'aimais le plus au monde. Tout allait si vite. Son corps était tellement imposant que je me

sentais petit. Je caressais de mes doigts fins sa belle barbe brune que j'aimais tant regarder. Je contemplais dans ses yeux étincelants des éclairs remplis de bonheur.

Je n'en revenais pas moi-même. Les dieux étaient avec moi ce soir.

— Et si l'on continuait dans ma chambre ? C'est juste au bout du couloir, proposa-t-il d'une voix calme.

Mon corps accroché au sien, je me laissai emporter vers ce nouveau monde rempli d'amour. Hugh posa sa carte magnétique sur le capteur de la porte. Un bip retentit, puis la porte se déverrouilla. Il la poussa du pied. Il me serrait dans ses bras, comme un enfant endormi dans les bras de ses parents, trop fatigué pour rejoindre son lit. J'étais totalement sous son charme et je ne pensais plus qu'à une seule et unique chose : que ce moment magique dure toujours. La porte fermée derrière nous, j'étais seul dans ses bras et plus rien ne pouvait nous déranger pour cette soirée romantique qui s'annonçait. Jusqu'où étais-je prêt à aller ce soir ? Pourrais-je passer la nuit dans ses bras ? Était-ce le septième ciel qui nous attendait ?

PREMIÈRE NUIT

Son bras me relâchait peu à peu et je me tenais à ses larges épaules pour retrouver mon équilibre. Mon pied reposait maintenant sur le sol en bois d'acajou de sa chambre.

Mon regard plongé dans le sien, je sentais mon cœur battre à tout rompre à l'idée de le rejoindre dans son lit. Je le poussai dans la pièce, mes mains sur son bassin. Hugh reculait doucement, presque en accord avec mes mouvements. Il me regardait tranquillement l'entraîner vers le pied du lit. Je ne savais pas s'il appréciait autant que moi, mais je ne comptais pas faire machine arrière. Arrivé au rebord de son lit, je le fis basculer. Jusque-là, tout se déroulait selon mes envies et il ne semblait pas s'y opposer. Alors que je me sentais en position de force, Hugh me déséquilibra.

— Me crois-tu aussi naïf, Thomas ? J'ai bien vu ton petit jeu, me dit-il d'un large sourire qui voulait dire tant de choses.

— Tu as pensé à fermer la porte ?

— Elle se verrouille d'elle-même... mais, tu changes de sujet là, je me trompe ? On est seuls. Personne ne pourra te sauver ce soir.

— Peut-être... qui sait ? répondis-je innocemment.

Il me fixait, le coucher du soleil nous englobait de sa douce lumière chaude. Je n'avais même pas pensé à regarder la pièce. J'étais bien trop absorbé par ce que j'avais devant les yeux. D'un mouvement de jambes vif, il me fit un délicieux croche-patte. Je m'écroulai subitement sur le matelas. Sur le dos et à sa merci, je me figeai sous son regard à la fois dominant et bienveillant. Son attention pleine d'assurance, il posa ses genoux de chaque côté de mes hanches et rapprocha son buste. Je pouvais sentir son souffle chaud, presque torride, caresser le bout de mon nez. J'avais le plus beau des desserts devant moi.

— Hugh...

— *Chuut...* ne dis rien, je sais que tu n'attends que ça.

Me laisser faire, je voulais bien, mais j'avais encore tellement de doutes et de questions... Comment allais-je bien pouvoir le combler... Il était si fort physiquement et je paraissais si faible à côté de lui, bien que je ne sois pas maigre non plus. Je tremblais à la fois d'excitation et de crainte. Mon souffle était saccadé et je regardais dans tous les sens. *Merde ! Ce n'est pas non plus ma première fois... Quelle impression je vais lui donner, moi ?* J'avais déjà eu des conquêtes par le passé, mais rien de semblable à ce que je vivais actuellement.

— Hey !... Tu n'as pas à avoir peur en ma présence. Tant que tu es avec moi, tu ne risques rien, ou du moins pas grand-chose... Et puis, si tu n'en as pas envie tout de suite, on remet ça à plus tard, d'accord ?

Quoi ? Comment ça : « à plus tard » ? Il n'était pas du genre « coup d'un soir », comme je le pensais ? Oh... Et puis, merde ! Je donnerai tout ce que j'ai au lit ce soir et je verrai bien ce qui se passera.

Au fond de moi, quelque chose me préoccupait. Je sentais que cette relation n'était pas qu'une simple soirée sans lendemain, mais quelque chose de bien plus profond. L'attirance soudaine que j'avais eue pour lui et la gentillesse qu'il accordait à ses proches le rendait intéressant et authentique. L'histoire que l'on avait commencée dans le couloir de sa chambre ne pouvait vouloir dire qu'une seule chose... On s'aimait et on ne s'arrêterait pas en si bon chemin !

— Je suis prêt, désolé. C'est juste que je veux que ce moment soit pour le mieux, entre nous.

— Ne t'inquiète pas, tout se passera bien. Je peux comprendre que tu ne te sentes pas à l'aise, la première fois, me dit-il en plongeant ses yeux dans les miens.

S'imaginait-il que je n'avais encore jamais couché avec un homme ? Était-il réellement prêt à s'engager avec un jeune inexpérimenté ? Aimait-il les hommes aussi profondément que moi ? Un baiser était-il suffisant pour me convaincre ? Toutes ces interrogations se mélangeaient dans mon esprit, puis s'évadaient dès l'instant où je plongeais mon regard dans ses yeux doux. J'étais en paix à chaque fois que je le regardais. Il m'inspirait tranquilité et sérénité, et je sentais que je pouvais pleinement me confier à lui.

— Non, ce n'est pas ça. J'ai déjà eu des relations, mais pas avec une aussi belle personne que toi. Nos statuts sociaux sont distincts et ça me dérangeait, mais maintenant je me sens bien... avec toi, répondis-je les yeux dans les yeux. La différence d'âge ne me gêne pas, mais... je me demande si tu es prêt à me voir dévêtu... tu es si fort et moi si...

— Faible? rétorqua Hugh intrigué.

— Non. Je voulais dire que je suis jeune et toi...

— Ah. Bon... j'ai éventuellement une idée à te soumettre...

— Un câlin? dis-je subitement sans avoir réfléchi à mes mots.

Soudain, une joie de vivre fulgurante me traversa, comme si elle provenait directement de lui. Je me sentais intensément attaché à lui, de la même manière que deux âmes sœurs; deux esprits amoureux qui se rejoignaient pour la première fois, mais qui se connaissaient déjà l'un l'autre.

— Si tu veux, Thomas, dit-il d'un sourire qui s'étendait jusqu'à ses oreilles.

— Cool!

Il enleva son tee-shirt. Je ne pus dévier mon regard de son torse. Mes yeux étaient attachés à ce corps et je ne pouvais que l'admirer sans son beau tee-shirt blanc, qui reflétait si bien ses formes masculines.

Je caressai ses épaules, juste au-dessus de moi, puis je descendis peu à peu jusqu'à ses avant-bras en frottant au passage les nombreux poils qui parcouraient sa peau. Mes doigts entrecroisés avec les siens, je me sentais vivant et compris par cet homme. J'admirais ses muscles parfaitement dessinés sur son torse et la courbure que son ventre prenait. Je caressais ses abdos pendant que ses poils bruns et délicats me chatouillaient le bout des doigts. Du regard aux gestes, je laissais subtilement glisser mes doigts jusqu'à son nombril pour rejoindre la ceinture de son pantalon. Tel le moteur d'une belle voiture, il se mit immédiatement à ronronner. Mon esprit concentré sur mes mouvements, je faisais naviguer mes mains du bas vers le haut de son buste, tout en penchant ma tête vers son cou. Ses pectoraux se contractaient et ses yeux semblaient chercher les miens. Ses bras qui le retenaient en équilibre juste au-dessus de moi se détachèrent de la couette et vinrent, l'un après l'autre, se poser à côté de moi. Son corps quasiment posé sur le mien, il fit remonter mes mains vers ses trapèzes.

— Je vois que tu n'es pas si bloqué que cela, finalement ?

Dans un geste vif et soudain, j'accrochai mes jambes autour de son corps et le poussai à la renverse pour le soumettre à moi. Au-dessus de ce corps magnifique, je serrais mes bras autour de lui pour qu'il ne soit rien qu'à moi.

— Qu'est-ce que tu as sous ce polo, Thomas ? me dit-il d'un ton plus brut.

— Heu... rien de spécial.

— Montre-moi. Je me suis déshabillé juste pour toi.

— Non.

— Tu ne veux pas l'enlever pour moi, tu es sûr de toi ?

Il fixa le bas de mon tee-shirt noir, puis ses mains agrippèrent le tissu, le soulevèrent et se faufilèrent dessous. Je sentais ses deux grandes mains me caresser. Je sentais au plus profond de moi que ce n'étaient pas les muscles masculins qui l'attiraient, mais bien autre chose.

Il pinça la pointe de mes tétons. Il m'excitait. Mon érection du matin n'était rien comparée à celle qu'il me procurait. Mon caleçon la retenait, mais elle se montrait plutôt entreprenante. Il n'y avait que ma ceinture qui la retenait. Hugh avança sa main pour déboutonner mon chino. L'un après l'autre, ses doigts soulevèrent délicatement mon pantalon, puis se faufilèrent discrètement dans cette zone interdite que peu d'hommes avaient explorée avant Hugh. Il glissait ses doigts sous l'élastique de mon caleçon, comme un militaire qui ramperait sous des barbelés pendant son entraînement.

Mon corps se raidissait de plus en plus et les seuls gestes que j'arrivais à faire étaient si moindres qu'ils ne semblaient avoir aucun effet sur mon partenaire. Le grand Hugh Headland prenait le dessus.

— Non, arrête, dis-je en cherchant à attirer son regard.

Hugh leva les yeux vers moi et déposa l'index de son autre main, encore disposé à me faire du bien, sur mes lèvres entrouvertes.

— Non, Hugh... Je...

— On ne se connaît pas depuis longtemps et mon intérêt n'est pas d'aller trop vite avec toi, Thomas. Ne t'en fais pas pour ça. Je voulais juste voir ta réaction, rien de plus. Si tu ne veux pas, il n'y a pas de soucis, mais j'aimerais bien que tu goûtes ça.

Il introduisit dans un geste parfaitement maîtrisé son index dans ma bouche pour que je me goûte.

— Ça te plaît ?

— Oui.

— Alors, on continuera la prochaine fois.

Est-ce qu'il ne voulait pas me faire l'amour ou simplement ne pas aller trop vite avec moi ? En tout cas, il avait su me satisfaire. J'avais gagné tant de confiance à le caresser que je ne voulais pas non plus aller trop vite et gâcher un tel moment de plaisir. L'amour ne devrait jamais être à sens unique et satisfaire ses propres envies. Il fallait penser à l'autre et cet homme semblait l'avoir parfaitement compris.

Tous les deux dans le lit, nous reprenions notre souffle et laissions nos corps et nos cœurs s'apaiser.

— Approche, viens voir les derniers rayons du soleil.

Les immeubles modernes contrastaient avec la nature qui les entourait. La vue était différente de celle depuis ma chambre et l'on ne pouvait distinguer la mer que de loin, mais le charme opérait toujours, surtout en compagnie d'un si bel homme. J'admirais les rais de lumière orangée qui se reflétaient dans les vitres des hauts bâtiments érigés devant moi.

— On n'est pas bien, là ?

— Si, mais je préférais être dans ton lit...

— Sauf que tu te serais endormi comme un paresseux, Thomas. Tu auras tout le temps de dormir ce soir.

— Assoupi, moi ? Tu crois que j'allais dormir avec ce qu'on vient de faire ?

— Tu es fatigué, ça se voit, mais c'est normal. Tu ne t'es pas encore habitué au décalage horaire. Ça ne fait qu'une semaine et demie que tu es arrivé en Californie, annonça-t-il. Il est presque vingt heures. Je vais aller dîner... tu viens ?

Je dois prendre ça comme une excuse pour changer de sujet ? Non. Je ne pense pas.

— Dîner avec toi, une fois de plus ? Comment tu veux que je refuse une telle offre ?

Il ricana.

On rejoignit la même table que celle que nous avions partagée lors de notre première soirée. Je me rappelais la compagnie de Shannon et de son fidèle acolyte et collègue de travail dont j'avais déjà oublié le nom. Je n'avais en tête que le grand Hugh Headland et son chauffeur.

— Savais-tu, Thomas, que le nom latin pour les pavots de Californie était : *Eschscholtzia californica*? me questionna Hugh pendant que je buvais une gorgée d'un vin rouge.

— Non, je ne savais pas. J'ai appris un truc alors, dis-je en rigolant.

— Et tu en apprendras d'autres, si tu veux dormir avec moi ce soir, me lança-t-il pour me taquiner. Sauf si tu préfères rester dans ta chambre? Je prendrai juste le temps de te glisser une petite carte de visite sous ta porte.

Je le regardais se moquer gentiment pendant que je dégustais de nouveau mon plat.

— Bon... Alors, je n'ai pas le choix à ce que je vois. N'est-ce pas?

— Tu auras toujours le choix avec moi, Thomas. Si tu ne veux pas de moi dans ton lit, il n'y a pas de soucis. Tu peux rejoindre ta chambre ou continuer ce qu'on a entrepris tout à l'heure. À toi de voir, ajouta-t-il en buvant une gorgée, les yeux rivés sur moi. Je sais que sortir de sa zone de confort n'est pas facile et tu l'as déjà fait en venant visiter la Californie.

— Je te suivrai n'importe où. Je ne refuse jamais les belles opportunités.

Le dîner terminé, on rejoignit sa chambre. Allais-je rejoindre la belle Freyja[3] ce soir? Hugh semblait perspicace et il me regardait d'un œil pressé, de la même manière qu'un enfant qui attendrait bien sagement l'ouverture de son parc d'attractions préféré. J'approchai du lit et me demandai où est-ce que Hugh m'emmènerait pour cette nuit. Irais-je encore plus loin et aussi haut que pouvait nous emmener une

---

3 - Freyja est considérée comme une déesse de l'amour, du sexe, de la beauté, de la terre et de la fertilité. Freyja est belle, parfois rousse ou blonde, et on l'invoque pour être heureux en amour, mais aussi lors des accouchements.

très haute et grande montagne russe ? Atteindrais-je un ciel que je ne saurais imaginer ? En tout cas, les étoiles brillaient de toute leur splendeur et leur lumière traversait joliment la fenêtre.

Hugh m'attendait sur le lit, allongé sur le ventre, et je m'apprêtais à rejoindre son corps d'Apollon. J'enlevai avec envie et rapidité mon tee-shirt. Je remerciai les dieux pour cette nuit qui s'annonçait comme la plus belle jamais vécue. Je m'installai dans son dos, un genou de chaque côté de son corps, et j'agrippai ses poignets. Je sentais mon excitation grimper, balayant sur son passage tous mes doutes et questionnements. Une seule et unique chose me préoccupait à ce moment-là : lui faire du bien.

— Tu es prêt ?

— Je te laisse faire Thomas, j'ai confiance en toi.

Je glissai mes mains le long de sa colonne vertébrale en expirant délicatement pour être le plus tendre possible, comme si je dessinais une parfaite ligne droite. J'esquissai quelques cercles sur son dos pour le masser. Ses gémissements s'intensifiaient et cela me donnait confiance en moi. Je continuai affectueusement de le masser, mes mains sur sa peau, en exécutant quelques cercles réguliers qui s'allongeaient progressivement vers le haut de ses épaules. J'écartai ses bras en forme de « V », puis je descendis jusqu'à ses avant-bras pendant que mon index suivait les lignes irrégulières de ses muscles. J'entendais Hugh grogner de plaisir. Je remontai sur sa nuque en exerçant une légère pression sur son cou. Il geignait à mesure de mes gestes.

Je me décalai pour masser le bas de son corps. Je passai mes mains sur le haut de ses jambes, puis d'un geste doux, câlinai chèrement ses imposantes cuisses. Ses gémissements se ressentaient à travers tout son corps. Je lui faisais du bien et cela me soulageait. Je n'étais peut-être pas à l'aise au lit, mais, au niveau des massages, je me débrouillais plutôt bien. Je n'avais pas fait d'études dans le domaine, mais mon intuition m'envoyait comme des images ou des flashes dans ma tête pour m'indiquer les bons gestes à faire. C'était assez inexplicable, mais je me contentais de suivre mon instinct.

En descendant le long de ses jambes, je ressentis une sensation d'apaisement, ses muscles étaient totalement décontractés de plaisir. Son corps était devenu si calme que seuls ses grognements de plaisir se faisaient entendre. Toute la pièce était devenue silencieuse et le monde semblait s'être arrêté juste pour nous. Avec tout mon amour, je l'enlaçai lentement. Mes mains se rejoignirent calmement derrière son dos. Je voulais lui montrer à quel point mon amour était fort quand il était à mes côtés. Hugh paraissait complètement hypnotisé.

— Laisse-moi prendre le relais, maintenant, me dit-il alors calmement.

Il se retourna doucement pendant que je fixais les poils de son torse viril. Rapidement, il prit mes bras et me bascula délicatement à ses côtés. Mon dos contre les draps, je me retrouvais dans la même position de soumission qu'avant le dîner, son corps d'athlète juste devant mes yeux bleus. J'avais devant moi un être rempli d'amour qui voulait me satisfaire à son tour. Glissant ses mains sous mes fesses, il enleva avec délicatesse mon caleçon, puis le fit voltiger hors du lit.

— Maintenant, laisse-moi te poser une question, Thomas.

Est-ce que tu te sens assez fort pour réaliser ton rêve de devenir un photographe célèbre avec moi ?

— Hum... c'est une question difficile, répondis-je en rigolant, la tête tournée vers les étoiles. Je peux répondre par une autre question ?

— Vas-y, je t'en prie.

— On continue ce que l'on a entrepris tout à l'heure ou tu préfères en rester là ?

— Comment refuser ? Avec toi, je me sens revivre. Je n'avais pas senti ça depuis... enfin... depuis longtemps, quoi, répondit-il.

Armé de mon plus beau sourire, j'étais prêt à aller n'importe où pour ses beaux yeux. Je savais qu'avec lui, je ne ferais pas que prendre des photos. J'irais plus loin que ça, mais pour ça, il faudrait que je me trouve un peu plus.

— Sinon, je peux toujours retourner dans ma chambre et te laisser tranquille. Tu dois être occupé.

— Occupé ? Je crois que je peux m'arranger. Tu me fascines.

— Je débarque de nulle part et... Cette relation paraît impossible... Je ne veux pas casser ce qu'on a entrepris tous les deux, mais je me demande.

Il me caressa affectueusement la joue.

— Si tu es vraiment fait pour moi ?

— Oui, tout s'est passé tellement vite entre nous. Tu es célèbre et moi, non. Je ne suis rien.

— Pourtant, j'ai eu l'impression que ce coup de foudre que l'on a eu dans le couloir était partagé...

— Non... enfin, oui i C'était partagé. Je t'aime plus que tout, tu ne peux même pas imaginer. Ce coup de foudre était comme un deuxième coup de foudre pour moi. Tu comprends ?

— Oui, je crois. Depuis que je t'ai croisé dans les marches, je n'ai cessé de penser à toi. Tu retenais toutes mes pensées, mais j'avais peur de m'engager aussi rapidement. Ce soir... je ne sais pas pourquoi, je crois que si les étoiles sont aussi belles, c'est qu'elles sont alignées pour nous. Elle nous montre le chemin à suivre, tu crois pas ?

Mes yeux brillaient de mille feux et les siens aussi.

— Oui. Parfaitement. Je sais qu'avec toi, tout se passera bien, même si nous ne venons pas du même monde, toi et moi.

J'admirais Hugh d'un regard contemplatif.

— Je t'aime, tu sais, dis-je en collant mes lèvres aux siennes.

Il me souleva dans ses bras, jusque sur le lit. Dos contre le matelas, il saisit mes jambes dans ses deux mains et les posa sur ses épaules. Il enleva son caleçon pour me montrer son énorme paquet, qu'il tenait dans sa main gauche. Il s'apprêtait à me pénétrer.

— Doucement, s'il te plaît, dis-je d'un ton doux et incertain.

Je n'avais encore jamais laissé un homme accéder à cette partie de moi et personne n'avait eu le loisir d'y rentrer quoi que ce soit.

— Ne t'en fais pas, tout ira bien. Tu veux bien me faire confiance ?

— Oui, dis-je d'une faible voix.

— Ne t'inquiète pas, on arrête quand tu veux. D'accord ?

À mesure qu'il s'enfonçait en moi, le timbre de sa voix devenait de plus en plus rauque. Hugh accélérait sa cadence et mon cœur battait la chamade. Mon souffle devenait de moins en moins régulier. J'avais l'impression de recevoir quelque chose... quelque chose de semblable à une sensation toute nouvelle, que je n'aurais pas su décrire, mais qui me donnait un plaisir incomparable. Cette sensation était si jouissive et si intense en émotions que je me laissais docilement bercer par Hugh, qui semblait me comprendre comme aucun autre n'avait su le faire auparavant. J'avais à la fois l'impression de gravir et de redescendre l'Everest. Les battements de mon cœur devenaient de plus en plus excessifs et l'air dans mes poumons se faisait rare. Je n'avais encore jamais fait d'alpinisme, mais j'avais l'impression, ce soir-là, d'en avoir fait toute ma vie. J'étais juste bien moins vêtu qu'un alpiniste expérimenté.

D'un coup, un liquide chaud parcourut les pentes de mon rectum, la chenille de Hugh venait de se métamorphoser en un parfait papillon. Je sentais le fluide couler à l'intérieur de mes fesses. Ses gémissements masculins devenaient plus doux et je me sentais comme un alpiniste qui hurlerait de plaisir en se sentant comme le roi du monde. On avait gravi l'Everest ensemble, mais directement depuis nos lits, ce qui n'était pas rien... pour moi en tout cas.

Mon pénis était chaud et dur et j'avais, à mon tour, envie de me satisfaire. J'avais envie de déverser ma semence en lui.

— Laisse-moi te faire du bien.

Quoi ! Il vient d'entendre mes pensées ou quoi ? Mes lèvres remuèrent avec difficulté et le seul mot qui sortit fut un « oui » assez discret.

— C'est un oui que j'ai entendu ? me questionna-t-il d'une voix plus ferme.

— Oui, répondis-je avec plus d'assurance. Je te fais confiance...

— Alors, abandonne-toi à moi encore quelques minutes...

Les yeux fermés, je laissai Hugh caresser et prendre mon champignon dans ses mains chaudes pour l'introduire dans sa bouche. L'endroit parfait pour me réchauffer encore plus. Sa langue s'enroulait si bien autour de ma verge, mouillait si bien mon gland en s'insinuant dans la fente, ses lèvres refermées autour de ma chair la massaient si délicieusement que mes gémissements ressemblaient à ceux que Hugh avait poussés plus tôt. J'avais chaud! J'étais prêt à toute demande sexuelle et j'aurais été bien incapable de refuser sa moindre volonté. Il ne fallut guère de temps avant que je me déverse en lui.

Les yeux ouverts et la nuque relevée vers lui, je le regardais avaler les derniers restes sur le rebord de ses lèvres, puis il retira ses mains pour se poser tendrement sur mes joues pour me les caresser affectueusement. Son index se détacha de sa main pour venir se poser avec délicatesse sur ma lèvre inférieure en la titillant.

— Tu veux essayer à ton tour, Thomas? me dit-il en me regardant avec des yeux qui ne me laissaient guère le choix.

Il peut jouir encore une fois? Remarque, il bande encore... OK! Pourquoi pas.

— Tu vas être surpris, alors, répondis-je avec confiance. Prépare-toi.

L'air étonné, Hugh s'approcha juste au-dessus de moi pour que je puisse facilement atteindre son sexe. D'un geste rapide, je plaçai mes mains sur ses pectoraux pour le repousser doucement en arrière.

— Attends... couche-toi sur le dos, c'est mieux et détends-toi, demandai-je tout en prenant le contrôle de la situation.

— *OK*, si tu veux, Thomas, dit-il pendant qu'il me fixait.

Hugh s'allongea, puis je vins tendrement clore ses paupières du bout de mes doigts. D'un acte plein de délicatesse et d'amour, je léchai son gland encore chaud. Ma langue s'enroulait d'elle-même comme par habitude autour de son oiseau de paradis, comme pour déceler des recoins cachés. Je caressais tranquillement son entrejambe pendant que je donnais de multiples coups de langue sur le côté de son sexe. Hugh prenait tant de plaisir qu'il ne bougeait plus ; seule sa gorge s'ouvrait pour sortir des gémissements d'ours. Je le rendais fébrile et je sentais presque son corps vibrer sous le mien. Je léchais son membre du bas vers le haut, tout en alternant pour maintenir humides les endroits les plus à sec, quand tout d'un coup il se redressa pour me regarder.

— Tu croyais que je n'étais pas capable de jouir une seconde fois, me dit-il en posant ses mains sur mon crâne.

Je relevais mes yeux vers les siens à la manière d'un écureuil reniflant un potentiel danger.

— Je ne sais pas, je verrai bien.

— La charge ne sera peut-être pas facile à avaler, si tu vois ce que je veux dire, me taquine-t-il.

— Je peux arrêter si tu préfères, répondis-je fermement.

Je ne comptais pas arrêter, moi !

Je suçais aussi bien mes glaces que les sexes des hommes qui avaient eu la chance de découvrir mon talent caché. Il ne dit plus rien et reprit sa place.

— C'est ça !

Avant qu'il ne me réponde, je retrouvai le chemin délicieux de son pénis. Je voulais lui montrer de quoi j'étais capable dans un lit en compagnie d'un homme. Il n'était pas le seul à vouloir jouer à des petits jeux, après tout!

Rapidement, son corps se raidit, puis une saveur salée s'insinua sur le bout de ma langue. C'était à son tour de se hisser en haut de l'Everest! Je l'entendais gémir de plaisir, pendant que son jus devenait torrent. Hum... qu'il était savoureux! Les muscles de ma mâchoire me tiraient, mais j'en avais l'habitude. Il me suffirait de reprendre mon souffle quelques instants pour que la gêne s'en aille toute seule.

Je passais du vin au doux plaisir de son sperme. Rassasié, je voulais l'embrasser. Je ne voulais pas que ça s'arrête.

Le corps de Hugh retomba, détendu, et son dos s'enfonça dans les draps blancs. J'appuyai mes lèvres sur les siennes pour ne laisser aucune trace. Une main posée derrière son crâne et l'autre sur son épaule, nos corps l'un sur l'autre, on s'enfonçait dans le matelas, alors que nos lèvres se décollaient. Nos yeux se fixèrent, puis dans une attirance mutuelle, nous échangeâmes quelques derniers regards.

— Veux-tu venir observer les étoiles avec moi? me dit Hugh qui venait de se lever pour rejoindre la balustrade.

— Je les perçois déjà en toi, ces étoiles... et j'aimerais en voir de nouvelles.

— Alors suis-moi, Thomas, me répondit-il d'un sourire amoureux pendant qu'il me tendait la main pour sortir du lit.

J'enfilai rapidement mon jean sur ma peau nue tout en prenant délicatement sa main. J'avais les yeux rivés sur le ciel parsemé d'étoiles lumineuses. D'un geste de la tête à peine perceptible, je vis que Hugh paraissait lui aussi hypnotisé par ce panorama.

— C'est la première fois que tu vois ce ciel?

— Après un moment extraordinaire comme celui que l'on

vient de vivre? Oui, répondit-il un sourire ébahi et l'œil fixé au loin.

Mes joues s'écartaient l'une de l'autre et un grand sourire se dessinait à présent sur mon visage. J'analysais le moindre de ses mouvements.

— Alors, tu as apprécié?

— Oh... et comment! Thomas, c'était superbe ce soir.

Hugh tourna sa tête vers la mienne puis regarda la lune qui nous baignait de sa lumière enchanteresse. Je n'avais encore jamais vu son visage illuminé de cette façon.

— Ha, ouais! Vraiment?

Son regard penché sur le mien, j'avais l'impression que rien ne pouvait nous arriver.

— Oui, Thomas, dit-il en tournant doucement sa tête vers la mienne.

— Le paysage est si beau vu d'ici.

— Oui, c'est un des privilèges que j'ai et je l'apprécie tout autant que tu as pu profiter de cette soirée. Ce n'est pas tout le monde qui peut obtenir mes faveurs, tu sais.

— Suis-je le premier homme avec qui tu as une aventure?

— Oui, Thomas, tu es le premier, dit-il à la fois d'un ton doux et cru.

Je cherchais quoi répondre et frottais les quelques poils de mon menton en le regardant droit dans ses yeux. Je percevais une aura spéciale, quelque chose de sombre que je n'avais pas décelé jusqu'à maintenant.

— Qu'est-ce que tu fais? dis-je en le regardant s'éloigner de moi.

— Rien de spécial, ne t'inquiète pas.

Je l'entendis ouvrir le couvercle d'un coffret puis le

refermer quelques secondes plus tard. Il se dirigea dans le couloir, près de la porte d'entrée, puis fouilla dans sa veste.

— Tu fumes ? m'étonnai-je en le regardant revenir vers moi, un cigare entre ses lèvres.

— Tiens ! Mets-toi ça sur le dos sinon tu vas attraper froid.

Il espérait éviter le sujet ou quoi ? Bon, après tout, je n'allais pas commencer à lui faire des reproches sur ce sujet. On avait vécu un moment inoubliable et je ne voulais pas le gâcher pour quelque chose de futile. Je détestais les disputes et je ne voulais pas lui imposer mon point de vue sur le tabac... et puis il fallait bien admettre que son cigare lui donnait un air plutôt classe !

— Tu préfères te réchauffer à ta manière à ce que je vois, lui lançai-je en le regardant me rejoindre sur le balcon extérieur, seulement vêtu de son jean.

— J'ai l'habitude, oui, me répondit-il en soufflant une bouffée de fumée de sa bouche.

Je ne supportais pas non plus la senteur du tabac et encore moins celle du cigare, mais ça semblait être un petit plaisir que certains fumeurs appréciaient après le sexe. Je pouvais au moins lui laisser ça, du moins pour l'instant.

— Bon, je vais aller me coucher, me dit-il en enfonçant le bout de son cigare dans un cendrier.

Les yeux dans le vide, je restais à contempler les étoiles.

— Tu viens me rejoindre ?

— C'est vrai, j'ai le droit ?

— Je ne t'imposerai aucune règle tant que tu resteras avec moi, en tout cas rien qui ne te détruise, mais si tu préfères rejoindre ta chambre, je te raccompagne...

Qu'est-ce qu'il veut dire par là ? Enfin, c'est comme tu

veux, mais avoue que ça serait dommage de ne pas passer la
nuit avec un acteur de rêve, tu ne crois pas ?

Mes bras dans les siens et mon crâne appuyé sur sa poitrine, je m'endormis en la compagnie de mon fantasme, l'esprit encore rempli d'amour. Quelle serait la suite ? Je ne le saurais qu'en m'endormant. Hugh était le seul à pouvoir me le dire et je n'allais pas le réveiller pour lui demander. Je verrais bien ce que la vie me réserverait pour le lendemain, ou plutôt pour les prochaines heures. La soirée était passée si vite.

VIRÉE AU RESTAURANT

Je me réveillai aux côtés de cet homme célèbre, soulagé de le voir dans le même lit que moi. Je n'aurais pas apprécié qu'un homme disparaisse silencieusement en me laissant, pour unique souvenir d'une nuit torride, un petit mot écrit à la main.

On s'était endormis avec nos caleçons et la seule vue de ses formes soulignées par ses muscles me remplissait déjà d'une douce chaleur. Ce que j'avais vécu quelques heures auparavant n'était pas un rêve, mais bel et bien une réalité. Lui se souciait des autres, il n'était pas du genre à ne penser qu'au bien-être physique, et c'était tout à mon avantage. Beaucoup d'hommes ne cherchaient pas à aller plus loin et voulaient juste une rencontre d'un soir ; «*Je préfère ne pas te voir au réveil*», c'était le type de phrase que je trouvais écrites sur de petits bouts de papier et que je m'empressais de jeter à la poubelle par peine.

Hugh dormait et ça ne me serait pas venu à l'esprit de le

réveiller. Je n'osais pas le sortir de ses rêves. Il semblait si heureux dans le rêve qu'il semblait explorer. «Ne *fais pas aux autres ce que tu n'aimerais pas que l'on te fasse*», voilà une phrase cohérente que beaucoup de personnes semblaient oublier avec le temps.

Je ne saurais pas dire le nombre de mecs qui n'étaient pas heureux dans leur vie et qui développaient une jalousie à l'égard des autres par simple haine et stupidité, mais heureusement pour moi, cet homme qui partageait le même lit que moi ne semblait pas en être atteint.

Les pieds sur le sol, je remis soigneusement la couette derrière moi. Debout devant l'immense vue que m'offrait la chambre, je contemplais le lever du soleil. Ses multiples rayons lumineux traversaient les vitres des buildings face à moi. La lumière se reflétait dans la chambre et nous imposait sa lueur bienfaitrice, qui parcourait maintenant le sol en bois naturel. La vue était d'une beauté incomparable.

Je me dirigeais vers la porte pour aller chercher le petit-déjeuner par simple envie de le satisfaire quand, tout d'un coup, une main me retint le poignet. C'était celle de Hugh !

— Attends, dit-il d'une voix qui semblait triste et somnolente. Ne pars pas tout de suite, Thomas, s'il te plaît.

— Je voulais pas partir. Je voulais te faire une surprise. J'allais juste te chercher quelques croissants et pains au chocolat. Tu pensais que j'allais te quitter ? dis-je pour le rassurer.

— Non..., répondit-il en baissant les yeux, mais je préfère descendre prendre mon petit-déjeuner en bas avec toi, si ça ne te dérange pas. Il y a un service et une pièce spéciale pour ceux qui souhaitent ne pas se mêler aux autres résidents de l'hôtel.

— Aaah, super! On sera comme un couple dans la fleur de l'âge, alors?

— Un couple? me répondit Hugh.

— Oui... enfin... comme on a l'air de bien s'entendre... je pensais que...

Soudain et avec tristesse, des larmes coulèrent sur ses joues et rejoignirent son menton.

Mince! Est-ce que je viens de dire quelque chose d'offensant?

— Heey! Qu'est-ce que tu as? dis-je gentiment.

Qu'est-ce qu'il lui arrivait tout d'un coup? Il venait à peine de se réveiller et il se mettait à pleurer.

Il me rendait triste et je n'aimais pas voir mes proches pleurer. J'avais l'impression de partager les mêmes sentiments que l'autre et cela m'affectait.

Même si ce n'était que quelques larmes, voir ce si grand homme souffrir me mettait presque dans le même état que lui.

— Je suis désolé, si je t'ai choqué. Je ne voulais pas...

— Non, ce n'est rien, Thomas, sourit-il en essuyant ses larmes.

Je cherchais à consoler la peine qu'il semblait avoir accumulée depuis bien trop longtemps en lui.

— Qu'est-ce que tu as? lui dis-je en lui caressant les joues. C'est ce que je viens de te dire qui te met dans cet état?

— Thomas, ce n'est pas ça... ce n'est pas ce que tu as dit. Je suis désolé.

— Désolé de quoi?

Mes yeux naviguaient dans les siens sans trouver de port

d'attache ; je voulais amarrer son bateau afin d'éviter qu'il ne dérive.

— C'est juste que ça m'a rappelé quelque chose... me répondit Hugh d'une voix triste.

Attendri par ce qu'il venait de me dire, j'avais l'impression que quelque chose dont il ne voulait plus se souvenir le tracassait. Quelque chose qui était encore très présent pour lui, à sa plus grande insatisfaction.

Je ne voulais pas lui remémorer ce passage de sa vie et je cherchai vite un moyen de lui faire oublier, au moins quelques instants.

— Hey... on n'est pas bien là, tous les deux, devant cette vue magnifique ? Écoute, je vais aller commander des viennoiseries et on les mangera ensemble dans le lit, ça te va ?

On venait tout juste de se rencontrer et j'avais l'impression que la nuit avait été bien plus longue que la normale. Des mois semblaient s'être écoulés pour moi et je ressentais la même chose chez lui.

— Oui, tu as raison, Thomas. Et puis, je ne voudrais pas gâcher ce moment. Je suis désolé.

— Je ne sais pas si j'ai raison, mais je préfère rester sur des sentiments comme... comme ceux que l'on a vécus au lit, hier soir. C'était tellement magique et puissant ! Merci d'être là.

— Je t'en parlerai plus tard, de toute façon, il y a bien un jour où elle me rattrapera..., me répondit-il d'un ton évasif.

Quand bien même cette chose dont il prévoyait de me parler semblait être une préoccupation assez importante pour lui, je préférais ne pas la lui rappeler. Rien qu'en accrochant mes pupilles aux siennes, je pouvais le percevoir.

Sans doute mon petit côté chaman.

— Je dois faire comment pour commander ?

Il me suffisait de me servir du téléphone de la chambre, mais je voulais changer de sujet le plus discrètement possible. Je ne voulais pas que des larmes coulent de nouveau.

— Je ne me sens pas encore prêt à te dévoiler tous mes secrets. Je ne veux pas te décevoir avec mes problèmes. Je suis censé être une grande personne, un homme mûr, et non quelqu'un de faible. Je ne veux pas que tu me voies ainsi, Thomas. Je viens de me réveiller et je fais déjà de la merde, avec toi... avec...

— ... Hey ! Non. Arrête. On vient à peine de se rencontrer, mais ce n'est pas pour autant que tu dois te mettre autant la pression sur l'impression que tu m'envoies.

Le regard triste, je remontais calmement son menton fuyant.

— Écoute-moi bien, Hugh. On est tous faits de la même façon. On a tous deux bras, deux jambes et une tête munie d'un cerveau, dis-je d'un léger sourire. On a tous nos moments et nos sentiments respectifs. Je ne vais pas te juger pour ce que tu es et encore moins pour ce que tu as décidé d'être avec moi, mais je te demanderai juste une chose.

Son regard redevenait confiant.

— Qu'est-ce qui s'est passé avec elle ?

— Quoi ? Qui... Elle ? s'étonna-t-il.

— Écoute. Moi non plus, je ne veux pas te faire peur. Tu es bien plus que ce que tu peux imaginer. Crois-moi ! Et si tu préfères que je t'avoue moi aussi mes secrets, je vais le faire.

— Non, ce n'est pas la pei...

— Ce n'est pas la peine ? le coupai-je. Je suis fou de toi depuis quelques années et notre rencontre... m'a rendu encore plus fou de toi. Notre première nuit a été la meilleure que j'ai jamais eue. Ce matin, je me réjouissais de te voir à mes côtés. J'avais peur que tu m'abandonnes à mon sort, dis-je en lâchant quelques larmes à mon tour. J'en suis tout chamboulé... Aucun homme ne m'a fait ressentir autant d'émotions en une seule et unique nuit. Personne ne m'a encore fait jouir comme tu l'as fait, alors merci infiniment.

Hugh me regardait avec un air à la fois mélancolique et joyeux. Ce que je venais de lui dire semblait l'avoir remis en forme. C'était l'occasion de continuer.

— Je sais que, vis-à-vis de ta carrière et de ta situation, se dévoiler nos secrets dès le début de notre relation peut être compliqué, voire intrusif de ma part et si ça l'est, je m'en excuse. Je souhaite juste t'aider et je le ferai si tu m'en laisses la possibilité, mais ce matin, on va tranquillement déguster nos viennoiseries et penser à autre chose, OK ?

— Je t'en parlerai, mais pour l'instant même après tes mots, qui au passage m'ont remonté le moral, je ne suis pas prêt.

Ses larmes avaient maintenant toutes séché et son sourire commençait à refaire surface. Il me contemplait de nouveau de ses beaux yeux et bombait son torse. Ouf ! J'avais réussi à le calmer.

— Tu sembles me comprendre mieux que personne, alors que l'on vient tout juste de se rencontrer. Comment peux-tu me déchiffrer en si peu de temps, Thomas ? me demanda Hugh après que j'eus fait monter le petit-déjeuner et raccroché le combiné à son socle.

— C'est l'amour, Hugh, c'est l'amour ! répondis-je en le regardant, habillé de mon plus beau sourire.

— Tu es splendide, me dit-il en appuyant son crâne contre le mien. Personne n'arrive à me regarder comme tu le fais. Tes yeux bleus sont tout simplement magiques, Thomas. Je te remercie d'être à mes côtés.

C'est pas plutôt moi qui devrais le remercier ?

Sa silhouette se reflétait sur les murs de la pièce et l'image que j'avais eue de lui, ce matin-là, était semblable à celle de *Thor*, sauf que Hugh n'avait pas la barbe rousse.

— Tu l'es toi aussi, Hugh.

Soudain, j'entendis frapper sur le bois de notre porte. Les viennoiseries étaient arrivées bien plus rapidement que je ne l'aurais imaginé. D'un bond pressé, j'ouvris la porte pour accueillir notre petit-déjeuner. D'un signe de tête, je fis signe à Hugh de se remettre sous les draps. Le plateau posé délicatement sur ses genoux, j'envisageais de déguster son contenu.

— Tu sais qu'on a une table pour ça, Thomas ?

— Oui, mais sur tes genoux, c'est beaucoup plus appétissant.

— Hum... ma foi, c'est pas faux.

Assis, la tête posée sur son épaule, je me réchauffais contre son corps de rêve. Je sentais et entendais son cœur battre sous sa poitrine. Le soleil me réchauffait de sa douce température. Ma viennoiserie en bouche, j'en dégustais le bon goût tendre et chocolaté. C'était la meilleure que j'avais encore jamais eu l'occasion de savourer ! Savoureux, le chocolat coulait sur mes lèvres et son odeur exquise se dégageait jusqu'à mes narines. D'un seul coup, Hugh s'empressa de croquer dans ce qu'il en restait et me le retira sans ménagement de la bouche.

— Attention à mes doigts. J'en ai besoin pour te dorloter.

— Oups ! Oui. En effet, il serait fâcheux que tu ne puisses

plus me masser.

Il me caressait la joue d'une délicate attention, puis doucement retira ses doigts de moi pour saisir sa tasse de café. Comme un *ninja*, je volai sa tasse en renversant volontairement un peu de café sur ses pectoraux. Le visage sans expression, il me regardait sans montrer la moindre expression, puis d'un sourire grandissant, il se mit à rire aux éclats. La joie pouvait facilement se lire sur nos visages. La Californie nous éclairait de sa belle lumière divine et nous finîmes notre petit-déjeuner matinal.

Après avoir rempli nos estomacs, je rejoignis la salle de bain pour y prendre ma douche, pendant que Hugh vérifiait une dernière fois son agenda sur son téléphone portable.

— Tâche de ne pas partir sans moi, lui lançai-je alors qu'il discutait au téléphone.

— Non, ça ne risque pas, ne t'en fais pas, me répondit Hugh en écartant un instant le téléphone de son oreille.

Je balançai mon caleçon sur le lit, juste derrière moi.

— Je comprends. Bon courage pour aujourd'hui et merci pour cette faveur. Je vais pouvoir en profiter pour me reposer.

Hugh raccrocha et remit son téléphone dans la poche de son Levi's.

— C'était le studio. On vient de m'informer que j'ai la journée devant moi. La scène d'aujourd'hui peut se faire sans moi.

— Tu tournes la suite de *The breath of danger* ?

— Tu crois que je vais te laisser verrouiller cette porte et te doucher tout seul, maintenant que j'ai le temps de te rejoindre ?

Voulait-il éviter de me répondre ? Peut-être qu'il ne

souhaitait pas en parler, après tout. C'était une information confidentielle et il ne voulait peut-être pas me le dire tout de suite ? Ou alors, il était bien trop occupé à penser à ce qu'il s'apprêtait à faire durant cette journée de temps libre ? Je penchais plutôt pour la dernière option.

Ses pieds à présent en face des miens, il lança un bref coup d'œil à mon caleçon que je venais de jeter sur les draps, puis me rattrapa avant que je ne m'enferme dans la salle de bain. Le bras tendu sur la porte, je ne pouvais plus la refermer. J'avais beau pousser de toutes mes forces, j'allais être obligé de céder à ses caprices.

Avec un léger sourire, il poussa la porte sans difficulté, comme si rien ne la retenait. Il entra et enleva son caleçon qu'il laissa par terre comme un malpropre. Son poignet autour du mien, il me fit signe de le suivre sous la pomme de douche. Coquin, je poussais ses épaules en arrière pour éviter qu'il ne s'approche encore plus de moi. Sa poitrine collée à la mienne, sa force titanesque avait anéanti ma tentative. Peut-être que si j'y avais mis plus de volonté, j'aurais pu le ramener jusque dans les draps, mais ce matin, j'avais juste envie de me laisser guider par ses mouvements. Mon sexe entrait peu à peu en érection et je découvrais que l'homme que j'avais en face de moi n'avait pas que le haut de son corps de musclé. Son entre-jambe, lui aussi, reflétait parfaitement sa force physique. Lentement, il guida mes épaules pour que je me retrouve dos à lui.

— Avance et profite. L'eau n'est pas trop chaude, ne t'en fais pas. De toute façon, je saurai te réchauffer.

J'enjambai le marbre noir de la douche. Il déposa affectueusement un doux baiser sur mon cou. Il tendit la main en direction du panneau de contrôle de la douche, puis actionna un petit bouton chromé. Je caressais ses magnifiques abdos. Soudain, il m'agrippa les poignets et les releva au-dessus de sa tête. J'avais vite compris où il voulait en venir. Il voulait que je savonne et frotte ses épaules. J'allais pouvoir laver ce beau corps masculin.

Je passais mes mains sur ses épaules en alternant avec les muscles de son dos tout en suivant des mouvements circulaires. Hugh leva ses bras en V. Avec mes mains savonneuses, je descendis tout doucement vers le bas de son torse pour astiquer ce qui me caressait le nombril. Laver un si bel homme était vraiment un privilège et une chance que peu de monde pouvait s'offrir. Je descendis mes mains contre la ligne de ses fesses pour le cajoler, puis doucement, j'enfonçai mon index jusqu'à son rectum en le titillant tendrement. Les sensations que j'éprouvais devenaient de plus en plus intenses et les gémissements qu'il faisait l'étaient tout autant.

— Continue. S'il te plaît.

Je faisais des allers-retours entre ses cuisses pour le faire mousser pendant que mon cœur s'embrasait. Ses yeux se fermèrent sous l'action de mes doigts délicats et des gémissements se firent aussitôt entendre.

— Je n'arrêterai jamais, susurrai-je.

Je remontai ma langue sur les formes sculptées de son corps. Son sexe était maintenant aussi raide que le mien et la chaleur de son corps combinée à celle de l'eau m'enivraient.

— Bon, c'est à mon tour de te procurer du plaisir, grogna-t-il.

Hugh me prit soudain par les épaules en se faufilant derrière moi. Je sentais une bosse me frôler et me câliner le dos. Son sexe bandant, il entama des gestes réguliers sur la ligne de mes fesses. Voulait-il l'insérer en moi, comme il l'avait si délicieusement fait la dernière fois ? Je m'agrippai des deux mains à la barre de douche, puis je suivis ses ordres.

— Baisse ton dos, dit-il en pressant sa main sur ma colonne vertébrale.

Je m'exécutai aussitôt. J'espérais juste qu'il ne se fasse pas submerger par ses ardeurs masculines et qu'il garde la maîtrise de ses gestes, comme il avait si bien pu le faire la veille, mais j'avais confiance. J'avais l'impression de connaître cet homme comme aucun autre et je savais qu'il ne ferait rien que je ne puisse supporter.

— Plus bas, me dit-il d'une voix douce. Mets-toi bien droit.

La tête contre mes mains pour éviter de me cogner contre le mur, j'attendais sagement. Hugh baissa la température de l'eau et entama des va-et-vient. Mon souffle était irrégulier.

— Ne retiens pas ton souffle, exprime-le, m'encouragea-t-il.

L'eau continuait de s'écouler sur nos corps et j'avais l'impression que l'eau montait en température. Je comprenais à présent où il voulait en venir. Le secret était d'exprimer son plaisir et non de le garder pour soi. Garder des émotions trop longtemps en soi n'est pas une bonne chose.

Je gémissais de plaisir et Hugh s'en donnait à cœur joie. Mon corps avançait puis reculait dans une valse frénétique. Le plaisir grimpait et je me remplissais peu à peu de la jouissance infinie que m'offrait sa pénétration. Je me balançais d'avant en arrière. Je comprenais mieux pourquoi il avait baissé la température de l'eau. Je n'avais encore jamais expérimenté cette façon de faire l'amour... sous la douche avec un homme aussi musclé.

Hugh jouit en moi trois petits jets d'affilée qui se suivirent par un long et fort torrent de jus blanc, bien plus vaste que lors de notre première fois. Je ne pus retenir tout son fluide. Le liquide presque transparent coulait abondamment sur le sol noir de la douche comme la lave d'un volcan en éruption.

Ses mains sur mon visage me rassuraient, il avait su rester lui-même et semblait connaître ses limites. Il n'était ni trop brut ni trop délicat, tout comme l'eau tiède qui continuait de se déverser sur nous.

— Tu peux me... finir, Hugh... s'il te plaît, dis-je d'une voix éteinte.

Après ce que je venais de vivre, j'étais épuisé, alors que d'habitude je prenais la douche pour avoir l'effet inverse. Peut-être qu'en le faisant plus souvent, je m'y habituerais. Hugh posa ses lèvres sur les miennes et m'embrassa avec fougue.

— Non, je te finirai plus tard. Si tu attends bien sagement, je saurai te récompenser comme il se doit.

— Mais, j'espère bien.

J'avais follement envie de continuer, mais je respectais ses souhaits dont la raison m'échappait totalement.

— Ne t'en fais pas pour ça, me répondit-il les yeux attendris.

Je séchai mes longs cheveux noirs et enfilai mon pantalon à même la peau en fermant délicatement les boutons de devant.

Je me dirigeai vers le balcon pour profiter de la belle vue matinale et des beaux nuages blancs qui m'apaisèrent.

Face à la fenêtre et ses mains appuyées sur mes hanches,

il posa tendrement son menton sur mon épaule, puis affectueusement, vint déposer un baiser sur mon cou. Les rayons chaleureux du soleil s'étaient à peine déposés sur ma nuque que mes épaules chauffaient déjà.

Hugh frottait délicatement ses doigts tout autour des miens, puis referma son emprise. Nos poignets réunis, nous regardions paisiblement le paysage s'animer devant nos yeux pendant que le soleil nous réchauffait de sa lumière divine.

— Cette vue me fait toujours autant de bien. J'ai l'impression à chaque fois d'en ressortir plus fort qu'avant, dit-il alors que je sentais ma peau aspirée entre ses lèvres.

Punaise ! Il me fait un suçon ou je rêve ?

— Considère ça comme une promesse, Thomas.

— La promesse de quoi ?

Interloqué, je cherchai la réponse sur le visage de Hugh.

— La promesse que je m'occuperai de toi, d'une manière que tu ne soupçonnes même pas, dit-il en me fixant droit dans les yeux.

— Je te fais confiance pour ça, Hugh, répondis-je d'un sourire bienveillant.

— Ça te dit de voir un endroit encore plus beau que celui que tu as sous les yeux ? dit-il soudainement.

— Oui, avec joie, surtout si c'est en ta compagnie !

— J'aime cet état d'esprit, Thomas, répondit-il l'air heureux.

Je tenais la main à cet homme torse nu avec pour seul vêtement une serviette blanche enroulée autour de sa taille.

— Tu n'as pas peur que l'on te regarde ?

— Et toi, Thomas, tu as peur du regard des autres ? dit-il,

surpris de ma question.

— Je voulais dire... tu n'as pas peur qu'un paparazzi te prenne en photo avec moi à tes côtés ?

— On ne peut jamais prévoir, Thomas, mais il y a eu une conférence de presse avant que l'on ne commence le tournage. Ils ont déjà eu toutes les réponses à leurs questions.

— C'est pour ça qu'il n'y avait pas de journalistes à la soirée quand j'étais avec toi ?

— Sans doute ! De toute façon cet hôtel a la bonne habitude de n'en laisser entrer aucun.

— C'est pour ça qu'ils m'attendaient à la réception, le jour de ma venue, dis-je étonné.

— Peut-être, Thomas, oui.

— Bon ! Tu souhaites rester là toute la journée ou tu préfères profiter de cette belle journée avec moi ? Je t'invite à déjeuner, si tu l'acceptes.

— C'est comme ça que tu fais pour avoir autant d'énergie ?

— Pour avoir autant d'énergie ? Non ! dit-il en rigolant. Bon, allez ! On a la journée devant nous, mais les restaurants ne vont pas rester ouverts toute la journée, Thomas.

Cette matinée n'avait pas été très productive, mais pour moi ce n'était pas du temps perdu, car l'amour emplit le cœur et nous donne la force de continuer d'avancer.

— Je m'habille et je te suis, répondis-je excité.

Hugh enfila rapidement un polo. Il aimait bien les tenues à la fois simples et distinguées et le contraste entre son *slim* noir et son polo le rendait élégant. L'échancrure de son polo laissait apparaître quelques-uns de ses poils. Il n'était pas du genre à porter des vêtements montrant son statut social ou sa richesse, bien qu'il profite de temps en temps de certaines opportunités pour s'habiller dans des marques de luxe. Après tout, pourquoi s'en priver quand on peut plus qu'aisément se le permettre ?

Refermant et verrouillant la porte avec délicatesse, juste derrière moi, il me tendit la main dans un geste courtois, puis m'invita à descendre les escaliers en sa compagnie.

— Bonne journée à vous, messieurs ! dit gentiment le réceptionniste. Je vois que vous avez fait connaissance.

De quoi se mêle-t-il, celui-là ?

— Oui, merci, nous avons fait connaissance hier soir, lui répondit Hugh en laissant un petit rire s'échapper.

On rejoignait l'entrée. Il se tourna vers moi et précisa :

— Ne t'inquiète pas, Thomas. Il sait garder ses distances, mais c'est son travail de satisfaire les clients de l'hôtel. Il s'intéresse à nous dans le seul but de répondre à nos besoins, mais il n'osera jamais raconter notre vie privée aux autres, tu peux en être certain. Tout ce qui se passe au Royal Blue, reste au Royal Blue !

Il connaissait son métier, ses devoirs et savait rester discret vis-à-vis des clients, très bien ! Je jetai un rapide coup d'œil aux poissons qui nageaient tout autour de moi. Hugh me lâcha la main pour rejoindre la sublime limousine noire et dorée que j'avais déjà aperçue et qui s'était garée juste devant la porte d'entrée.

Shannon sortit de la voiture. Habillé dans un costume bleu sombre accompagné d'une élégante cravate, il ouvrit les portes de la voiture.

— Bonjour Shannon.

— Bonjour monsieur, je suppose que...

— Oui, Shannon, je t'ai parlé de lui au téléphone, dit Hugh

en me lançant un regard rapide et discret.

Quand est-ce qu'il avait parlé de moi ?

— Enchanté de vous revoir... monsieur...

— Asvård, monsieur ! dis-je d'un grand sourire.

— Appelle-moi Shannon, je t'en en prie, répondit-il l'œil pénétrant.

Il était soudainement passé du vouvoiement au tutoiement, sans aucune raison. *C'est une habitude chez eux ou quoi ?* Ma foi, cela ne me dérangeait absolument pas, bien au contraire. Je préférais tutoyer que vouvoyer, même si dans certaines circonstances je préférais vouvoyer pour garder une distance respectueuse. Hugh dévisagea Shannon l'air sérieux.

— Pardonnez-moi, monsieur, ce n'était pas approprié. Veuillez m'excuser.

Shannon se replia sur lui-même et s'excusa platement devant moi.

— C'est rien, lui répondit Hugh. C'est vrai que vous avez déjà fait connaissance, mais de là à vous acoquiner tout de suite, c'est peut-être un peu trop tôt. Et puis, il ne t'appartiendra jamais, alors autant t'y habituer dès maintenant.

Je ne comprenais pas grand-chose à la scène qui se passait devant mes yeux. C'était quoi ce : « il ne t'appartiendra jamais » ? *Il est sérieux ? Depuis quand je suis un objet ou son domestique ?* L'idée de le servir ne me dérangeait pas, mais lui être complètement dévoué, si i

— Je m'excuse de vous interrompre, mais... Hugh, si je peux oser, je ne suis pas ton objet et encore moins le sien, rétorquai-je en balayant mon regard vers son chauffeur.

Hugh, pris d'un fou rire, dévisagea Shannon.

— Tu vois, je t'avais dit qu'il te plairait. Tu me fais rire,

Thomas ! Bien sûr que tu peux te le permettre... comparé à certaines personnes, dit-il en toisant Shannon et passant du ricanement au plus grand des sérieux. Je rigole, je te suis reconnaissant, Shannon. Tu fais beaucoup pour moi et je ne vois pas meilleur chauffeur que toi pour me conduire tous les jours, mais par moments... il est utile... comment te dire... de remettre les pendules à l'heure.

Ses derniers mots me dérangeaient quelque peu, mais je ne lui fis aucune remarque. C'était sans doute pour poser ses marques, mais diantre ! Je n'étais pas un poteau que l'on arrosait pour marquer son territoire ! Je commençais à le connaître et je savais que c'était purement un jeu pour lui, mais quand même.

— Bien entendu monsieur, je vous saurais gré d'accepter une nouvelle fois mes excuses.

Et le voilà qui s'amusait lui aussi à lui répondre comme s'il venait de faire une erreur. *Il n'y en a pas un pour rattraper l'autre*, m'amusai-je. Ça ne m'étonnait pas qu'ils s'entendent aussi bien ! Il montrait juste ses instincts de dominant, comme un loup qui protégerait ses petits des autres prédateurs. Il voulait seulement me défendre au final, mais je n'aimais pas trop la manière dont il l'avait traité. Bien que Shannon doive comprendre que Hugh était en couple avec moi, je n'affectionnais guère la façon dont Hugh s'était adressé à lui. D'autant plus que certaines choses doivent se régler en privé. Heureusement pour nous, personne ne semblait nous prêter attention. Une chance ! On aurait eu l'air de quoi à se chamailler en public, surtout que Hugh était célèbre.

Pour moi, tout le monde était au même niveau et méritait la plus grande bienveillance. Je n'appréciais pas que l'on rabaisse les autres à cause de leur statut ou par stupidité. Il valait mieux pour lui qu'il reste sage dans ses propos.

— Il peut me tutoyer s'il veut, dis-je avec audace en toisant l'acteur de mes rêves. Tu n'as pas à décider pour moi.

Ma vue filait à présent tout droit dans les yeux bleus de Shannon. Je le trouvais si élégant, serviable et agréable. Il était très bel homme et je me serais bien vu, à ce moment-là, dans ses bras juste pour contrarier Hugh. Heureusement pour moi, ce dernier ne pouvait pas lire dans mes pensées, du moins que je sache.

— Salut, Shannon. Je suis content de te revoir, dis-je pour provoquer l'homme qui se trouvait à mes côtés. Je peux monter à côté de toi ?

— Thomas, ce sont des choses qui ne se font pas, dit-il calmement pour apaiser la situation. Je peux comprendre que mon petit jeu ne t'ait pas plus et je ne recommencerai pas, c'est promis, mais de là à l'impliquer dans ta vengeance, c'est un peu déplacé de ta part. Shannon souhaite être au calme et de toute façon les chauffeurs sont rarement accompagnés à l'avant d'une voiture.

Shannon ouvrit la portière arrière pour accueillir Hugh, puis il revint sans perdre de temps ouvrir de mon côté. J'aurais pu le faire seul, mais je sentais qu'il valait mieux le laisser faire pour ne pas le blesser. Il était payé pour ça, et ça ne semblait pas lui déplaire. Assis à l'arrière à mes côtés, Hugh s'approcha de mon oreille pour me chuchoter quelques paroles, tandis que Shannon s'asseyait derrière le volant pour démarrer.

— Je voulais juste te protéger de ses ardeurs, rien de plus. Je suis un homme, moi aussi, et je peux voir dans ses yeux qu'il ne serait pas contre l'idée de sortir avec toi.

— Bof... pas trop.

— Comment ça « Bof... pas trop » ? dit-il d'un ton brutal.

— Je voulais seulement te signaler que je ne suis ni un objet ni ta propriété, lui répondis-je sur un ton plus autoritaire.

— Hum ! Ce sont les termes que j'ai employés qui te dérangent ?

— Un peu oui. Je ne veux pas que tu me prennes pour ce que je ne suis pas !

— Mince. Je pensais que tu aurais compris que je rigolais, Thomas. Ce n'était rien de sérieux. À force d'être dans le milieu, je me laisse emporter dans mon propre jeu.

Je m'étais laissé entraîner par ma mauvaise humeur comme un idiot, et lui rigolait tranquillement assis dans cette belle limousine. S'il me voulait à lui, il me l'aurait déjà fait comprendre, à moins que cela ne soit l'amour qui m'aveugle ? Non, aucun risque, j'étais encore moi-même, et je le resterais aussi longtemps que je le voudrais.

— Tu sais, Thomas. S'il y a une chose que j'aime faire, c'est bien de me fourrer dans des situations compliquées comme celle-ci, même si ce n'était pas judicieux de parler comme je l'ai fait... je l'admets. Je serais prêt à abandonner tout ce que j'ai acquis, y compris ma notoriété et mon argent... rien que pour tes beaux yeux bleus.

Shannon nous observa alors qu'il engageait la voiture dans la circulation.

— Où dois-je vous conduire, monsieur ?

Hugh l'informa de l'endroit où il souhaitait m'inviter à déjeuner et Shannon, en croisant son regard dans le rétroviseur, confirma sa requête d'un mouvement de tête.

— Tu lui as fait forte impression la dernière fois, tu sais ? me dit Hugh d'un air amusé.

Ouf ! Il était descendu de ses grands chevaux, même si ce n'était que pour jouer et s'amuser de moi.

La route ne fut pas longue et on arriva rapidement à destination. Il n'y avait presque personne et c'était plutôt positif pour nous deux. Je sortis de la voiture en m'étirant, les bras levés en contemplant Hugh faire de même. *Qu'est-ce qu'il est sexy dans cette posture !* pensai-je. Son corps splendide et si masculin se reflétait à travers mes pupilles.

Shannon referma les portières une à une, puis il remonta dans la limousine et repartit pour nous laisser déjeuner tranquillement.

L'endroit était magnifique. Un grand parasol surplombait entièrement le patio. Le soleil était assez fort en Californie et le bronzage récurrent. J'aurais pu rester là à contempler le lieu pendant un certain temps, mais la faim se faisait de plus en plus sentir.

Ça ressemblait à un restaurant gastronomique trois étoiles et sa végétation florissante y était accueillante.

On avait décidé de s'asseoir en terrasse. Il faisait beau et il était plus agréable de manger à l'extérieur, quitte à attirer de potentiels regards sur nous. C'était d'ailleurs ce que la serveuse nous avait conseillé quand on s'était présentés. On avait commandé nos entrées et nos plats et on attendait patiemment en discutant.

— Ça fait du bien de se retrouver en dehors de l'hôtel et dans un lieu si joli.

— Oui ! C'est vraiment beau, tu as bien choisi, dis-je en

regardant tout autour de moi. Je peux te poser une question, Hugh ?

— Oui, bien sûr.

— Je ne te connais pas encore suffisamment, mais j'ai l'impression que tu préfères davantage la vie simple. Une vie un peu solitaire, sans luxe ni célébrité.

— Hum... C'est une excellente déduction, sourit-il les yeux brillants.

Je le regardais de la même façon que lorsqu'on écoute quelqu'un nous raconter une histoire passionnante.

— Pour ne rien te cacher, oui, je préfère largement une vie tranquille, un peu « solitaire » comme tu dis... qui me permet de me reposer... Je préfère ça à une vie entourée de luxe, de personnes hautaines et connues qui n'ont que l'argent, la reconnaissance et le travail à la bouche. Même si j'apprécie pouvoir me faire plaisir sans regarder la dépense.

— Oui, surtout quand on est à deux. Il faut profiter de la vie et je compte bien profiter de ce moment avec toi... dis-je en sirotant le cocktail que la serveuse venait de me servir. Je profitais de la paille plantée au milieu des glaçons pour concentrer mon regard sur mon verre. J'osais plus trop le regarder droit dans les yeux, car j'avais peur de sa réaction.

Je sentis tout d'un coup comme un tressaillement dans sa voix, comme si des pensées dont il ne souhaitait plus se souvenir lui étaient subitement remontées à l'esprit.

— Pour tout te dire, Thomas, je préférerais finir ma vie accompagné de quelqu'un qui m'aime et qui m'apporte l'affection et le respect dont j'ai besoin, que d'une personne détraquée. Je ne veux plus d'une personne manipulatrice, ajouta-t-il d'un air triste, le front ridé.

À ce moment-là, je sentis comme une gêne s'installer en lui. *Avais-je inconsciemment fait remonter un souvenir ineffaçable?*

— J'ai besoin d'une nouvelle vie, de quelqu'un qui m'aime, malgré mes défauts, d'une personne qui ne me fera pas souffrir comme elle, reprit-il.

Par Odin! De qui voulait-il me parler, au juste? Quel passé avait-il eu? Qu'est-ce qui pouvait bien le faire s'effondrer aussi facilement?

J'avais l'impression qu'il était prisonnier de quelque chose dont il ne pouvait pas se défaire malgré ses tentatives.

Pourquoi pleurait-il, si soudainement? Qui était cette personne qui le préoccupait tant et était-ce une ennemie dont je devais me méfier?

Ça semblait le ronger de l'intérieur et je ne pouvais absolument rien faire pour l'empêcher. À mesure que je faisais connaissance avec lui, j'avais l'impression qu'il se tramait quelque chose de sombre, que je n'avais pas décelé auparavant.

Il arrivait si bien à dissimuler ses peines et à cacher son passé que je n'étais même pas certain que des gens connaissaient ses secrets, à part peut-être sa femme, qui restait encore un mystère pour moi. Tout s'était passé si rapidement que je n'y avais même pas prêté attention. D'habitude, je laissais les hommes mariés construire leur vie et je n'aimais pas en briser, mais ce qu'il s'était passé dans le couloir en cette fin de journée ne pouvait être qualifié avec de simples mots, c'était une situation qui m'était très inhabituelle et que je n'avais jamais vécue, comme si *Mjöllnir* — le marteau de *Thor*, le dieu du tonnerre et protecteur de *Midgård*, la terre des hommes —

m'avait frappé ce jour-là... comme si des battements avaient vibré et résonné si fort dans mon cœur qu'ils voulaient en sortir.

Il avait besoin d'aide, je le voyais rien rien qu'à son regard. Mon côté devin peut-être.

Attends ! Mais suis-je bête ! Sa femme ! C'est ça ! C'est elle qui l'attriste... merde !

Je me sentais bête, mais à la fois, je savais que mon côté devin avait résisté à mon coup de foudre.

Heureusement qu'aucun journaliste ne nous avait pris au dépourvu et qu'aucune photo de nous n'avait été publiée i Sa joie de vivre et son beau sourire avaient quitté son visage. Une douleur surgit soudainement de ma poitrine.

Mince !

J'avais mal pour lui et je me sentais fautif de l'avoir fait pleurer.

— Ne pleure pas, je sais ce que tu peux ressentir. Ne t'inquiète pas, ça va aller, je suis là pour t'aider. On va surmonter tes souffrances passées ensemble, lui dis-je en essayant au mieux de le rassurer.

— Non, tu ne peux pas comprendre. Cela va au-delà de tout ce que tu peux t'imaginer, Thomas... de toute manière, je ne veux pas t'emmener sur ce chemin.

Il me regardait, les yeux tristes... Il fallait que je le réconforte et que ses larmes s'effacent. Je ne supportais pas de le voir dans cet état.

— Quel chemin ? Tu ne peux pas me conduire sur une route que je n'aurais pas choisie, de toute façon.

Ses yeux se relevèrent doucement pour me faire face. Il ne soutenait pas mon regard par envie, mais par besoin, car il ne semblait pas savoir où reposer son attention. Ses coudes posés sur la table, il venait d'enfoncer sa tête dans le creux de ses bras comme un étudiant lassé d'écouter sa prof. Je survolais du regard la serveuse au loin, qui me paraissait subitement familière. Ses yeux bleus pétillants me rappelaient quelque chose.

L'avais-je déjà rencontrée auparavant ou ressemblait-elle à une de mes connaissances ?

La serveuse était en train de nous apporter deux belles assiettes, bien garnies et pleines de couleurs.

— Redresse-toi, la serveuse arrive, dis-je. Sois fort ou, du moins, fais-le pour moi, dis-je en lui frottant l'avant-bras pour le soulager.

— Tu as raison, dit-il en frottant une larmichette. Désolé de gâcher ce moment, Thomas.

Il releva sa tête pour se concentrer sur le plat principal.

— Tu ne gâches absolument rien, bien au contraire ! Mais on en parlera quand on sera rentrés, si tu le souhaites. Si tu as des problèmes, je suis prêt à les écouter et c'est important si l'on veut que ça marche entre nous, dis-je en enfournant ma fourchette dans ma bouche.

— Tu as raison.

On prit tous les deux un crabe frais pêché du matin, ce qui avait pour effet de me rappeler celui de Bretagne.

— Oui, je sais Thomas. Merci, répondit-il en attaquant son plat pour éviter mon regard.

Je passais mon doigt sur son visage pour essuyer sa larmichette.

— Voilà ! C'était la dernière, ris-je.

Son sourire refit surface et ses yeux noisette reprirent leur éclat naturel.

— Je préfère ce sourire-là ! Maintenant, mange ! Tu es fort, tu es l'être le plus cool que j'ai jamais rencontré, alors ce n'est pas ta femme qui va te perturber à ce point-là ?

Hou là là ! Qu'est-ce que je viens de dire, moi ?

— Désolé, c'est sorti tout seul.

Je regardais les restes de mon assiette par peur.

— Oui, tu as raison Thomas, mais je me sens pas OK pour en parler, là, dit-il en me caressant l'avant-bras.

J'avais au moins réussi à ramener sa joie de vivre, même si ce n'était que temporaire. Rentrer dans l'intimité de quelqu'un avec une telle stature sociale, je ne l'avais encore jamais fait !

On discuta d'autres sujets pour changer nos émotions.

Je m'inquiétais de sa prochaine réaction, mais elle fut tout autre que ce que j'avais pu penser. J'essuyais la sauce qui restait dans mon assiette avec une tranche de pain, tout en m'essuyant grossièrement les lèvres avec ma serviette.

— Non, regarde. On fait comme ça dans mon milieu, Thomas.

Avec souplesse, il prit sa serviette et tapota délicatement ses lèvres. Il me montrait les gestes qu'une personne de son rang devait faire avec un élan d'exagération.

— Désolé, je ne savais pas, dis-je en ricanant ouvertement pour me moquer de lui.

On se mit à rire.

En voyant la serveuse approcher pour nous débarrasser, un éclat de pensée fit aussitôt surface dans mon esprit ; je me rappelais maintenant son visage ! C'était elle ! Elle avec ses yeux bleus pétillants qui m'avait servi dans cet autre restaurant au début de mon séjour et avant que je ne rencontre pour de vrai le grand Hugh Headland.

— Excusez-moi, mais il me semble que l'on s'est déjà vus.

— Oh, oui ! Je me souviens de vous. Je vous ai servi l'autre jour, si je ne me trompe pas. Vous arriviez tout juste en Californie, je me trompe ?

— Oui, c'est ça ! J'ai été très bien accueilli au passage, vous aviez été formidable et je vois que vous avez toujours cette bonne humeur avec vous.

Entre-temps, des gens s'étaient installés et la serveuse faisait des allers-retours pour placer ceux qui attendaient qu'on leur trouve une place pour déjeuner. Elle avait eu la bonté de séparer leurs tables de la nôtre pour que l'on garde un minimum d'anonymat.

— Tu as vu ? Il y a du monde qui commence à arriver, dis-je pour le prévenir.

— Oui, mais ne t'inquiète pas… j'ai l'habitude. Ce restaurant sait respecter l'intimité de ses clients et ils me connaissent.

— De toute façon, tu es connu mondialement.

— Oui, c'est vrai, me répondit-il, mais il n'y a pas de paparazzis ici.

Faut dire que l'on avait eu la chance jusque-là de ne pas en rencontrer.

— Comment ça ? Ils sont refoulés comme au Royal Blue ? lui demandai-je.

— Ce lieu est généralement un endroit où certaines stars aiment bien venir se reposer et profiter d'un bon repas. Le personnel est suffisamment formé pour refuser avec tact et intelligence ceux qui viennent pour interroger et embêter les acteurs. J'en ai surpris quelques-uns qui tentaient de rentrer et les serveurs ont toujours réussi à les dissuader de revenir. Je ne sais pas comment ils font, mais depuis, je viens souvent ici quand je ne suis pas loin.

— Tant mieux, alors, souris-je.

Les personnes installées à leurs tables commençaient de plus en plus à montrer un intérêt particulier pour l'homme que j'avais devant mes yeux. Je pouvais facilement les entendre dirent : « C'est marrant de le voir ici » ; « C'est qui avec lui ? » Tous les commentaires étaient élogieux et loin d'être gênants ou intrusifs.

Je contemplais Hugh et je me demandais si à force d'être regardé, ça ne le dérangeait pas, peut-être qu'à force il n'y prêtait plus attention ?

À ma grande surprise et quelques minutes plus tard, tous les regards se portèrent sur leurs assiettes et plus aucun d'entre eux ne nous fixait. J'étais plus tranquille... Si ça ne semblait pas le gêner, moi, j'avais trouvé ça déplaisant, surtout que la majorité des personnes étaient placées derrière lui et me fixaient. J'avais l'impression qu'ils examinaient chacun de mes gestes.

— Ça te laisse perplexe, hein ? s'amusa Hugh.

— Heu... ouais... c'est plutôt bizarre.

— En France, ce n'est pas comme ça, hein ? me répondit-il.

— Ouais ! C'est pire. Tu peux être sûr que tu serais déjà envahi par les paparazzis, les journalistes et les flashes d'appareils photo.

— Ici, c'est différent, les gens ne nous harcèlent plus comme ils pouvaient le faire avant. On est plus tranquilles. Il y a juste certains coins et certaines dates à éviter, mais à force de vivre ici, et heureusement pour toi, je les connais.

— C'est génial, ça, répliquai-je.

— Oui, c'est en partie pour ça que j'aime habiter ici... tu as une tranquillité que tu ne trouves pas ailleurs.

— ... Et les paysages sont à couper le souffle, dis-je en lui coupant la parole.

— Tout à fait ! me dit-il en me faisant un clin d'œil.

La bonne humeur était de retour i Soudain, une jeune femme s'approcha de nous deux. Je la fixais du regard. À présent, face à nous, elle nous regardait sans oser nous adresser la parole. Elle semblait timide sous ses longs cheveux noirs. Les coudes posés sur la table et mes mains relevées contre mes lèvres de manière distinguée, je lui souriais. Hugh lui tournait le dos et elle ne pouvait pas le voir de face. Ses yeux semblaient s'être fixés à la fois sur moi et sur le dos de mon acteur préféré.

— Excusez-moi, je peux prendre un selfie ? demanda la jeune femme en me regardant anxieusement.

Elle était vêtue d'un joli catogan rouge et d'une veste beige qui apportait un contraste avec ses cheveux.

— Oui, je pense, mais il faudrait solliciter le principal concerné, lui répondis-je en essayant de guider son regard sur Hugh.

Ma réponse sembla la gêner et Hugh semblait s'en amuser de plus en plus. C'est en tout cas ce que son sourire laissait transparaître.

Il ne va pas la manger... il a bon tempérament. Il a seulement un physique qui ne ressemble pas à son caractère intérieur, c'est tout.

— Oh, oui. Bien sûr. Pardon ! ajouta-t-elle, l'air embarrassé.

Hugh se retourna et elle reformula sa question en

s'adressant directement à lui, cette fois-ci. Hugh se leva et prit la pose devant l'objectif de la jeune femme, puis se rassit à notre table. Elle nous remercia de notre gentillesse, puis elle retourna à sa table en me souriant, vu que Hugh lui tournait involontairement le dos.

— Elle avait l'air sympathique, dis-je.

— Oui, comme je te l'ai dit, les gens ici sont en général très sympathiques. Ils ne sont pas stressés comme à Paris.

— Ouais, c'est clair ! m'exclamai-je. Dans les studios, je ne sais pas, mais en France, les gens sont stressés et tirent de ces têtes dans le métro... ce n'est pas beau à voir. Paris est une jolie ville, mais la vie y est très superficielle et les gens n'ont que l'argent en bouche, surtout dans les quartiers les plus aisés. J'ai l'impression que c'est moins le cas ici.

On avait tous les deux fini nos cocktails.

— C'est pour ça que tu vas souvent en Bretagne, voir tes grands-parents ? dit-il en regardant son verre d'eau. Tu t'y sens mieux ?

À quel moment lui ai-je parlé de mes grands-parents et d'où je venais ?

— Depuis quand...

— J'ai de l'influence, Thomas, me coupa-t-il.

— Je sais... mais... comment te dire... je ne vois pas comment tu as pu récupérer ces informations.

— Je rigolais Thomas, c'est le réceptionniste qui me l'a confié.

— Je croyais qu'il savait garder le silence ?

— Bien vu ! rit-il. Tu te rappelles quand on s'est quittés après notre première soirée, après l'événement qu'organisait l'hôtel ?

— Oui, comment oublier ? Tu étais si beau, ce soir-là !

— S'il vous plaît, dit Hugh pour interpeller la serveuse.

— Vous désirez un dessert ? nous demanda-t-elle avec gentillesse.

— Rien, merci, répondit Hugh, la main sur le ventre. J'ai bien mangé, je vous remercie.

— Heu... excusez-moi. Serait-il possible de prendre une infusion, s'il vous plaît ? demandai-je en lui souriant gentiment.

— Bien sûr, je vous apporte ça tout de suite.

Hugh se sentit gêné par la requête que je venais de faire. Il ne m'avait même pas demandé si je voulais un dessert ou une boisson chaude pour digérer le repas.

— Hé ! Ce n'est pas grave, ne t'en fais pas.

— Oh, mais cela ne pardonne pas mon comportement, j'aurais dû te demander poliment avant de ne penser qu'à mes désirs égoïstes. C'est une erreur, je n'aurais jamais dû... je suis sincèrement désolé. Pardon. Je m'en excuse.

— C'est pas grave Hugh, je t'assure. Tu n'as juste pas l'habitude de déjeuner avec quelqu'un, peut-être ?

— Merci, Thomas, mais non, j'ai l'habitude au studio de déjeuner avec beaucoup de gens.

— Oui, mais seulement au studio, pas au restaurant, je me trompe ?

— Quelquefois, pas plus.

La serveuse revint aussitôt avec un plateau. Tout un choix de tisanes s'offrait à moi. Je pris une infusion à base de fruits rouges et de plantes relaxantes pour finir.

Hugh, surpris qu'elle revienne nous voir aussi vite, releva rapidement la tête.

— Je vais prendre un café, finalement, s'il vous plaît.

Le temps que l'eau de ma tisane refroidisse, Hugh eut le temps de boire son café noir sans sucre. Ma tasse terminée, Hugh demanda poliment l'addition. Au moment de sortir de table et en voulant débarrasser nos tasses, elle renversa le peu de café qu'il restait au fond de la tasse sur le polo de Hugh.

— Je suis navré, monsieur, dit-elle en s'excusant platement. C'est de ma faute, je n'ai pas fait attention, j'aurais dû attendre que vous soyez parti. Ce n'est pas dans nos habitudes... Laissez-nous nous occuper de vous. Nous avons une salle de bain réservée pour le personnel. Je peux vous y accompagner.

Qu'est-ce qu'ils ont tous à s'excuser plusieurs fois pour des choses aussi futiles ?

Les traits de Hugh commencèrent à se tendre et son front à se plisser. Un début de colère se dessinait sur son visage.

— J'espère bien ! dit-il d'un air agressif.

— HUGH ! dis-je tout fort pour lui reprocher ses mots.

Les sourcils plissés, je le fixais avec hardiesse.

— Ce n'est pas grave, me répondit-il en me regardant d'un air très embêté.

Ouah ! Je savais pas que je pouvais me montrer aussi convaincant !

J'aurais très bien pu en rajouter, mais je ne voulais pas le blesser ou le mettre mal à l'aise. Je nettoyai rapidement à l'aide de ma serviette la tache marron qui s'étendait sur son polo rouge. Hugh voulut s'emparer de ma main pour prendre le relais, comme pour me dire qu'il pouvait se débrouiller tout seul.

Est-ce qu'il l'a mal pris ? Non, je devais juste avoir touché son orgueil, rien de plus. Ce n'était pas bien grave.

— Laisse Hugh, je m'en occupe, c'est bon, laisse-moi faire, dis-je en haussant le ton.

J'étais assez grand pour savoir comment éponger une tache sur un polo. La tâche essuyée à moitié, Hugh se leva de sa chaise et saisit son téléphone portable en fronçant les sourcils.

— Je suis aussi embêté que toi, alors laisse-moi faire ce que je peux. Sérieusement, tu t'en fiches des gens, ce n'est pas grave, ils ne te connaissent pas... enfin... personnellement, je veux dire.

Ce n'était pas une petite tache qui allait entacher sa notoriété publique.

— Ce n'est pas ça, Thomas, dit-il en éloignant son téléphone de son oreille, mais je préfère rentrer sans perdre de temps.

Shannon arriva quelques minutes après. Sortant par l'arrière de la terrasse, nous passâmes sous une magnifique arche de fleurs pour rejoindre la limousine. Shannon nous ouvrit les portes dans une démarche parfaite et nous accueillit à l'intérieur, prêt à reprendre la route pour le Royal Blue.

PASSÉ TUMULTUEUX

De retour à l'hôtel, on fila directement dans notre chambre sans perdre plus de temps pour qu'il puisse changer son polo sans regards indiscrets. Assis sur le sofa, je patientais. Après quelques minutes, il revint habillé dans un nouveau polo de couleur différente.

Il s'assit à côté de moi pendant que je regardais ses formes soulignées par ses muscles. Puis il posa sa tête sur mes cuisses.

— Qu'est-ce qu'il y a ?

Sans bouger, j'admirais le reflet du soleil sur l'une des mèches brunes de ses cheveux. Sa tignasse décoiffée était si jolie vue du dessus. Soudain, je sentis quelque chose couler sur mon mollet droit... Était-il en train de lâcher quelques larmes ? Pourtant, aucun bruit ne le laissait penser.

C'était pour ça qu'il était pas bien au restaurant ?

Cette relation était-elle comme une échappatoire pour lui ou voulait-il seulement me montrer que j'étais plus qu'un amour de passage ? Il y avait tant d'émotions et d'informations qui parcouraient ma pensée et qui venaient, une par une, se poser doucement en moi. Je ne comprenais pas.

Il était reparti de plus belle et je cherchais déjà à le consoler. Il cachait si bien son jeu auprès des médias et des réseaux sociaux concernant son passé que je ne savais pas comment lui remonter le moral une bonne fois pour toutes. Le déclencheur de tout cela était-il lié à notre récente relation ? Je n'en avais aucune idée. Je ne me serais jamais attendu à voir cet homme s'effondrer sur moi et surtout aussi vite. Je devais être un parfait inconnu pour lui...

En public, il était distant et ne montrait aucune faiblesse, mais, à mes côtés, il était un homme qui avait envie de rire, de décompresser et de s'épanouir. Il semblait me faire confiance et c'était plutôt rare pour une personne de son tempérament. J'étais son bouclier. À moins que ça ne soit l'inverse...

Cette situation ne pouvait pas rester ainsi. Il fallait que j'en trouve l'origine pour pouvoir l'aider. Je ne pouvais pas le laisser subir ces vagues d'émotions, il en souffrait, et par conséquent j'en souffrais tout autant. Je voulais trouver une solution, atténuer sa souffrance, lui donner de ma force pour qu'il puisse se soigner lui-même et avancer sur son chemin, même si ça serait dur. C'était comme s'il m'avait choisi pour le soutenir ou comme si l'univers l'avait placé sur mon chemin. Je le réconforterais et lui m'apporterait le bonheur dont j'avais besoin, même si je ne me voyais pas en bon sauveur. Je voulais m'occuper de lui, mais je ne savais juste pas comment m'y prendre, c'était délicat. Je savais encore moins par quel mot commencer, si je disais quelque chose qu'il interpréterait mal ou qui le ferait sombrer encore plus dans le flot infini qui coulait maintenant, de plus en plus fort, le long de mes jambes... Comment je devais faire et qu'est-ce je devais lui dire, moi ?

— Hugh..., formulai-je en lui massant le cuir chevelu.

Il semblait indisponible et ne bougeait pas d'un poil, comme si l'action même de se mouvoir était impossible. Il semblait si anxieux et si malheureux.

— Hey, qu'est-ce qui se passe ?

J'entendis un faible mot sortir de sa bouche, mais pas assez fort pour que je puisse le discerner. Il tourna sa tête, puis répéta.

— Désolé...

— Désolé de quoi ? demandai-je.

— Pardon. Je ne voulais pas paraître rustre tout à l'heure. Mais, tu sais, j'ai un passé compliqué...

Cet homme triste sur mes genoux était si beau. Pourquoi pleurait-il ?

— Je ne voulais pas agir ainsi, devant toi. Ce n'est pas correct. Elle ne souhaiterait pas que je me comporte comme ça...

— Qui ça, « elle » ? Ta... ta femme ? C'est elle qui te met dans tous ces états ? dis-je calmement en caressant ses cheveux d'un geste délicat.

Je comprenais mieux ses changements d'attitude.

Il approuva d'un mouvement de tête. On aurait dit un enfant pris dans un profond chagrin.

— Qu'est-ce qu'elle t'a fait ?

— Rien, ça va passer.

On vient de se rencontrer, c'est normal... Il ne me fait pas encore confiance, mais je suis prêt à prendre le risque.

— Tu sais très bien que non. Si tu souhaites t'en débarrasser, c'est mieux que tu m'en parles, tu ne penses pas? dis-je en frottant le bout de mes doigts dans ses cheveux.

J'avais la soudaine impression que je ne me trompais pas sur sa femme. Quand je l'avais vue sur internet, elle ne m'avait pas inspiré confiance, son regard ne me paraissait pas sain. Je réfléchis à ce que j'allais dire ensuite, et plus j'y pensais, plus sa femme me paraissait néfaste. C'était peut-être pour ça que Hugh ne s'affichait plus avec elle sur les réseaux sociaux et cela, depuis des années. Dès que les journalistes lui posaient la question, Hugh savait comment esquiver le sujet.

— Tu as raison... de toute façon, j'ai plutôt intérêt à t'en parler avant qu'elle ne revienne empiéter sur ma vie... et sur la tienne, si tu désires continuer ton aventure à mes côtés... malgré mes souffrances, bien entendu.

— Quelle question, Hugh! dis-je, blessé par ses paroles. Bien entendu que je veux rester à tes côtés et personne ne m'en empêchera, même pas toi. Je ne peux pas effacer son souvenir, c'est impossible... du moins, je crois... mais laisse-moi t'aider, s'il te plaît... Tu veux bien?

Un petit rire s'échappa de ses lèvres. Le rose qui pigmentait ses lèvres virait à présent au rouge, comme si ses sentiments pesaient sur ses épaules ou traînaient chevillés à son corps tel un boulet. J'avais là un homme malade, un être humain qui semblait avoir souffert au-delà de ce que je pouvais imaginer. Un homme qui ne savait plus comment guérir. Il semblait à la fois complexe et simple à comprendre. Quelque chose m'échappait, mais je ne savais pas quoi.

— Tu ne peux pas t'imaginer ce qu'elle m'a fait subir, Thomas.

Je sentais qu'il souhaitait se confier à moi malgré notre

relation si récente et si soudaine. Pour autant, j'avais l'impression de le connaître depuis longtemps et il me semblait voir la même chose au fond de ses yeux. C'était comme pour notre coup de foudre, ça ne s'expliquait pas, mais une force nous poussait l'un vers l'autre.

— Tu te rappelles notre premier baiser ?

— Oh oui, Thomas ! Et comment ! dit-il d'une intonation plus forte comme pour refouler ses pensées négatives.

J'avais l'impression de lui avoir redonné le moral. La magie de notre baiser avait été plus forte que tout ! Si le souvenir de notre premier baiser pouvait le guérir, du moins partiellement ou provisoirement, il fallait que je me souvienne de cette astuce, quand il en aurait de nouveau besoin. Hugh se redressa soudainement puis approcha sa tête de la mienne.

— J'aurais peut-être besoin d'un autre baiser, me dit-il.

L'emprise de ses lèvres sur les miennes m'avait presque pris au dépourvu. À travers celles-ci, je partageais avec lui un sentiment d'amour et d'apaisement. Un flot d'énergies positives et sensuelles. Mes lèvres se réchauffaient à son contact et ses genoux sur les miens me disaient de continuer de l'embrasser. Nos lèvres se séparèrent.

— Et celui-ci ? Il pourrait te persuader ? me dit-il en reposant ses lèvres sur les miennes.

Il y mit cette fois plus d'entrain, comme s'il voulait me les manger. Il bougeait ses yeux pour chercher un meilleur endroit à embrasser et faisait osciller son cou pour donner de l'élan à ses futurs baisers.

— J'ai toute confiance en toi, Thomas, plus que tu ne le penses et ça, depuis le premier jour, me dit-il avec conviction. Je ne saurais l'expliquer en détail, mais tu me fais me sentir tellement bien quand je suis en ta présence, Thomas. Je ressens comme une énergie bienfaisante. J'ai beau sombrer dans mes pensées, tu me rattrapes aussitôt.

Sa main caressait la mienne et ses doigts s'enfuirent entre les miens. On était prêts à continuer jusqu'au bout.

— Je sais que je peux me confier à toi.

Je plongeai mon regard dans le sien. À la manière d'un flux de données informatiques qui s'échangerait entre un serveur et un ordinateur, je ressentais toutes ces bonnes vibrations en partageant son doux amour.

— Il vaut mieux que je t'en parle maintenant, sauf si tu as quelque chose de plus urgent à faire, me dit-il en me fixant dans les yeux.

— Là, tout de suite, je veux être là pour toi. T'écouter. Tu en as déjà parlé à quelqu'un ?

— J'ai eu un soutien psychologique durant mon adolescence, mais laisse-moi commencer par le début. Cassandra, comme tu dois la connaître...

— Oui, c'est ta femme, c'est ça ?

— Pas exactement, Thomas. En fait, on n'est pas mariés, contrairement à ce que les gens peuvent penser.

— Comment ça, vous n'êtes pas mariés ?

— Attends, je vais t'expliquer depuis le début. J'ai perdu ma mère à l'âge de huit ans, comme tu le sais peut-être. Mes frères et moi avons été élevés par mon père en Californie.

— Je pensais que tu étais néo-zélandais ? l'interrogeai-je.

— Je suis né en Nouvelle-Zélande, mais après la mort de ma mère, mon père nous a fait venir ici. La maison là-bas était trop grande, le loyer trop élevé, les souvenirs trop présents...

— OK, tu peux reprendre, désolé.

— Non, tu n'as pas à t'excuser. C'est moi qui t'embarque dans cette aventure...

Il s'approcha du balcon, comme pour puiser de la force dans la vue, bien que pour ma part ce ne soit pas les gratte-ciel qui me donneraient du courage.

Peut-être que je ne lui en transmettais pas suffisamment ?

— Les frais étant de plus en plus élevés pour subvenir à nos besoins, mon père se retrouvait obligé de faire des heures supplémentaires. Mes frères faisaient des petits boulots en plus de leurs études, mais ce n'était pas suffisant... et c'est là qu'intervient Cassandra... l'amie proche de mon père. Elle a lancé plusieurs fois l'idée à mon père de me prendre à sa charge pour alléger son budget. Elle était actrice, elle était riche. Elle était une amie de la famille et mon père lui faisait confiance aveuglément, peut-être qu'au fond, il pensait refaire sa vie avec elle, je ne sais pas.

Je regardais les buildings environnants, tout en l'écoutant.

— Au début, mon père ne voulait pas, mais en voyant les dettes s'accumuler... il n'a pas vraiment eu le choix. C'est comme ça que je me suis retrouvé à vivre avec elle. Mon père m'avait promis de passer me voir le week-end.

J'avais toujours pensé que son père était fortuné, mais en fait il ne l'était pas, au contraire ! Il est comme moi, il vient d'une famille modeste.

— J'ai donc vécu chez elle durant toute ma jeunesse, jusqu'à ce que je la quitte. Cette femme m'a offert un toit, subvenait à tous mes besoins, et surtout à l'intégralité de mes frais scolaires. Moi qui voulais faire des études dans le cinéma, c'était l'occasion parfaite ! C'est surtout pour cette raison que mon père a accepté que je parte vivre avec elle.

Il s'est en quelque sorte sacrifié pour m'offrir une meilleure vie... enfin c'est ce qu'il pensait et je ne lui en veux pas pour ça.

Ses paupières tremblaient et son regard redevenait triste. Je ne voulais pas qu'il pleure à nouveau, car c'était bien trop dur à supporter. Mes mains sur ses joues, je partageais mon chagrin avec lui.

— Repense à ce que je te fais ressentir, remémore-toi l'émotion la plus forte que l'on a eue.

Mes bras lovés tout autour de lui, je le serrais contre moi, avec passion.

— Cette femme m'a fait tant de mal.

Je sentais que ma poitrine se soulevait et qu'une chaleur tiède s'installait en moi, mais je ressentais aussi comme une sorte de boule noire dans son ventre. C'était encore une fois une sensation indescriptible qu'aucun mot ne pouvait expliquer. Je voyais de la violence, une peur, des larmes, des secrets, des insultes, des cauchemars, tout cela en même temps. Il fallait que je lui fournisse la force nécessaire pour gagner ce combat. Peut-être que ça prendrait du temps, mais je voulais l'emmener dans mes bras pour qu'il m'accompagne au *Valhalla* quand le moment de mourir serait mien. Tous ces sentiments dans ma tête s'étaient transmis en moi par la seule force de ses yeux. Heureusement pour moi, j'avais appris à refouler les sentiments qui n'étaient pas les miens. C'était le problème avec les personnes très sensibles comme moi, on ressentait tout et on se retrouvait avec la peine des autres. Mais je me sentais fort à ses côtés, assez pour supporter sa douleur.

— J'ai honte, reprit-il en baissant le ton.

— Honte de quoi ?

— J'ai honte de l'avoir vécu et de ne rien avoir fait.

J'imaginais un oiseau ayant perdu ses ailes et qui se serait retrouvé dans une cage bien trop grande pour lui, avec une serrure bien trop haute à atteindre. Mes yeux naviguaient de gauche à droite pour lire le moindre changement sur son visage. Je commençais à paniquer pour lui... je respirais mal et l'air dans mes poumons se faisait rare.

— OK, on va faire un exercice tout simple. Pose ta main sur ton abdomen. Maintenant, inspire avec ton nez pendant quatre secondes. Un..., deux..., trois..., quatre... Maintenant, retiens ta respiration... quatre... trois... deux... un.. Très bien. Maintenant, expire par la bouche.

Je le regardais tranquillement expirer tout l'air de son corps. Il semblait déjà plus détendu.

— OK, refais cet exercice trois fois.

Concentré, il suivit l'exercice à plusieurs reprises pendant que je faisais de même.

Cette technique de sophrologie était très efficace. Après dix minutes de détente profonde, on se sentit beaucoup plus apaisés. Je détestais voir souffrir les gens auxquels je tenais, et voir mon homme préféré endurer autant de souffrance à cause de cette femme me rendait fou.

Des gouttes tombèrent sur la rambarde du balcon. Sa douleur semblait bien trop difficile à dissimuler. Je voyais toute la tristesse s'échapper de ses yeux. J'avais beau rester maître de mes émotions, je n'avais encore jamais eu affaire à de tels sentiments. Essuyant une larme discrète, je regardais l'océan, infiniment ressourçant pour moi. Les bonnes énergies de la nature m'aidaient à chaque fois à me reconnecter à mon être intérieur et aux dieux me surveillant depuis le *Valhalla*.

— Elle te battait ? dis-je pour chercher à comprendre ses sentiments.

— Pas seulement... Chaque chose qu'elle me faisait emportait un peu de moi. Elle m'a violé, Thomas. J'étais sa chose. Elle a... elle me sodomisait avec des objets. Elle me suivait jusque dans mes rêves... ou plutôt jusque dans mes pires cauchemars.

— Si j'étais Thor, je lui balancerais mon *Mjöllnir* dans sa tronche !

Comment pouvait-elle prendre du plaisir à le blesser de la sorte ?

Je comprenais mieux... elle avait abusé de lui quand il était adolescent et depuis, les blessures ne s'étaient pas refermées...

— Pardon, mais... tu n'as rien dit à ton père ?

— Je me sentais honteux et je ne voulais pas l'inquiéter. Je ne pouvais pas l'obliger à me reprendre et c'est grâce à elle que j'ai fait mes études dans une grande école de cinéma, comme je l'ai toujours voulu. Les écoles privées se payent, Thomas. Elle a payé tous mes frais pour mes études supérieures sans discuter, mais...

— Elle te dominait, si je comprends bien ?

Ses paupières rougirent et ses cils s'humidifièrent.

— J'ai... j'ai suivi des cours de théâtre, puis elle m'a inscrit à une école supérieure dans le cinéma.

Les larmes coulaient maintenant, alors qu'il continuait de me raconter son histoire.

— C'étaient mes plus belles études... bien sûr, je ne lui donne pas raison pour ses actes cruels, mais, au moins, elle m'aura permis de me lancer dans le cinéma, dit-il en essuyant ses larmes. Il faut avouer que si je devais lui être redevable pour une chose, ce serait bien pour mes études.

— Je comprends, dis-je en appuyant affectueusement sur ses épaules.

— Elle voulait totalement me contrôler, me dominer, comme tu as dit. Que ce soit sexuellement ou mentalement... surtout sexuellement, dit-il plus bas. Elle me traitait comme son enfant... ou son toutou, un pauvre chien de rue apeuré par le monde qui l'entoure. Je n'avais pas d'autre choix que de répondre à ses envies. Mais rassure-toi, c'est terminé, je ne la vois plus. Des années se sont écoulées. Depuis, j'ai refait ma vie et je compte bien la continuer à tes côtés, aussi longtemps que possible. j'ai su rebondir grâce à ma carrière d'acteur.

— Je suis rassuré, ne t'inquiète pas. Mais, tu ne peux pas oublier ce souvenir...

— Oui, Thomas, mais ce n'est pas pour autant que je broie du noir. J'ai appris à avancer en compagnie de coachs.

— C'est bien d'avancer comme tu l'as fait. Tu as déjà fait du chemin, tu n'es plus dans le déni et tu veux aller mieux, malgré les actes horribles... qu'elle t'a fait subir.

— C'est gravé dans ma mémoire, à jamais. C'est pour cette raison que je préfère t'en parler maintenant... je te fais confiance et je sais que tu ne le diras à personne quand tu me quitteras.

Il semblait avoir bien avancé, mais ce souvenir tortueux d'elle, personne ne pouvait l'effacer, pas même le meilleur coach du monde.

— J'essayais de la calmer, de la rendre heureuse... jusqu'au jour où elle est allée trop loin et comme un idiot...

— Non je ne te laisserai pas dire ça, Hugh! le coupai-je.

— Si! C'était idiot de ma part... tu vas comprendre. À l'âge de ma majorité, vingt et un ans ici, Cassandra a voulu aller plus loin... mais, je ne suis pas certain que tu souhaites connaître la suite.

— Et si je te disais que j'ai envie de la connaître?

— Si tu es sûr, dit-il désespérément en séchant ses dernières larmes. Elle a voulu que je lui appartienne...

— Ce n'était pas déjà le cas... enfin, je veux dire... ne vois pas de mal à...

— Non, ne t'en fais pas, Thomas. Je sais que tu ne penses pas à mal. Elle exigeait que je lui appartienne de manière légale... En me faisant signer un document juridique. J'étais lié à elle...

— Et tu l'es toujours? le questionnai-je de nouveau.

— Non.

— Elle avait quel âge?

— Elle a la soixantaine maintenant... et moi, comme tu le sais, trente-neuf.

— Donc, elle était bien plus âgée que toi? Quand elle... enfin...

— Oui, déclara-t-il. Elle avait deux fois mon âge quand elle m'a forcé à signer les papiers pour que je lui appartienne légalement.

— Quelle enflure! Oh, désolé... dis-je pour me corriger, je ne voulais pas dire ça.

— Non, tu as raison, Thomas. Ce qu'elle m'a fait subir est inqualifiable, dit-il les sourcils froncés.

— Excuse-moi, mais... je ne remets pas en question tes propos, mais je t'ai déjà vu avec elle sur les photos que publient la presse et les réseaux sociaux. Je te crois totalement, bien sûr, mais j'ai vu des photos de toi et elle sortant d'une sorte de chapelle. On aurait dit que vous veniez de vous marier, lui dis-je intrigué.

— Non, c'était un faux mariage pour les médias et ce n'était pas vraiment une église, mais tu ne pouvais pas le savoir. Tu sais... les médias avec une simple information peuvent faire des miracles. Elle en a profité.

— Et tu n'as pas refusé ?

— Bien sûr que si, Thomas ! Tu me prends pour qui ? rugit-il.

Au son de sa voix, je sursautai.

— Désolé... je ne voulais pas, répondis-je rapidement en m'excusant.

— Non, non, c'est moi... Tu sais, quand tu es dans une situation comme celle que j'ai vécue, que tu es soumis à une personne et que cette dernière te bat et abuse de toi... Tu te sens tellement honteux, abattu... inutile et sans cesse jugé. Elle me disait « Tu n'auras aucune chance de retrouver un travail après ce que je vais dire sur toi à tous mes contacts. » Cassandra avait beaucoup de connaissances et elle jouait là-dessus pour m'avoir entre ses griffes.

Il trouvait la force de me raconter tout ça, mais c'était visiblement de plus en plus difficile pour lui. Il voulait passer outre et je le ressentais dans l'intonation de sa voix, désormais plus brute.

— Elle me battait, Thomas, et elle s'amusait à aiguiser ses ongles pour...

Je visualisais un faucon fonçant sur sa proie, armé de griffes acérées. J'entendais son cœur battre avec irrégularité.

Il fronça les sourcils.

— *Aah*, si j'avais pu ! Si je pouvais, là tout de suite, me venger.

— Calme-toi, calme-toi, Hugh. Tu ne la vois plus, maintenant ?

J'avais peur qu'il s'énerve.

— Non, plus depuis longtemps. Je ne pourrais pas te dire combien exactement.

— Je ne cherche pas à le savoir de toute façon. Attends. Je ne sais pas si... enfin... peut-être que ça serait une bonne idée. Je ne sais pas, dis-je en rapprochant ma main de sa hanche.

Il me regardait d'un sourire rassurant.

— Vas-y, je t'écoute.

— Je ne sais pas si cela pourra te faire oublier ce qu'elle t'a fait subir avec ses griffes, mais... j'ai un fantasme que j'aimerais vivre avec toi.

— Tu crois que c'est le moment, Thomas ? dit-il d'une voix autoritaire.

— Je ne sais pas.

— Un fantasme ? Je peux savoir lequel, au moins ? me dit-il l'air intrigué.

— Mais, c'est vraiment spécial et vu ce qu'elle t'a fait... je doute que ça soit... approprié, dis-je de plus en plus incertain.

— Après ce que je viens de te dévoiler, tu peux bien me le dire, tu ne crois pas ?

Il voulait lui aussi en connaître davantage sur moi et sur cette pensée que j'avais en cet instant même.

— Bon, tu me promets de ne pas te fâcher ?

Il me regarda droit dans mes yeux bleus et m'agrippa la main, comme si je m'apprêtais à m'éloigner.

— Pourquoi je me fâcherais, Thomas ?

Le coin de mes lèvres s'étendait en un sourire malicieux. Son regard m'envoyait l'image d'un homme en qui je pouvais avoir confiance et qui cherchait à me satisfaire. Je savais qu'il ne le prendrait pas mal, mais il fallait admettre que c'était un fantasme plutôt spécial. On n'avait pas de mauvaises intentions l'un envers l'autre, mais au vu de ce que je m'apprêtais à lui avouer, je préférais le prévenir.

— Prends ta ceinture, Hugh.

— Quoi... ? Quelle ceinture, celle-ci ? dit-il en posant ses doigts sur le gros ours de sa boucle de sa ceinture.

— Oui, celle-ci, répondis-je en frottant l'or de sa ceinture.

— Dis-moi pourquoi, Thomas, dit-il le regard intrigué.

Mes idées n'étaient pas facilement devinables, mais j'espérais qu'il saurait au moins les ressentir. Qu'il serait capable d'imiter ses gestes à *elle*, le temps d'un instant...

— J'ai envie de partager ta douleur. Je n'ai pas besoin que tu me griffes, mais je veux sentir le cuir de ta ceinture sur mon dos. Un cuir à la fois brut et tendre, comme l'ours.

— Non, Thomas. Je ne peux pas. On se connaît à peine et je ne veux pas te faire de mal. C'est trop pour moi, désolé.

Étais-je allé trop loin pour lui ? Non. Je savais qu'il en était capable, mais que la complexité de se remémorer les coups était encore difficile pour lui.

— Fais-moi confiance, Hugh, lui dis-je en caressant délicatement de ses bras.

Mon regard descendait de ses yeux jusqu'à sa ceinture en cuir.

— S'il te plaît, dis-je en agrippant les poils de sa barbe. Regarde-moi dans les yeux. Prends une grande respiration, prends une voix comme dans *The breath of danger* et punis-moi.

Les doigts à moitié sur sa ceinture, il se montrait hésitant.

— Tu es sûr ? dit-il timidement.

— Oui, mais ne me porte pas de coup, caresse-moi seulement le dos. Câline-moi du dos de ta ceinture. Tendrement... puis comme tu le voudras.

— Tu es certain de vouloir faire ça ? me dit-il en plongeant son regard dans le mien. Quand je suis acteur, je suis différent... et je n'ai pas envie de te faire du mal. Je le prends très au sérieux, Thomas. Ce n'est pas un jeu. Tu es jeune, tu ne te rends pas compte.

Était-il partant pour le faire ? Souhaitait-il me prévenir de quelque chose de dangereux ? C'était un peu égoïste de ma part de lui faire reproduire certains gestes que Cassandra lui avait peut-être faits, mais je sentais au fond de moi que ça débloquerait quelque chose entre nous. C'était inexplicable. J'avais l'impression que ça allait libérer une bête enfermée depuis trop longtemps dans une cage. C'était une manière personnelle d'approfondir le péché de la chair. De toute manière, je n'étais pas chrétien, j'étais païen, alors les fantasmes sexuels n'étaient pas un problème pour moi et ce n'était pas mal vu par les dieux. J'aimais le sexe brutal et ce n'était pas la première fois pour moi.

Je devinais un caractère dominant derrière son caractère ambitieux.

— Montre-moi tes talents d'acteur. Je sais que tu peux le faire.

— Pourquoi pas, mais tu risques de ne pas apprécier la rudesse d'Aaron.

— Hum... Je pense que je peux lui résister, dis-je en le fixant.

Je voulais le faire entrer dans la peau de son personnage, pour lui faciliter la tâche. D'un coup, il gonfla sa poitrine devant moi, se mit bien droit face à moi et fit glisser sa ceinture hors des passants de son jean. Le pantalon semblait bien tenir sur ses hanches, tant mieux pour lui. Il se plaça face à moi et m'ordonna de me lever.

— Maintenant, mets-toi face au mur. Tu souhaites être puni par Aaron, tu le seras, dit-il d'une voix de guerrier.

Ouah ! Enfin, j'avais enfin ce que je voulais !

Je me réchauffais rien qu'à l'écouter. Il commençait peut-être à se livrer sexuellement, lui aussi. C'était comme si je commençais à libérer la bête qui dormait en lui. Cela pouvait être dangereux de libérer une aussi grosse bête, mais je n'avais pas peur. Je ne voulais pas voir une émotion de colère, mais un sentiment... VIRIL !

Je voulais qu'il adopte un profil plus dur, proche d'un bûcheron ou quelque chose de ce genre-là. Je voulais faire sortir la bête qui semblait l'habiter et le guider lorsqu'il jouerait son rôle. Je pensais que ce sentiment lui permettrait d'oublier et de remplacer de mauvais gestes par de bons. En réalité, c'était plus une sorte de soumission sexuelle qu'une réelle punition. Je me pliais à ses désirs, et lui pouvait reprendre confiance en lui et retrouver sa véritable force. Une force intérieure inébranlable. Il avait jusque-là dissimulé ses blessures sous ses muscles et je commençais à le deviner.

Des actes remplis d'amour avec une pointe d'amertume ; une rose avec assez d'épines pour troubler mes ardeurs et apporter du piquant à notre relation, voilà ce que je souhaitais développer chez nous. Je ne savais pas si cela fonctionnerait, mais je voulais au moins essayer. Chacun d'entre nous réagissait et pensait différemment et il n'y avait pas de mal ou de bien, juste diverses expériences personnelles.

— Mets-toi face au mur ! m'ordonna-t-il de nouveau, alors que mon caleçon devenait trop petit pour garder mon sexe en érection au chaud.

— Quel mur ?

— D'après toi ? Celui en face de toi, dit-il presque en me grondant.

Il tenait d'une main sa ceinture qui tombait en caressant le sol. Son autre main était, elle, agrippée à mon poignet, beaucoup moins musclé que le sien.

Je me tenais dos à lui et face au mur, et je l'espionnais d'un œil que je pensais être discret.

— Tourne la tête, je veux te voir regarder le mur.

Je ne dis rien et je fixai la paroi collée à mon nez.

— Reste là et ne bouge pas.

Il s'éloignait de moi, tandis que mes fesses n'attendaient que d'être fouettées comme de la crème fraîche, mais avec une grosse pincée d'amour. Je me réchauffais déjà de plaisir et mon pantalon n'attendait que de s'enlever tout seul, par la seule force de mon sexe qui se tendait davantage.

— Ferme les yeux, ordonna t-il.

Je l'entendais se diriger vers sa table de nuit située près de la baie vitrée. Un bruit métallique et de chaîne vint soudain rencontrer mes oreilles. Qu'est-ce qu'il avait bien pu prendre dans sa table de nuit ?

— Tu croyais vraiment que j'allais te punir de la sorte ? Seulement avec ma ceinture, Thomas ? Finalement, je trouve que c'est une idée des plus agréables. Ça me plaît bien, mais je renonce à *Aaron*. Je préfère laisser le boulot de côté quand on est ensemble, tous les deux.

Qu'est-ce qu'il va me faire ? Est-ce qu'il sera aussi fort que son personnage dans ses films ? Les questions se bousculaient une fois de plus dans ma tête. *Sera-t-il plus tendre ou plus féroce qu'Aaron ?*

— Tu préfères que je te mette les mains devant ou derrière ton dos ? me dit-il.

— Je ne sais pas, dis-je innocemment.

— Bon, alors ça sera dans le dos.

— OK.

— Chut... ! Ferme les yeux, dit-il en chuchotant.

Ne voyant plus rien, je me laissai engloutir par la fraîcheur de l'objet dont il se servait pour me caresser les poignets.

— Accepte ce cadeau, maintenant, murmura-t-il à mon oreille.

Un cadeau, là, tout de suite ? Chouette ! J'ai de la chance.

Pris au dépourvu, je sentis un métal glacé m'entourer les poignets. Ma peau devint aussitôt aussi froide que les menottes avec lesquelles il venait de m'attacher.

— Ne bouge pas les jambes et laisse-toi faire.

J'avais l'impression d'avoir libéré un tigre de sa cage. Qu'avais-je fait ? Je sentais qu'il tirait sur mon jean et je commençais à me débattre.

— Tu ne veux plus le faire ? dit-il en arrêtant immédiatement ses gestes.

— Non, je veux continuer. Je veux juste avoir confiance en toi.

— Si tu veux arrêter, on arrête, c'est juste une idée que tu m'as soumise, tu te souviens ?

Il me prenait pour qui ? Bien sûr que je me souvenais !

— Je veux aller jusqu'au bout des choses et je veux que tu te sentes mieux. J'ai envie de toi et de cette ceinture. J'en ai besoin et toi aussi.

— Si ça se passe mal, on arrête tout de suite, d'accord ?

— D'accord !

— Ouvre la bouche, dit-il en reprenant une voix plus virile.

Il ne m'avait même pas laissé le temps de souffler, de toute manière, j'en avais pas envie.

Ses mains atteignirent ma bouche, effleurèrent mes pommettes, puis introduisirent un linge tiède dans ma bouche.

— Maintenant, tu te laisses faire et tu ne dis plus rien, c'est compris ?

Il venait de quitter son pantalon, car je le voyais à mes pieds. Le léger tissu séchait ma salive qui coulait de plus en plus et les seuls sons qui sortirent de mes cordes vocales furent des gémissements de plaisir. Je jouissais intérieurement comme j'aimais le faire. C'était comme s'il avait deviné mes goûts et qu'il apprenait à les connaître en même temps. Je sentis son sexe se lancer hardiment à la recherche de mon anus.

Se réchauffait-il par la simple vue de mon corps ou par ses rêves les plus fous ?

— Je ne souhaite pas te blesser, mais mon fantasme à moi suffira à te donner ce dont tu as besoin.

Impossible de lui répondre autrement qu'avec des gémissements. J'étais bâillonné par son caleçon. J'étais sous son emprise et je ne souhaitais pas la quitter. Je ne prononçai aucun mot.

Il passa ses mains devant moi pour défaire sans délicatesse les boutons de mon jean. La chaleur de mon bassin se transformait en une excitation torride et montait tranquillement en moi pour me chatouiller. Mon pantalon glissa le long de mes jambes et Hugh rapprocha discrètement son bassin du mien. C'était exquis.

Il passa son ceinturon autour de mon cou, en prenant le soin de vérifier que l'intérieur de la ceinture était bien en place et que ça ne pouvait pas me faire mal. Les deux extrémités de la lanière de cuir dans la paume de ses mains, il m'agrippait avec fermeté en la faisant glisser le long de ses doigts. La ceinture entourait mon cou et il la tenait maintenant bien fermement. Il tirait sur ce collier en cuir et je me sentais aspiré en arrière, mon corps attiré vers le sien. Il avait une emprise totale sur moi et je réagissais à ses moindres mouvements. Il arracha mon tee-shirt puis rapprocha son torse de moi. Je sentais ses poils caresser le prolongement de ma colonne vertébrale. Je sentais sur la base de mon cou, de mes épaules et de mes bras nus la chaleur de ses muscles qui se mettaient doucement en action comme lors d'un échauffement. Au début, il me pénétra en douceur, puis ses mouvements se synchronisèrent avec mon souffle. Ses moindres impacts me plaquaient contre le mur et la ceinture décuplait sa force.

Comme sur un bateau pirate de parc d'attractions, je m'envolais d'avant en arrière en suivant ses ardeurs d'homme. Dans un carrousel de chaises volantes, je m'envoyais progressivement en l'air par ses coups de plus en plus longs et profonds.

Il s'enfonçait en moi à mesure que ses halètements effrénés devenaient de plus en plus audibles. Il était l'homme de la situation et je n'avais qu'à me laisser faire, alors pourquoi s'en priver ? Je ressentais l'entièreté de son corps valser jusqu'à mes reins.

Les yeux toujours fermés, je le laissais me diriger dans ses élans érotiques. Je ressentais ses coups familiers et alléchants qui s'enfonçaient profondément dans le creux de mes fesses. Mon anus s'élargissait à la mesure de ses mouvements intimes, pendant que mon corps, lui, se tordait dans un élan de plaisir sensoriel. Brusquement, Hugh entreprit des gestes plus vifs et ses râles insistants devenaient rauques.

— Je vais te libérer pour pouvoir continuer plus tranquillement... ne bouge pas, si tu ne veux pas avoir mal, me signala Hugh d'une voix calme et affectueuse.

Il me détacha les mains.

— Mets tes bras au-dessus de toi, m'ordonna-t-il.

Je levai mes mains bien droites en direction du plafond, puis il les dirigea pour qu'elles viennent se placer sur le mur. La vitesse de ses va-et-vient accéléra et mon souffle commençait à se transformer en plaintes. C'était dur à encaisser. Mes talons décollaient du sol et je n'étais plus en appui que sur les orteils. Mon corps était collé au mur et je ne parvenais plus à contrôler ma respiration, je trouvais à peine le temps de reprendre mon souffle. C'était le mur qui me retenait. Il était brusque et enfonçait son phallus au plus profond de moi. Je voulais l'arrêter, mais je ne pouvais me défendre. J'avais l'impression de plonger en apnée. La surface de l'eau s'éloignait à mesure que ses coups insistants s'approfondissaient. Mes jambes étaient paralysées et mon bassin indisponible. Je mordais de plus en plus fort ce tissu dans ma bouche et mes geignements montaient graduellement en volume. Je comprenais pourquoi il m'avait bâillonné...

Je n'avais plus de souffle et je sentais que je n'allais pas survivre longtemps avant de me brûler les ailes sur ce soleil caniculaire.

— Tu l'as voulu, tu l'auras, et je ne risque pas d'arrêter avant que je ne l'aie décidé.

J'essayais de cracher son caleçon pour lui dire de freiner, mais il déplaçait à chaque fois ses mains devant mes lèvres pour renfoncer le peu de tissu que j'avais réussi à extirper de ma bouche. Je descendis mes mains pour lui signaler que je n'arrivais pas à tenir son rythme effréné. Il tenait là une cadence folle ! Il remontait mes mains lorsque celles-ci s'abaissaient un peu trop à son goût et continuait ses va-et-vient insistants.

— Ce n'est pas ça qu'elle me faisait, mais imagine-toi les mêmes sensations. Imagine des ongles s'enfoncer dans ta peau à chaque coup et des insultes continuelles. Voilà ce qu'elle me faisait, Thomas, dit-il en reprenant son souffle.

Je commençais à comprendre un peu ce qu'il devait avoir subi : un manque d'air frais, une chaleur insoutenable, un corps incontrôlable se tordant de douleur. Je ressentais cette peur et ce stress se diffuser en moi.

Hugh enleva son sous-vêtement de ma bouche et retira son sexe de mon anus. Un liquide tiède coula aussitôt de mon rectum, puis se déversa le long du creux de mes fesses.

Il m'emmena jusque sous la douche.

— Je te laisse la prendre tout seul, ce coup-ci. Tu as besoin d'un peu d'intimité, dit-il d'un ton tranquille en me posant sur le carrelage. Tu vas apprécier la chaleur de l'eau sur ta peau, mais ne la prends pas trop chaude, surtout.

Je ne répondis rien et le regardai s'enfuir de la salle de bain. J'attendis qu'il referme la porte derrière lui et poussai un long et grand soupir. *Ouf! Je respire enfin! Ouah! C'était violent, intense, mais au fond, je n'ai pas eu si mal que ça.*

C'était une sensation vraiment étrange, mais je me sentais bien. Il fallait seulement que je reprenne mon souffle. Il m'avait purgé de ses sentiments. Il m'avait transmis les douleurs de son passé, juste par ses gestes érotiques. L'eau froide coulait sur mon dos, empruntait le creux formé par ma colonne vertébrale et me soulageait les fesses. L'eau avait emporté toutes mes douleurs ressenties plus tôt. Je sortis de la salle de bain en frottant mes cheveux à l'aide de ma serviette pour rejoindre ce bel inconnu, en train de profiter de la vue que nous offrait l'hôtel.

En me voyant arriver, Hugh se dirigea vers moi puis me demanda de m'allonger sur le lit. *Non, il ne va rien entreprendre d'autre ce soir, je le vois à ses yeux. Aucun danger.*

Il savait se montrer patient pour ces choses-là, enfin... je l'espérais.

— Je vais te mettre de la crème pour soulager tes douleurs, sinon tu risques de souffrir durant les prochains jours, me dit-il en caressant mes fesses.

Hugh appliqua ce qui ressemblait à de la Biafine sur le creux de mes fesses.

— Je n'allais pas te faire de mal. Je pense connaître tes limites. Tu as déjà ressenti beaucoup de choses aujourd'hui et j'espère que tu ne m'en veux pas d'avoir été aussi loin.

— Non, je ne t'en veux pas. C'est moi qui t'ai fait la demande, après tout, dis-je en le regardant avec paix droit dans les yeux. C'était juste pour que tu puisses réaliser, toi aussi, tes fantasmes et que tu me livres un peu de ta souffrance pour que je puisse t'en soulager un peu.

C'est clair que l'on avait entrepris quelque chose d'intense cet après-midi ! On était passé d'un temps de tristesse absolue à un instant fort en émotions. Une pensée me vint alors subitement en tête. Je voulais mieux le connaître et ressentir ses appétits sexuels.

— J'ai une autre idée, lui dis-je les yeux fixés sur le drap. Et si on réservait ce moment pour d'éventuelles punitions ? Je veux dire... on pourrait remplacer des disputes, même si je ne veux pas me disputer avec toi, par du sexe.

— Ça me paraît un peu brutal, tu ne penses pas ? Je ne veux pas te faire mal, Thomas, même si tu as pris du plaisir tout à l'heure, dit-il les sourcils froncés.

— Oui. C'est bizarre, je l'admets, mais j'ai bien aimé.

— Je ne t'ai pas fait mal au moins, Thomas ?

— Non au contraire.

— Écoute, c'est une bonne idée de remplacer une dispute par du sexe, mais je ne sais pas si tu pourras le supporter. Si tu veux que je te soumette, je peux le faire, mais je ne sais pas si tu sauras résister à mes fantasmes.

Ça me plaisait plutôt bien.

— Quoi comme fantasme ? demandai-je.

— C'est un peu mon domaine de prédilection, la pénétration. Alors, si je peux te punir en te pénétrant sauvagement... pourquoi pas.

— Cool ! dis-je très enjoué.

— Est-ce que tu as déjà essayé au moins ? Je ne t'effraie pas en te disant ça ?

— Non, bien au contraire, j'ai confiance en toi et pour tout t'avouer je suis prêt à m'abandonner à toi, mais à deux conditions.

— La confiance et le respect en premier lieu... tout comme mon comportement dans la voiture avec Shannon ? dit-il d'un ton calme.

Il s'en souvient ? Tant mieux ! C'est important pour nous deux.

— Oui ! répondis-je gaiement. C'est ça.

Je m'assis sur le lit, le sourire aux lèvres.

— Quelle est ta seconde condition, Thomas ? dit-il, amusé.

— J'allais y venir, dis-je en éclaircissant ma voix. J'aimerais qu'on se fixe des limites.

Son regard semblait déjà dévoiler sa réponse. Il claqua le haut de mes fesses puis me répondit joyeusement.

— J'espère bien ! Quand je pense à elle... Tu es le parfait inverse de sa personne et c'est aussi pour cela que je t'aime. Je te fais confiance, Thomas, mais il faudra que tu saches, toi aussi, te contrôler et me comprendre quand je serai sous tes ordres.

Il me poussa en arrière. Son torse au-dessus du mien, il me fixait. Pas besoin de gestes, son regard suffisait. Je lisais dans ses yeux. *Quel coquin cet homme-là !* J'avais aussitôt saisi ses arrière-pensées.

— Oui, je te punirai différemment, mais tu as beau m'avoir livré un de tes secrets, je ne te dirai pas pour autant comment je te punirai.

— Ça me va. Ça sera la surprise, alors ! dit-il en me souriant.

— Oui, ça sera la surprise, répondis-je en l'imitant.

D'un baiser sur le front, il se releva.

— Bon, je sais que l'on est bien allongés ici, mais je commence à avoir faim... pas toi, Thomas ?

On venait de manger et il voulait déjà y retourner ? Les hommes sportifs avaient-ils autant besoin de nourriture ?

Les yeux rivés sur ma montre, je regardais mon cadran numérique afficher sept heures du soir.

— Je n'ai même pas vu l'heure passer, alors tu vois, c'est que j'ai apprécié ! dis-je en lui attrapant le bras pour éviter qu'il ne s'éloigne trop de mon corps. Remarque, je commence moi aussi à avoir faim, surtout après ta punition.

— Il ne devrait pas y avoir grand monde à cette heure, dit-il en scrutant sa montre. J'appelle Shannon.

On se rhabilla. La suite de nos aventures allait-elle être aussi intense que cette incroyable exploration sensorielle ?

DÉTENTE SOUS LES NUAGES

S hannon se gara devant l'entrée de l'hôtel et nous montâmes dans la limousine.

— Où est-ce que tu m'emmènes, cette fois-ci ?

— Dans un lieu magique. Je suis sûr que tu apprécieras, me répondit-il en souriant.

Je contemplais le battement d'ailes régulier et majestueux, à travers la fenêtre du toit, d'une mouette qui nous survolait.

La voiture s'arrêta et je reconnus aussitôt l'ambiance. Je la connaissais bien... c'était celle des vagues et du vent, ce vent qui s'engouffre dans tes cheveux, et cette odeur salée. J'aimais bien venir me reposer et méditer sur les plages en regardant les vagues s'échouer sur le sable chaud.

En sortant de la voiture, je m'aperçus qu'aucun restaurant ne se dressait devant moi, ni aucun bâtiment, il y avait juste une belle et longue plage qui se dessinait devant mes yeux ébahis.

Je pensais qu'il devait m'emmener au restaurant... il a

changé d'avis ?

Mon attention était solidement attachée sur ce couloir de sable qui me faisait face. J'étais surpris par la beauté du paysage qui s'étendait face à moi. Les palmiers avaient laissé leur place à des masses rocheuses qui enfermaient la plage de chaque côté, et seule la mer nous montrait la liberté. J'avais envie de foncer droit devant pour plonger dans cette eau qui reflétait les couleurs orange du soleil.

Shannon referma ma portière juste derrière moi, puis Hugh me prit la main. On se dirigeait vers ce lieu paisible et désert. Je n'avais pas d'autres choix que de le suivre, mais au vu de la splendeur du décor qui se tenait, tel un tableau, devant mes yeux, je me sentais totalement détendu. Personne à l'horizon... *On peut privatiser une plage quand on ne sait plus quoi faire de son argent ?*

— C'est marrant, il n'y a personne sur la plage, dis-je

— Non. À cette heure-ci, il n'y a personne, c'est pour ça que je t'ai emmené ici.

Je ne cherchai pas plus d'explication et je commençai à enlever mon maillot, puis Hugh m'imita.

— Ça doit être le bon côté d'habiter ici, dis-je.

— Oui, c'est ça, me répondit-il d'un ton doux. Peu de personnes connaissent l'existence de ce lieu et puis vu qu'elle n'est pas large, personne ne pense à y venir.

— Pourtant ils devraient.

— Pour qu'elle soit bondée ? Non merci, Thomas.

— Tu as raison, dis-je en embrassant son épaule.

On installa nos serviettes face aux vagues qui venaient s'échouer sur cette magnifique étendue. Sa largeur ne devait pas dépasser les cent mètres. Elle était assez petite, mais elle nous permettait d'être tranquilles. J'étais loin d'être insociable, mais j'aimais bien avoir mon intimité, mon moment à moi, sans personne pour me déranger. Bon, bien sûr, il y avait Hugh, mais j'étais heureux de partager ma vie avec cet homme qui me comblait chaque jour de bonheur.

Une parfaite harmonie s'était installée entre nous. Ma main dans la sienne, nous courûmes soudain vers l'océan où des milliers de faisceaux lumineux éclaircissaient l'horizon. On s'arrêta devant les vagues qui s'échouaient sur le sable dans un bruissement. Hugh me serra dans ses bras, puis me souleva dans les airs.

Je passai instinctivement mes jambes autour de sa taille pour m'accrocher et me blottir sur son corps, pendant qu'il avançait et s'enfonçait à grands pas dans la mer.

— Tu sais que je t'aime, toi ? me dit-il sur un ton amoureux.

Mes lèvres presque à la hauteur des siennes, je m'approchai de lui avec délicatesse. Je pouvais ressentir son amour infini se propager sur mes lèvres. *Il a été plus rapide que moi, sur ce coup-là.* J'avais bien choisi mon homme.

Le miroitement du soleil couchant sur l'eau me faisait penser à mille bougies flottant dans une immense salle d'un château écossais. J'étais ensorcelé, dans un véritable conte !

Ma langue caressait la sienne. Les yeux fermés, bouche contre bouche, je ne m'étais jamais senti aussi apaisé qu'à ses côtés. J'étais dans une bulle de plaisir. Toute émotion négative était bloquée par un champ de force positif. Avec souplesse et délicatesse, il me reposa sur le sol. Je sentis l'eau entourer mes genoux.

— Viens, me dit Hugh.

Sa main gauche encore dans la mienne, il me tirait vers lui, vers un océan de bonheur. Nos émotions fusionnaient sans aucune limite ni barrière. Je me sentais à l'aise et libre de vivre à ses côtés... rassuré d'avoir enfin trouvé le chemin de l'amour.

Ma main lâcha la sienne pour se poser délicatement sur son torse. Heureusement qu'on avait enlevé pantalons et tee-shirts, sinon je n'aurais pas pu profiter de son maillot noir et de son corps idéal. Avec lui, je m'envolais vers un univers idyllique et bienfaisant, celui des dieux nordiques, même s'il pouvait paraître plus brutal pour certains. Je l'avais déjà visité dans mes rêves et je me rappelais un sentiment infini, de la bière qui coulait à flots, des rigolades et des bruits de haches qui s'entrechoquaient.

Je nageais vers un monde rempli de puissants Vikings et de Valkyries. Il était mon Viking à moi et je me sentais comme son compagnon de bataille.

— On plonge ? dis-je en parcourant des yeux l'horizon.

J'immergeai mes mains, puis d'un coup vif, j'aspergeai joyeusement le visage de Hugh. Le visage rayonnant, mes lèvres se tordaient de rire, mais c'était sans compter sa réaction. Grossière erreur, car d'un coup aussi rapide que l'éclair, Hugh me prit soudainement par la taille et me balança, la tête la première. De retour à la surface, je repris rapidement ma respiration. Je crachai et hoquetai. Je toussai à plusieurs reprises, puis je replongeai dans ce bleu paradisiaque. *Comment va-t-il réagir ? Va-t-il plonger à mon secours ?* Sous l'eau, je vis sa main se tendre vers moi et m'attraper par le bras. D'un geste vif, il me ramena à la surface, contre lui. Les cheveux trempés, je le regardais au travers des gouttes qui me tombaient sur le visage.

— Tu me fais peur coiffé comme ça, rit-il.

Mes cheveux longs étaient rabattus devant mes yeux et je donnais une impression horrifique.

Aussi rapidement que lui, même si mes forces étaient moindres à cause de la gravité du royaume de *Neptune*[4], je me jetai sur les larges épaules de Hugh pour le faire plonger avec moi. Je fléchis les genoux, les jambes repliées autour de ses hanches, puis dans une sorte de plongeon arrière, j'essayai de l'emmener dans ma chute. Cependant son corps n'avait pas bougé d'un poil. J'avais l'impression d'être impuissant sur son dos imposant. Sans que je ne m'en aperçoive, il plia ses genoux, puis tomba avec moi à la renverse sans effort, sans doute pour me faire gentiment croire que j'avais réussi à le faire plier. *Se laissera-t-il faire pour d'autres choses ?*

Nos corps attachés l'un à l'autre émergèrent de l'eau dans une parfaite synchronisation. On s'amusait comme des enfants. Câlins et embrassades furent au rendez-vous durant cette formidable soirée. Hugh avait pu se changer les idées et la plage était toujours vide, ce qui n'était pas pour me déplaire. Personne ne nous avait dérangés.

De retour sur le sable, Hugh me souleva à la force de ses bras. Mes pieds avaient quitté le sable chaud. Agrippé à lui, je plongeai dans une nouvelle vague d'émotions positives.

Il me caressa le front pendant que ses bras me soutenaient dans les airs. Je contemplais sa joie de vivre. Sa chaleur se diffusait sous mes doigts qui se baladaient sur son cou et sa barbe ravissante.

— J'adore les hommes barbus.

---

4 - Neptune : du latin Neptūnus, il est un dieu entièrement latin. Dans la mythologie romaine, il est le dieu des eaux vives et des sources. Il est aussi le protecteur des pêcheurs et des bateliers.

C'était un peu banal de lui dire ça, mais c'était ce qui m'attirait physiquement chez les hommes de cet âge. Et cet homme-là, il m'affriolait encore plus !

Il posa délicatement ses lèvres sur les miennes, engouffra sa langue, puis parcourut l'intérieur de ma bouche en y laissant l'empreinte chaude de ses sentiments. Je me suspendais à lui et à cet océan de plénitude que l'on partageait tous les deux. Il me faisait fondre de bonheur. Je m'enivrais d'une tendresse incomparable qu'il semblait lui aussi ressentir. Un amour éternel se lisait dans nos yeux.

Il n'avait pas qu'un corps de dieu, bordel ! Il savait comment embrasser un homme. Cet amour charnel me rappelait notre premier baiser échangé au Royal Blue.

Une fois de plus, j'avais perdu la notion du temps. La magie de la passion, sans doute ! Sans effort, il me reposa aussi simplement que si j'étais une plume. Je n'étais pourtant pas si maigre, mais je faisais pâle figure à ses côtés.

— Il commence à se faire tard, on profite des derniers rayons de soleil et on rentre ? me dit Hugh.

— Oui.

Hugh récupéra son smartphone dans sa poche et appela Shannon pour qu'il vienne nous récupérer et nous ramener à l'hôtel.

Le soleil avait rejoint l'océan et ses teintes rougeoyantes soulignaient l'horizon. *C'est dommage que je n'aie pas mon appareil photo !*

— Tant pis ! dis-je. J'aurai l'occasion d'en prendre d'autres.

Je montrai à Hugh l'objectif photo brisé de mon smartphone. Je l'avais fait chuter il y a quelques mois de cela et je ne m'étais toujours pas occupé de le faire réparer.

— Profite de ce moment, Thomas, ne fais pas l'erreur que font les gens. Regarde le paysage avec tes yeux et non à travers ton écran.

— Oui, tu as tout à fait raison, répondis-je gaiement.

C'est moi, ou il vient de me donner une leçon de vie ? J'aimais sa philosophie, et mon admiration pour lui crût encore un peu plus.

La limousine arriva et Shannon en descendit.

— Rentrons, Thomas, dit-il en ramassant nos affaires.

Le retour à l'hôtel fut rapide et les poissons exotiques nous accueillirent lorsque nous franchîmes le tunnel vitré. Je ne me lassais pas de ce spectacle fantastique. Puis la porte de sa chambre se referma sur nous.

— Tu veux que l'on se fasse livrer un repas dans la chambre ? me demanda Hugh en dessinant un cercle sur son ventre pour me montrer son appétit.

— Avec plaisir, je ne savais pas que c'était possible.

— Avec moi, tout est possible, Thomas et tu le découvriras très bientôt. Je l'espère en tout cas.

C'est vrai qu'avec lui les portes s'ouvraient beaucoup plus facilement !

Le dîner arriva et l'on s'installa au balcon pour profiter des premières étoiles qui se montraient. On mangeait comme des amoureux, en portant nos fourchettes à la bouche de l'autre pour le nourrir.

— Bon, je suis épuisé. C'était une journée forte en émotion pour moi. Merci, dis-je en le regardant.

— Mais de rien, c'était tout aussi plaisant pour moi.

Nous prîmes une douche rapide et nous couchâmes sans

perdre de temps.

— Hugh, tu travailles demain ? dis-je en m'enveloppant sous le drap blanc du lit.

— Oui, mais je peux prendre congé si ça te fait plaisir, et puis j'ai envie de te faire découvrir le pays.

— Tu peux demander des congés à la dernière minute, comme ça ?

— Mon statut me donne certains privilèges. Je n'aime pas en abuser, mais j'avoue que dans ce cas précis, ça me sera bien utile.

— C'est vrai ! dis-je en bâillant.

— Alors, dors ! Tu seras plus en forme demain, dit-il en me caressant la joue.

J'appuyai ma joue contre son aisselle et mes bras vinrent se reposer sur son cou. C'était mon nouveau nid douillet pour la nuit. Hugh releva tendrement ma tête.

Est-ce que je le gêne ? Il veut que je pose ma tête ailleurs, ou il ne veut pas de moi cette nuit ?

En le regardant, ma première interrogation me parut plus sensée.

— Ne le prends pas mal, Thomas, mais tu me fais mal.

— Ah... désolé.

— Je suis le premier homme avec qui tu dors ? me dit-il en fronçant ses sourcils.

— Tu es le premier avec qui je passe autant de temps.

— Quelle chance tu as de pouvoir le faire à mes côtés, alors. J'espère que tu sauras en profiter, me dit-il en rigolant.

— J'y compte bien i

Je le regardais plein de sagesse en laissant ma tignasse reposer sur la ligne creusée de ses pectoraux. J'espérais ne pas lui faire mal en m'appuyant sur cette partie de son corps.

— Là, c'est bien, émit-il d'une voix douce en caressant mon cuir chevelu.

Mes nombreuses mèches s'étalaient le long de ses épaules.

— Mes cheveux ne te dérangent pas ?

J'entendais ma voix rentrer en résonance avec son thorax et ses poumons s'activer en parfaite synchronisation avec sa respiration. Ils se soulevaient, puis s'abaissaient. *Pas de réponse... bizarre !* Je me redressai pour espionner son visage. Il venait tout juste de s'endormir.

Je posai ma tête sur l'oreiller. Les yeux fermés, je sentais la chaleur de son corps me réchauffer. *Qu'est-ce que c'est bon de dormir sur l'homme de son fantasme !* Je me sentais en totale sécurité auprès de lui et les étoiles lumineuses m'annonçaient une belle nuit en sa compagnie !

Au réveil, Hugh ne se trouvait plus à mes côtés. La tête encore dans le brouillard, je le cherchais du regard. Où pouvait-il bien avoir disparu ? De mauvais souvenirs me revenaient subitement en tête... Les paupières lourdes, je discernai une grande masse à droite de la cuisine. Péniblement, je relevai mon buste et, la brume maintenant éloignée de mon cerveau, je le distinguais penché sur la rambarde du balcon. *Ouf ! Tout va bien. Il est encore là.* J'enfilai rapidement mon pantalon pour le rejoindre. Il me regarda arriver en souriant.

— Je t'attendais, je ne voulais pas te réveiller. Tu es encore un peu dans les vapes. Un bon pain au chocolat te fera le plus grand bien.

Je quittai du regard le lever du soleil pour me blottir dans ses yeux.

On descendit sans perdre de temps pour profiter du buffet.

Hugh prit une tasse de café accompagnée d'un croissant. Il lisait son journal pendant que je dégustais silencieusement ma viennoiserie au chocolat.

— Au fait, j'ai profité du temps où tu dormais pour appeler les studios. J'ai pu obtenir ma journée, par contre il faudra que j'y retourne demain toute la journée. On approche de la dernière scène et j'aimerais sortir de ce rôle au plus vite.

Je réagis d'un air neutre, sans prêter attention à ses dernières paroles. Je masquai ma déception.

— Pas de problème. J'aurai le temps de visiter d'autres coins comme ça !

— Je te donnerai le téléphone de Shannon pour que tu puisses le contacter si tu as besoin de te déplacer.

— Oh, super ! Merci, c'est gentil.

Il me regardait en souriant, puis il posa sa tasse en porcelaine et me fit signe de le suivre. Je terminai rapidement le fond de mon thé et le suivis jusque dans sa chambre.

— Oh ! J'oubliais. Je te donnerai la clé de l'appartement, me dit-il en posant sa carte magnétique pour déverrouiller la porte. J'ai réclamé un double au réceptionniste et il en a profité pour demander à te voir.

— Ah, bon ? Qu'est-ce qu'il me veut ?

— Rien de grave, ne t'en fais pas. Ça doit être à propos de ta chambre, vu que tu n'y dors plus depuis un petit moment. C'est vrai que je n'y allais plus maintenant que je profitais de la sienne. Après tout, il était normal que l'hôtel souhaite récupérer une chambre inoccupée, surtout que celle qui m'était réservée était plutôt luxueuse.

Hugh entra dans la salle de bain.

— On ne peut pas leur cacher grand-chose, à ce que je vois,

dis-je.

— Tu aimes lire, Thomas ? dit-il à travers la porte.

Le dos collé à la paroi de la salle de bain, j'attendais patiemment qu'il finisse de se préparer. Ce n'est pas parce que l'on est en couple que l'on n'a pas le droit d'avoir un peu d'intimité.

— Oui, beaucoup !

— Tant mieux, dit-il la voix étouffée par le bruit de son rasoir électrique.

— Pourquoi ? répondis-je un peu plus fort.

— Parce que je connais un endroit idéal pour lire un bon roman et passer du bon temps ensemble.

Hugh sortit de la salle de bain et je le remplaçai. J'avais rapidement enfilé mes affaires d'hier soir. Heureusement que Hugh ne prêtait pas attention à l'apparence.

Shannon était venu nous chercher devant l'hôtel comme à son habitude. En descendant de la voiture, je fus saisi par la beauté du parc fleuri qui se dévoilait sous mes yeux. Une végétation verdoyante et d'imposants arbres nous accueillaient et s'enfilaient en longues lignes zigzagantes, derrière un énorme portail au style gothique orné de fines lignes d'or. Tout avait l'air si beau en sa compagnie que je m'en réjouissais d'avance ! Les fleurs et les bancs délimitaient l'allée principale. Une douce lumière jaune aux teintes presque orange traversait l'immense feuillage des arbres et éclairait le chemin de terre sur lequel nous marchions. Aucun déchet, ni quoi que ce soit ne trahissait la nature. On se serait crus dans une véritable peinture. Hugh me tira par la main pour m'éloigner de l'allée. *Veut-il me faire des choses salaces à l'abri des regards ?* On s'assit entre deux troncs massifs. On

avait trouvé notre petit coin tranquille à nous. La végétation nous protégeait du monde extérieur et je me sentais si bien, comme chez moi. Une lumière tamisée nous éclairait et une ambiance chaleureuse s'était installée.

On s'était installés sur l'herbe pour lire et je sortis mon livre.

— Cela fait tellement du bien de s'allonger ici, me dit Hugh, le regard fixé sur les pages de son livre.

— Tu lis quoi ?

— Un livre sur le développement personnel et ses bienfaits sur le corps humain.

— Ah génial ! Moi, je lis ça, dis-je en lui montrant la couverture du nouveau roman de Stephen King.

— Stephen King, le maître de l'horreur ! dit-il.

— Tu le connais ?

— Je ne l'ai jamais rencontré personnellement, mais je connais son nom, comme beaucoup de monde.

Mes yeux brillaient devant son air concentré sur son roman.

— Tu t'es endormi rapidement hier soir.

— Oui, j'étais fatigué, dit-il en fixant les pages.

Je voyais que je le perturbais pendant sa séance de lecture. Je me replongeai alors quelques instants dans l'histoire horrifique que j'avais commencée quelques jours plus tôt.

Au bout d'un moment, ma concentration se perdit. Je relevai mon dos appuyé contre le tronc d'un gros arbre et reposai ma tête sur l'épaule de Hugh. Les yeux levés vers le ciel, il me dit :

— Tu vois, ici, même le ciel est plaisant à regarder. C'est pour cette raison que j'aime venir dans ce coin.

Il replongea son regard dans son livre.

— Et moi ? Je ne suis pas plus agréable à admirer que le ciel ?

Hugh posa son regard sur moi, puis me fixa l'air surpris. Un sourire en coin se dessinait progressivement sur son visage.

— Oooh, mais tu es bien plus que ça, Thomas.

Nos deux mains se rejoignirent sur l'herbe pendant que le soleil nous partageait sa belle lumière. Nous restâmes ainsi toute la matinée, jusqu'à ce que mon estomac gargouille. Mon téléphone affichait midi, et du coin de l'œil je vis Hugh refermer son livre.

— Bon, je sais que l'on est bien, couchés ici, mais je commence à avoir faim, pas toi Thomas ?

— Si. Moi aussi.

— Tu veux manger à l'hôtel ou au restaurant ?

— Je ne sais pas. Je ne veux pas te faire dépenser tous tes sous pour moi.

— Thomas... Tu es très loin de me mettre en difficulté. J'ai suffisamment d'argent pour te payer un restau, et bien plus encore ! dit-il, le regard renfrogné.

C'était vrai qu'il pouvait facilement s'offrir tout ce dont il avait besoin et ce, jusqu'à sa mort.

— Tu préfères un restaurant chic ou traditionnel ?

Je me regardai rapidement en jugeant la façon dont je m'étais habillé ce matin.

— Tu crois que ça sera suffisant ?

Hugh me scruta, frotta mon poignet pour le nettoyer, puis il regarda sa montre d'un air interrogatif.

— On devrait avoir le temps de rentrer pour que tu te changes, mais laisse-moi encore un peu t'admirer... habillé pauvrement.

Il me toisa de haut en bas.

— T'es sérieux, là ? Je pensais que tu me dirais que c'était bien... ou du moins suffisant, dis-je en me levant rapidement.

— Je te taquine, Thomas ! Tu ne sais pas rire ? dit-il en se moquant. Je suis un grand acteur après tout, ne l'oublie pas.

Ça c'est vrai qu'il en est un de « *grand acteur* » !

— Tu vas voir si je ne sais pas rire, toi ! dis-je en haussant amicalement la voix tout en le tirant par le bras pour le soulever.

Aussitôt debout, je sautai sur ses épaules et enroulai mes jambes autour de son buste, puis l'embrassai vigoureusement. Hugh posa ses mains sur mes chevilles pour ramener et serrer mes jambes contre lui.

— On prendra le temps cet après-midi pour t'acheter de nouveaux vêtements. Shannon nous conduira à Stanford, pas loin de son université, il y a une excellente boutique qui devrait te convenir.

J'avoue que les vêtements de grands couturiers ne me dérangeaient pas tant qu'ils étaient sobres et discrets. De plus, ma garde-robe commençait à se faire vieille et certains de mes vêtements étaient abîmés. Je ne voulais pas me pavaner à ses côtés mal habillé. Je ne voulais pas non plus passer pour ce que je n'étais pas, même si j'avais appris il y a des années à me défaire des jugements des autres. Mais j'aimais bien prendre soin de moi et je n'étais pas contre l'idée de m'acheter de nouvelles fringues.

— D'accord. Pourquoi pas. On y va ?

J'étais tout enchanté par le programme qui s'annonçait.

— Tu es pressé à ce que je vois ? dit-il en me reposant à

terre.

— Je suis pressé de passer du bon temps avec toi !

Je regardais tout autour de moi la végétation. Je me perdais dans toutes ces belles couleurs et ces parfums qui enivraient tous mes sens. L'odeur y était tellement agréable. Je m'y sentais si bien que j'aurais voulu à ce moment-là rester toute la journée à renifler le parfum que dégageaient toutes ces fleurs.

— Tu viens, Thomas ? Ou je dois te reprendre sur mes épaules, pour que tu avances ?

L'idée est tentante !

D'un regard appuyé, je fixai ses larges épaules musclées. Il resta immobile à me lancer son sourire de braise qui m'avait saisi ce fameux premier jour. Je le regardais fixement. Je savais qu'il me comprendrait. Il resta immobile à me contempler, puis il revint vers moi, lentement se tourna dos à moi et se baissa. Il attendit que je le rejoigne, sans rien me dire. Heureux, je sautai de nouveau sur ses épaules en passant mes jambes autour de lui. Le regard porté au loin, assis sur ses épaules, je regardais le grand portail noir au style gothique se rapprocher.

Heureusement que nous étions seuls. Je m'étonnai une nouvelle fois de l'absence de paparazzis ou même de touristes. Je m'étais préparé à des retombées médiatiques, mais j'étais bien content de ne pas voir de photo volée de nos excursions — ou pire, de nos ébats — atterrir dans les magazines people. En attendant, je vivais pleinement mon fantasme et comptais bien en profiter autant que possible.

Shannon arriva et nous fit monter dans la voiture en nous

tenant les portières avec élégance. Hugh l'informa de nos projets pour cette après-midi.

— Désolé, monsieur, mais je ne pourrai pas vous emmener. J'ai un imprévu...

— Quel imprévu ? dit Hugh d'une voix détachée.

— Je dois faire affaire ailleurs, j'aurais aimé vous en faire part avant, mais...

L'air mécontent, Hugh ne lui laissa pas l'opportunité de finir.

— Comment ça « faire affaire ailleurs » ? Tu te prends pour qui à prendre congé sans mon autorisation ?

Je me sentais gêné pour Shannon. Comment Hugh pouvait-il lui parler sur ce ton ? Il le traitait comme s'il était inférieur à lui et ça ne me plaisait pas du tout. Peu importe combien il le payait, il avait le droit à un jour de repos, lui aussi ! C'était quoi ces manières ? Sérieusement... Je ne pouvais pas laisser passer ça, et tant pis si Hugh n'appréciait pas ce que j'allais dire.

— Dis donc, tu ne lui parles pas sur ce ton ! Tu n'as pas à décider pour lui et encore moins à l'agresser de la sorte !

Cette fois-ci, c'était moi qui n'étais pas content et j'avais bien mes raisons de l'être.

— C'est une affaire entre lui et moi et tu n'es pas concerné, Thomas, s'énerva-t-il.

— Hey, tu ne me parles pas de cette manière ! dis-je en le dévisageant.

— Bon, ce n'est pas grave. On ne va pas se disputer pour si peu. Reconduis-nous à l'hôtel, Shannon, je te donne ton après-midi. Mes projets peuvent attendre, dit-il en baissant d'un ton.

— Merci monsieur. Je vous prie de m'excuser, j'aurais dû vous prévenir plus tôt. Je suis vraiment désolé.

— C'est pas grave. C'est à Hugh de s'excuser, dis-je en contemplant l'air triste et affligé de Shannon à travers le rétroviseur.

— Non, mais c'est que tu vas me faire une scène ? Et devant lui en plus ! hurla-t-il.

— Je fais ce que je souhaite. C'est de TA faute, si on a cette discussion. Et tu n'as pas intérêt à l'engueuler de nouveau, en tout cas, pas en ma présence !

Non, mais de quoi je me mêle ?

— Désolé, je... pardon, Thomas.

Waow c'était efficace en fait ! Je devrais m'exprimer plus... Je me rappelai d'un coup ce que l'on s'était dit pour se punir. *Mince !* Je me mordis les doigts. Je m'étais moi aussi laissé emporter. Bon... après tout, j'avais encore une chance de me rattraper, et puis je n'étais pas en tort, c'était lui qui lui avait mal parlé, après tout. Cette fois-ci, c'était à moi de le punir !

— Tu te rappelles ce que l'on s'est dit ? dis-je en le défiant du regard.

On arriva à l'hôtel et on quitta Shannon sans un regard. Arrivé dans la chambre j'interrogeai Hugh.

— On va faire comment cet après-midi ?

— Déjà, je vais commander de quoi manger. Ensuite, on prendra un taxi, dit-il en décrochant le combiné près de la porte d'entrée. Il va falloir tenir tes engagements, Thomas.

— Quels engagements ?

— Ne joue pas à ça avec moi, c'est moi l'homme ici.

— Oui. C'est vrai, mais je suis autant l'homme de la maison que toi, dis-je en ricanant.

— Je rigole, je rigole, Thomas. Tu sais bien que je ne suis pas comme ça réellement, je le suis juste dans mes films et ce rôle que je joue au studio commence à me monter à la tête.

Ce n'est pas une raison.

— Qu'est-ce que je te vais te faire, maintenant, Thomas ? me dit-il en me jaugeant.

— Des excuses peut-être ? répondis-je avec froideur.

Il s'attend à ce que je m'excuse pour lui avoir tenu tête, en plus ?

— Tu vas commencer par te faire pardonner, dit-il en s'approchant tout près de moi et en me caressant le cuir chevelu.

Il croyait vraiment pouvoir me dompter comme un chaton ?

— Tu veux que je te rappelle comment tu as parlé sur le chemin du retour ?

— Et toi ! Sur quel ton tu m'as parlé !?

Il est exact que je n'avais pas emprunté un ton réellement approprié pour le calmer. Je regardais déjà le sol sans m'en rendre compte... sans doute à cause de son polo qu'il venait de jeter à terre dans sa furie. Il avait ce don de remuer mes hormones juste en prenant ce ton grave en y rajoutant une pointe de virilité ! *C'est dingue, ça !* Je fermai les yeux quelques instants et m'apprêtais à recevoir ses désirs torrides, mais... en ouvrant les yeux, je le vis s'accroupir, à ma plus grande stupéfaction, et s'agenouiller devant moi. Sans que je puisse comprendre, il me souleva de son seul bras gauche et me hissa d'un geste brut et rapide dans les airs, puis il me jeta sur ses épaules. Il m'avait levé comme si je n'étais qu'un simple petit animal domestique avec lequel on pouvait faire ce que l'on voulait.

Le visage proche du sol et mes jambes en équerres derrière son dos, il se dirigeait vers le balcon éclairé par le soleil, il ouvrit et fit glisser la grande vitre, puis il appuya sur trois touches du combiné de la chambre qu'il tenait toujours dans sa main gauche. Un bruit sonore retentit depuis les haut-parleurs.

— Chambre 706, j'aimerais commander deux repas chauds.

— Bien, monsieur, répondit la voix du téléphone fixe.

Super ! Je commençais à avoir faim, moi !

Hugh me fit pivoter en avant. Je me retrouvai la tête dans le vide. Je regardais le trottoir en bas et sentais ma tête qui me jouait des tours en déformant la hauteur réelle qui me séparait d'une mort certaine. Allait-il me faire tomber ? Non, impossible. J'avais soudainement du mal à respirer et je me tordis pour remonter.

— Arrête, s'il te plaît. Tu me fais peur, je n'aime pas voir le vide comme ça. Ça me fait peur !

La hauteur me donnait le vertige. Les voitures roulaient à vive allure. Je trouvais ce jeu totalement démesuré, mais venant de sa part, rien ne m'étonnait. Après tout, je savais très bien que son but n'était pas de me mettre en danger et l'étreinte de ses bras m'indiquait qu'il ne me laisserait pas tomber. Jamais il ne le ferait. Mais il valait mieux que je reste calme et que je fasse ce qu'il me demandait...

Je n'avais pas pour autant l'intention de me laisser faire, moi aussi je voulais faire entendre mon point de vue, mais malheureusement pour moi, il me soumettait facilement, rien qu'en me fixant d'un regard de braise ou en se déshabillant... ou en me pendant dans le vide.

— Bon. Maintenant que tu es immobilisé, tu vas m'écouter,

sinon je te laisse tomber.

Il veut jouer à ce petit jeu avec moi ? Soit !

— Je n'aurai qu'à fermer les yeux.

— C'est que tu es drôle en plus, ricana-t-il.

Il fit mine de me faire tomber, mais je ne réagis pas, car je savais que cela n'était qu'un simple jeu de domination qui lui ressemblait bien. Certains aimaient jouer au jeu du « lequel a la plus grosse ? », moi, j'étais plutôt du genre à chercher qui aurait le plus de courage pour se dévoiler complètement tel qu'il est. Il me montrait son caractère, je lui montrais le mien.

— Je suis tombé amoureux de toi alors c'est comme si j'avais déjà chuté de quelques étages, non ? Tu ne le feras pas de toute façon, dis-je le sourire en coin.

Je m'amusais de ma réponse.

— C'est exact. Je ne le ferai pas, mais je peux te faire autre chose.

— Bon... Tu peux me remonter, s'il te plaît ? Je ne suis pas détendu, au cas où tu ne le verrais pas. Je ne vais pas rester comme ça tout l'après-midi.

Ce petit jeu avait duré un peu plus longtemps que prévu et je n'allais pas rester indéfiniment la tête à l'envers.

— OK. Dommage, j'aimais bien t'avoir dans mes bras.

— Tu ne m'as pas pris beaucoup de fois, dis-je en faisant mine de ne pas le comprendre.

Je profitai de ma liberté retrouvée pour rentrer dans la chambre.

— Tu vas voir si je ne te prends pas assez, Thomas ! rugit-il tout en me souriant.

J'avais déjà des plans en tête, mais j'étais curieux de savoir ce qu'il me préparait. Hugh, joueur, se glissa dans mon dos et me poussa en avant. Avant d'avoir eu le temps de comprendre, je me retrouvai à quatre pattes prêt à me faire pénétrer. Mes avant-bras s'enfonçaient dans le matelas. Je me retrouvais de nouveau comme un chaton face à un lion. Il ne se laissait pas dompter facilement, mais je n'allais pas céder sans lutter.

— Ça ne va pas se dérouler comme ça ! dis-je en rugissant à mon tour.

Je me retournai dans sa direction pour le fixer et avant qu'il ne puisse entamer quoi que ce soit avec moi, je le tirai du lit et me mis à genoux pour le contempler les yeux fermés, d'un air soumis. Il passa doucement ses mains sur mes joues pour me caresser tendrement, puis il s'appuya sur l'arrière de mon crâne.

— Tu es coquin, dis donc.

— Non, mais j'aime juste donner des directives, moi aussi, dis-je toujours en le fixant droit dans les yeux.

— Sauf que là, c'est moi qui vais t'en donner, et vu la façon dont tu te tiens, tu ne vas pas pouvoir faire grand-chose. Tu seras bien trop occupé, dit-il les yeux gourmands en détachant la boucle de sa ceinture.

Parce qu'il croit que je vais l'accueillir si facilement dans ma bouche ? Quel naïf, il va apprendre à me connaître !

Brusquement, le regard baissé sur le haut de ses cuisses, je le pris par le bassin, puis le tirai pour que mes lèvres se rapprochent de son entrejambe. Je le regardais sourire à moitié et imaginer le prochain bonheur qu'il recevrait grâce à ma langue... en tout cas, j'étais certain que c'était ce qu'il pensait que j'allais faire. Ses yeux se fermaient progressivement et ses mains se refermèrent sur l'arrière de mon crâne.

— Je crois qu'il existe un moyen plus rapide, soufflai-je.

Hugh ouvrit les yeux, excité.

— Une solution plus rapide ?

Progressivement, son érection poussait la braguette. Il balaya mes cheveux.

— Tu sais qu'il serait dommage que le garçon d'étage apprenne que tu abuses d'un jeune homme comme moi.

Je pensais à mon plan.

— Tu sais que je pourrais gagner beaucoup d'argent en interprétant le rôle de la victime, dis-je pour me jouer de lui.

J'aimais bien jouer avec le feu, moi !

D'un air épuisé, il poussa un long soupir.

— Comme si je n'y avais pas déjà songé, Thomas ! Tu ne croyais quand même pas que je n'y avais jamais pensé ?

Loupé !

Je pensais pouvoir faire frémir un peu plus la flamme qui réchauffait son pantalon, mais j'allais devoir m'y prendre autrement, car j'étais bien décidé à l'exciter. Je le fixai de nouveau tout en cachant mes envies derrière un faux air attendrissant. *Verra-t-il le subterfuge avant qu'il ne soit trop tard ?* Le regard plongé dans le sien, je prévoyais de la même manière qu'un rapace comment j'allais pouvoir le prendre en chasse.

Hugh se mit à fixer le couloir de l'entrée.

— Tu cherches quelque chose ?

— Non, avec tout ça j'ai presque oublié le déjeuner. Ils vont bientôt nous l'amener et il ne faudrait pas que l'on nous trouve dans cette position.

Je ne voyais pas le risque qu'il pouvait y avoir, on ne voyait pas le lit depuis l'entrée. Au moment où il enfilait le polo qu'il venait de jeter à terre, je m'empressai de tirer sur sa ceinture pour la faire glisser à travers les passants de son pantalon.

— Bon... rends-moi ma ceinture, s'il te plaît. On s'amusera après le repas, si tu veux.

Je le fixais sans bouger. Je ne voulais pas changer mon plan et céder à ses caprices. Peut-être que Shannon n'avait pas le choix, mais moi, je l'avais.

— Tu t'excuses ? dis-je.

Hugh s'arrêta un moment puis il se mit à réfléchir.

— Oui, oui. C'est bon, souffla-t-il.

Je sentis aussitôt qu'il ne pensait pas réellement ce qu'il venait de dire et ça me dérangeait. Il l'avait simplement dit pour me faire plaisir, rien de plus, mais j'étais loin d'être bête. Hugh jetait des regards vers la porte pour surveiller la livraison de notre repas.

— J'ai mal compris, dis-je. Tu peux reformuler ?

— D'accord, dit-il en levant les yeux au ciel. Je m'excuse pour avoir laissé passer mes humeurs trop facilement. J'ai été un peu trop dur avec Shannon, désolé.

C'était un peu trop facile à mon goût et je savais très bien qu'il se souvenait de l'accord que l'on avait passé pour éviter de se disputer.

— Tu es dur avec lui pour montrer qui est le chef ?

— Oui, c'est ça, mais il a l'habitude et il ne me le reproche pas.

— Peut-être parce qu'il n'ose pas te désobéir et t'offenser ? C'est toi qui le payes, je te rappelle.

Hugh me tournait le dos et j'étais prêt à passer à l'action. J'avais le sourire aux lèvres. Hugh ne s'apercevait de rien et se dirigeait vers l'entrée. Sa ceinture ne semblait pas lui manquer plus que ça. Il revint s'asseoir sur le lit et jeta des coups d'œil dans toute la pièce.

— Tu l'as mise où ?

— De quoi ?

— Ma ceinture, Thomas.

Ne pouvant attendre plus longtemps et sentant mon cœur battre à tout rompre, j'allais passer mon plan à exécution.

— Hugh, approche, s'il te plaît.

— Quoi, qu'est-ce que tu veux ? dit-il en regardant sous le lit pour voir si sa ceinture n'y était pas cachée.

J'avais profité qu'il s'éloigne dans le couloir pour la coincer dans mon pantalon, sous mon tee-shirt. D'un coup maîtrisé, je l'agrippai avec mes deux mains, puis je lui fis un croche-patte pour le faire trébucher sur le lit. Depuis le temps que je voulais le voir dans la position que je m'apprêtais à lui faire prendre... Je montai sur le lit tel un tigre qui se préparait à sauter sur sa victime et mon genou remonta jusqu'à son entrecuisse. Avec une rapidité de félin, je sortis la ceinture et l'enroulai autour de ses poignets. Je la bouclai et saisis ma proie par le cou. Hugh se retrouva les mains attachées derrière son dos et le menton relevé vers les oreillers sans avoir le temps de réagir. J'attrapai dans la table de chevet une paire de menottes que j'avais repérée plus tôt pour lui attacher les pieds. J'avais devant moi ce corps sublime entièrement à ma disposition. Je n'avais pas encore pris la peine de réfléchir à mes futures actions, mais j'aurais tout le temps pour m'occuper de son cas. Il poussait déjà quelques grognements de mécontentement.

— Relâche-moi, je ne veux pas qu'on me voie de cette manière, surtout avec toi, aboya-t-il.

Mais qu'est-ce qu'il a aujourd'hui à faire sa loi ?

Je ne savais vraiment pas ce qui lui prenait. On avait pourtant passé un bon moment ce matin tous les deux.

— Personne ne va te voir. Je suis le seul autorisé à te regarder comme ça et je compte bien le rester. *Au moins, comme ça, c'était dit.* Je ne lui avais pas demandé son avis sur la question, mais peu importe, il faudrait bien qu'il l'accepte.

Soudain, j'entendis des coups timides à la porte.

— Veuillez m'excuser pour mon retard, mais je vous apporte vos plats, dit le garçon d'étage à demi-voix.

Pile au bon moment.

— Détache-moi, s'il te plaît. Je veux pouvoir le recevoir et manger tranquillement.

— Pas cette fois. Je ne vais pas t'empêcher de te nourrir, mais tu n'ouvriras pas cette porte.

— Tu ne comprends pas, ici ils viennent te servir à table directement et je ne veux pas...

— J'ai compris, mais c'est toujours non.

Il va apprendre à me parler autrement.

Je prenais presque du plaisir à le regarder se tortiller pour tenter de se libérer.

Je me dirigeai dans l'entrée pour réceptionner le plateau. J'ouvris la porte à moitié pour empêcher l'homme d'entrer.

— Souhaitez-vous que je m'occupe de vous les servir dans votre chambre, monsieur ?

— Non, très bien, ça ira, je vous remercie. Monsieur n'est pas disposé pour le moment, dis-je sur un ton très solennel. Je vais m'en charger.

J'imaginais déjà la tête de Hugh qui devait nous entendre. Je pris le chariot que je fis rouler jusqu'à notre lit. Moi non plus, je ne tenais pas à ce que l'employé le voie de cette façon.

Ils savaient déjà tout dans cet hôtel, alors il était inutile d'en rajouter et d'alimenter des ragots.

Mon prisonnier n'avait pas bougé du lit où je l'avais gentiment ligoté. Il avait réussi, par contre, à se retourner pour se mettre en position assise. Je le regardai en train d'essayer d'extirper ses mains de sa propre ceinture.

— Aah, non! Tu n'as même pas intérêt à y penser, dis-je en accourant vers lui. La prochaine fois, tu t'excuseras plus convenablement.

Je le regardais lâcher prise en me regardant l'air soumis. On aurait presque dit un toutou qui attendait gentiment qu'on lui donne sa gamelle. Il était loin, l'homme viril!

— C'est moi qui ai fait venir ces plats, je te rappelle, me dit-il en cherchant encore un moyen de se détacher sans que je m'en aperçoive.

— Je ne vois pas le rapport, Hugh. À part si tu veux insinuer que je te suis entièrement dévoué et que je dois subvenir à tous tes fantasmes, ou encore que je te suis soumis financièrement?

— Non, pas du tout, Thomas. Je t'assure! dit-il l'air sincère alors qu'il cherchait toujours à se libérer. Tu es loin de la question, très loin. Mon argent je te le donne, si tu le souhaites, je veux juste être heureux avec toi.

— Tu n'es pas bien, attaché comme ça? le taquinai-je.

— Je préfère quand c'est moi qui joue.

— Le jeu de la domination?

— Pas précisément, c'est plus mes souvenirs et mes ardeurs de mâle dominant, si je puis dire, qui me font réagir comme ça.

— Sauf que là, c'est moi qui suis en position dominante et

pas toi.

— Oui, je vois ça, dit-il calmement, mais je le voyais venir.

Il avait cessé de bouger ses mains pour essayer de se libérer et il semblait dorénavant bien plus tranquille.

— Je t'aime, et je veux juste que tu sois moins dur avec toi-même et les gens qui t'entourent. Je n'ai vraiment pas apprécié la façon dont tu as parlé tout à l'heure dans la voiture. Je veux juste que tu comprennes que tes ardeurs peuvent s'exprimer, mais seulement avec moi et dans un lit, tu comprends ?

— Oui. Je suis désolé, je n'aurais pas dû me comporter ainsi. Désolé.

— Tu me fais confiance ou pas ?

— Je te fais pleinement confiance, Thomas. Bien plus que tu ne peux le penser. Je me suis déjà excusé et j'aimerais manger, s'il te plaît. Quand j'ai faim, je peux me montrer parfois... impatient.

Je pensais qu'il cherchait à me rassurer pour que je puisse délier ses liens, mais je voyais bien qu'il était sincère.

— Alors, promets-moi de ne pas bouger... même si je te détache les mains. Si tu me fais confiance, montre-le-moi, que je sois rassuré moi aussi.

— D'accord, on fait comme ça, dit-il conquis par mes paroles.

Après l'avoir détaché, je lui tendis délicatement son assiette et les couverts en argent directement sur le lit en gardant tout de même un œil concentré sur ses moindres faits et gestes, mais il ne semblait pas vouloir bouger.

Eh bien ! C'est moi ou j'ai réussi à maîtriser cet ours sauvage, ce Viking sans hache, ce Berserker sans foi ?

C'était à se demander si je lui avais correctement enlevé

ses liens.

— Je m'excuse aussi de t'avoir parlé sur ce ton. Je ne voulais vraiment pas, mais tu m'y as un peu contraint. Il faut bien l'admettre.

— Oui, j'avoue que ce n'était pas très courtois de ma part de le traiter comme ça, dit-il. Je le connais depuis des années et il ne mérite pas ça. On est à la fois proches et distants, si tu vois ce que je veux dire ?

— Oui, j'ai pu le remarquer, répondis-je en l'écoutant calmement.

— Je n'ai pas d'ami aussi proche que Shannon. C'est lui qui m'a soutenu quand j'ai envoyé chier Cassandra et que je suis parti à l'aide de mon frère. Maintenant, je n'ai plus de contrat qui me lie à elle, et j'ai suffisamment d'argent pour vivre à tes côtés, même si c'est en partie grâce à elle, je l'admets.

Je l'écoutais se confier à moi et je gardais mon attention sur ses potentiels prochains mouvements de rébellion, mais il ne bougeait plus.

— C'est surtout à force de volonté et de travail que je suis parvenu à montrer mon savoir-faire et à grandir. À présent, je n'ai plus besoin d'elle, même si je ne suis pas sûr que ça soit le cas pour elle. Elle m'en veut sans doute encore de m'être exilé sans la prévenir, mais je m'en fous. Qu'elle reste très loin de moi, cette connasse !

Ouah ! Je ne l'avais jamais entendu employer des termes comme ceux-là. C'était tout nouveau et ça ne me déplaisait pas. Il commençait à adopter un langage plus familier et il se confiait à moi. Je sentais qu'il ne voulait plus jamais la revoir et qu'il avait l'envie profonde, tout comme moi, de partager sa vie avec moi. C'était positif et engageant et je comptais bien faire en sorte que ça évolue le plus possible dans ce sens.

D'un coup, des idées et des envies sexuelles me vinrent en tête. Je voulais lui exprimer l'amour que j'avais pour lui.

LÂCHER PRISE

Confortablement installé sur le lit, je saisis l'assiette creuse dans mes mains, puis je piquai la pomme de terre pour doucement la lui amener jusqu'à sa bouche.

— Ouvre, dis-je d'une voix mielleuse.

Hugh obtempéra. Il m'offrait un spectacle splendide. Pendant de longues minutes, Hugh mangea sans poser de questions. L'assiette terminée, je regardai avec envie les fraises à la crème chantilly. Soudain, une idée me vient en tête.

— Tu me promets de ne pas bouger, Hugh? dis-je en regardant ses bras toujours cachés dans son dos. C'était à se demander si je l'avais détaché, mais la ceinture était bien en vue sur le lit.

— J'ai déjà bougé? Je t'ai déjà désobéi?

Le mot « désobéir » ne me plaisait pas spécialement.

— *Désobéi* ? Non, mais j'ai peur que tu le fasses par la suite.

Enlève ton tee-shirt.

— Fais-moi confiance, Thomas, dit-il en obéissant, alors que je fixais ses bras d'un regard affûté.

Je détachais mon regard un instant pour déposer avec amour une petite montagne de crème sur ses tétons qui se durcirent aussitôt.

— Je te fais confiance, mais c'est encore compliqué pour moi de réaliser la chance que j'ai de t'avoir à mes côtés. C'est presque trop beau, j'ai l'impression d'être dans un roman à l'eau de rose. Mes joues rougirent sous ses doigts qui se baladaient avec envie et délicatesse sur mon visage.

— Tu as promis de ne pas bouger.

— Oui, mais j'ai envie de te caresser.

Ses mots étaient touchants, mais je n'avais toujours pas changé mon plan.

— Ferme les yeux.

Je faisais bouger mes pouces sur ses deux tétons, puis dans un mouvement circulaire, je frottais les quelques poils qui en faisaient le tour, pendant que ma langue parcourait la ligne de ses pectoraux et des abdominaux pour rejoindre celles de son bas-ventre.

Son corps se raidissait au contact du froid, mais la crème se liquéfiait rapidement au contact de ce volcan bouillant de plaisir. Hugh se laissait câliner. Je n'avais même pas eu besoin de lui remettre ses mains derrière lui. Il s'était de lui-même couché sur le dos, les mains derrière ses fesses.

Je tenais en captivité un homme libre de se mouvoir. Il n'avait ni chaînes ni menottes et il était libre de se rendre là où il souhaitait, mais il ne bougeait pas et se laissait tranquillement faire pour mon plus grand bonheur.

Je titillais ses deux tétons enneigés et il gémissait de plaisir. J'attrapai ses poignets et affirmai ma prise, mes jambes entourant sa taille. D'un coup de langue, j'englobai ses tétons pour l'exciter davantage. Son corps se vrillait sur lui-même. Hugh semblait y prendre du plaisir. Son sourire s'étendait et son visage se détendait doucement. Il était totalement à moi.

— S'il te plaît, descends un peu... supplia-t-il.

— Non, je vais faire mieux.

L'ivresse de mes sentiments se synchronisait parfaitement avec ses désirs. Je mis une fraise entre ses lèvres, puis délicatement, je la poussais avec ma langue, caressant la sienne au passage. Je n'avais encore jamais dégusté une fraise de cette façon. Ses gémissements devenaient de plus en plus forts. Je me retirai. Hugh se tordait de désir et semblait en vouloir davantage.

— Désolé, ma langue s'arrêtera là. On reprendra tranquillement ce soir, si tu veux.

Je relâchai ses poignets pour le libérer de ma domination. La bosse sous sa braguette confirmait le plaisir que je lui avais procuré, et la fermeture ne demandait qu'à s'ouvrir. Le voilà qui ne tenait plus en place !

La pénétration anale n'était pas vraiment mon truc, mais pour ce qui était de ma langue, je savais parfaitement l'utiliser... j'aurais bien aimé poursuivre mes actions, mais je ne voulais pas lui donner l'opportunité de continuer ce qu'il avait engagé dans la voiture. Je devais lui faire comprendre que c'était une punition.

— S'il te plaît, Thomas, dit-il d'une voix douce.

Ses yeux reflétaient l'amour que je lui portais et si je m'étais laissé aller, je n'aurais su comment résister, car moi aussi je voulais continuer, mais son récent comportement dans la voiture méritait d'être puni. Je ne pouvais tolérer qu'il parle de cette façon à son chauffeur, à qui que ce soit d'ailleurs.

— La prochaine fois, peut-être ? Tu aurais parlé sur un autre ton tout à l'heure, j'aurais sans doute accédé à ta requête, soulignai-je.

Je me réjouissais de le voir allongé dans le lit à me demander de le satisfaire. Je me levai et m'installai à table pour manger mon dessert. Je sirotais un jus de fruits en m'enivrant du délicat arôme de la fraise plongée dans la chantilly maison. Hugh me regardait depuis le lit, encore couché.

— S'il te plaît.

— Non, répondis-je sans quitter mon assiette des yeux.

Soudain, j'entendis Hugh gémir. Je me retournai et m'aperçus qu'il continuait sa balade érotique tout seul. Il avait la main plongée dans son caleçon et savourait son plaisir solitaire.

— Qu'est-ce que tu fais, là ? dis-je en haussant la voix.

Il leva les yeux et me regarda sans rien dire. Sa main et le tissu de son caleçon ne remuaient plus.

— Je poursuis ce que tu n'as pas osé terminer, dit-il en reprenant ses mouvements masculins.

— Attends... j'arrive... dis-je d'une voix tendre.

Je me contrôlais pour ne pas m'emporter.

Je ne savais pas ce que je devais faire pour qu'il comprenne. J'aurais peut-être dû le punir autrement qu'en lui faisant du bien. Je repoussai sa main pour y mettre la mienne. Il fermait les yeux et attendait que je continue ce qu'il avait entrepris, mais c'était hors de question de céder à ses caprices aussi facilement.

— Tu as vraiment cru que j'allais te branler ?

S'il veut se soulager, ça sera en ma présence et quand je l'aurai décidé.

Les genoux contre son entrejambe, je le fixai longuement sans rien dire, puis, d'un coup, je le saisis par ses aisselles et soulevai son corps de toutes mes forces pour le faire s'asseoir. Je lui remontais son pantalon puis je glissai sa ceinture dans les passants de son jean.

— Lève-toi, tu as un dessert à terminer.

Je voyais dans ses yeux qu'il cherchait à reprendre sa position de mâle dominant, mais je ne le laisserais pas faire. Je lui tournai le dos pour aller me rasseoir. C'était peut-être risqué, mais je voulais voir jusqu'où il était capable d'aller pour assouvir ses pulsions.

— Tu viens ? lui lançai-je sans prendre la peine de me retourner.

— Oui, j'arrive.

Hugh approcha et s'assit à mes côtés, torse nu. Je lui jetais des coups d'œil discrets alors que je finissais mes fraises.

— Ne t'inquiète pas, si tu es sage, je te la prendrai ce soir.

— Me prendre quoi, Thomas ?

Hugh me fixait avec détermination et semblait me cacher quelque chose... Il ne semblait pas apprécier mon récent coup de maître.

— Je vais continuer ce que j'ai entrepris.

Étonné et le sourire aux lèvres, ses instincts masculins se calmèrent aussitôt. Je pouvais le deviner.

— Alors, je vais faire en sorte que ça soit inoubliable, aussi bien pour toi que pour moi.

— J'espère bien, si tu n'en tires aucune satisfaction, je ne vois pas l'intérêt. Si je me déshabille devant toi, c'est pour te faire plaisir.

— ... mais également pour te faire plaisir, Thomas, sinon je n'en vois pas moi non plus l'utilité.

— Tu as tout à fait raison, dis-je en lui souriant.

Le repas terminé, on se prépara pour sortir. Hugh dégaina une nouvelle fois son téléphone de sa poche et commanda un Uber.

— Il y a des Uber, ici aussi ?

— Bien sûr.

Mais pourquoi avait-il tenu tête à Shannon alors que l'on pouvait prendre un Uber ? C'était la peur de rencontrer des fans ou des journalistes qui l'obligeait à prendre exclusivement la voiture avec Shannon ?

Au moment de sortir de l'hôtel, Hugh s'arrêta puis pivota en ma direction.

— Je ne me souviens plus si je te l'ai dit, mais le réceptionniste demandait à te voir. Tu veux que je t'accompagne ?

Je le regardai d'un air amusé.

— Effectivement, mais je suis assez grand pour y aller tout seul, dis-je d'un léger sourire.

Hugh fit mine de ne rien avoir entendu. Il me devança et rejoignit le bureau d'accueil d'un pas certain pendant que je suivais ses traces.

— Bonjour, vous vouliez voir Thomas, je vous l'amène, dit-il au réceptionniste en me désignant d'un geste.

De quoi se mêle-t-il ? Je ne suis pas un gosse, sérieux ! J'étais assez grand pour le faire moi-même ! Il n'a pas digéré le fait que je l'attache dans le lit, ou quoi ?

— Oh, oui ! C'est exact, monsieur, répondit l'homme habillé

d'un costume noir parfaitement taillé. Je vous remercie, je vais voir cela avec lui maintenant, si vous permettez.

— Bonjour, dis-je en le saluant avec une voix délicate. Qu'est-ce qui se passe ?

— Eh bien..., c'est un sujet pour le moins délicat, monsieur.

Je fis signe à Hugh de s'éloigner.

— Tu peux partir s'il te plaît ? C'est une discussion privée.

Je voulais lui montrer que je n'étais pas un enfant, quitte à choquer le personnel du Royal Blue. À mon plus grand étonnement, Hugh se retourna puis s'éloigna pour m'attendre à l'extérieur.

Je l'ai fâché ou quoi ? C'est mon coup d'œil furtif ou mes paroles qui l'ont fait fuir ? Il vient de me prendre pour un enfant alors je peux au moins lui rendre la pareille ? Ce n'est qu'un simple jeu, rien de plus.

Le réceptionniste m'informa que les demandes de réservations étaient de plus en plus importantes et qu'au vu de ma situation, il serait préférable pour l'hôtel que je laisse ma chambre si je ne l'occupais pas.

— Je préfère la garder si c'est possible, mais si ma situation évolue, je vous le ferai savoir...

Je préférais garder une solution de secours si ça tournait mal avec Hugh. Je ne savais pas encore exactement où il habitait en dehors de l'hôtel, mais juste par sécurité, je préférais la garder encore un peu... et puis son tournage n'allait pas durer une éternité.

Il m'attendait dehors, juste devant une grosse berline noire qui venait de se garer. Elle était arrivée plutôt vite. Il devait sans doute y avoir beaucoup de chauffeurs dans les alentours de l'hôtel.

Hugh m'ouvrit soudainement la portière sous les yeux médusés du conducteur, qui allait manifestement le faire. Je regardai Hugh contourner la voiture et s'arrêter pour qu'on lui ouvre.

Il ne pouvait pas le faire lui-même, sérieusement ?

L'air orgueilleux qu'il affichait me montra une fois de plus son caractère dominant, et je n'aimais pas ça. Il retrouvait sa prestance en présence d'un tiers. *J'aurais dû le punir davantage.*

— Cette discussion nous concernait tous les deux, Thomas. Tu n'aurais pas dû me demander de sortir, dit-il pendant qu'il s'asseyait à mes côtés.

— Et toi, tu n'aurais pas dû me traiter comme un enfant, dis-je en fixant le siège devant moi. J'espérais juste que la vitre qui nous séparait du chauffeur était assez épaisse pour atténuer le bruit de notre conversation. Hugh n'avait même pas eu besoin d'indiquer notre destination au chauffeur, car tout avait préalablement effectué sur l'application.

— Peut-être, mais tu n'avais pas à me refouler comme ça.

— Bon, désolé. Je ne recommencerai plus... ou pas !

J'espérais juste que je ne prendrais pas trop cher en disant ça.

— Comment ça, *ou pas* ?

Les lignes de son visage se radoucirent pour afficher un air pensif. Je regardais le chauffeur à travers la vitre, il ne semblait pas nous avoir entendus nous disputer.

— Après tout, ce n'est pas bien grave, tu apprendras ce soir qu'il ne vaut mieux pas s'engager sur ce terrain avec moi, dit-il d'un ton amusé avec un grand sourire. Et puis... pour ton information, tu peux dire ce que tu veux, il ne nous entendra pas, la vitre est isolée acoustiquement. *Intéressant !*

Quelque chose me disait qu'il attendrait ce soir pour se venger, même s'il n'y avait pour moi pas de revanche à prendre. J'apprendrais vite à maîtriser ses ardeurs... du moins c'était ce que je souhaitais. J'avais déjà réussi à obtenir son pardon la dernière fois, alors j'y parviendrais bien une seconde fois !

On était arrivés sur une immense avenue qui s'étendait sur des kilomètres, à l'instar des Champs Élysées. Les arbres se profilaient en deux longues lignes droites que la large route séparait. Il y avait de grands trottoirs d'une largeur étonnante et tout me semblait similaire. Il manquait plus que mon Apple Store favori !

Cette entreprise mondialement connue, l'architecture de ses magasins, l'écosystème de ses produits et son respect pour l'environnement me plaisaient. J'avais l'impression d'être chez moi quand j'entrais dans leurs boutiques. Je maîtrisais tous les produits de la marque et j'aimais beaucoup me lancer dans de grandes discussions avec les vendeurs. On était tous de grands enfants en quête d'apprentissage et d'émerveillement. Quel que soit notre statut, il y avait une certaine proximité qui se construisait au fur et à mesure de mes visites du dimanche. Leur façon de parler sans juger leur prochain en toute familiarité me mettait à l'aise.

— On se croirait à Paris.

— Oui, sans doute. Ils n'ont pas caché leur inspiration. Ils ont voulu apporter un charme à la française. C'est en tout cas ce qu'on dit les designers et architectes qui ont été chargés de la réalisation de ce projet. J'ai envie de t'emmener dans une enseigne que tu connais peut-être, tu vas me dire si elle est identique à celle de Paris, même si je doute que tu y sois déjà aller pour acheter. Le prends pas mal surtout.

L'un à côté de l'autre, sans se préoccuper des regards, il m'emmenait vers l'établissement en question. Un *H* orange surmonté d'une calèche ornait la devanture du magasin.

— Je connais cette marque. J'aime beaucoup son histoire.

— Moi, j'apprécie simplement les vêtements qu'ils proposent, je ne me suis pas attardé sur leur histoire.

— C'est un sellier harnacheur qui en 1837 a fondé la marque. À la base, il vendait des harnais pour chevaux. Après, il y a eu beaucoup de personnes qui ont su faire perdurer la marque.

— Je vois que tu es bien renseigné, Thomas.

D'un coup, son téléphone se mit à sonner.

— Ça te dérange si je réponds ?

— Non, vas-y. Je t'attends à l'intérieur.

Pas de file d'attente à l'extérieur. Encore un coup de chance démesuré. Je n'avais jamais joué au loto, mais j'y pensais de plus en plus sérieusement. Peut-être que c'était un jour *off* pour la boutique, ou un truc du genre.

À l'intérieur, une jeune femme habillée d'un chemisier blanc brodé de fils orange sur un pantalon de tailleur noir, se présenta aussitôt devant moi.

— Bonjour, est-ce que je peux vous renseigner ? Vous recherchez quelque chose de particulier ? Puis-je connaître l'objet de votre visite ?

C'est un entretien d'embauche ou quoi ?

— J'attends quelqu'un qui doit me rejoindre, mais je voulais juste faire un tour en attendant, il n'en a pas pour longtemps, dis-je en me retournant pour voir si Hugh approchait, mais je ne le vis pas. Je me suis dit qu'il était peut-être retourné dans la voiture pour être au calme. Je peux peut-être l'attendre ici ?

J'étais assez gêné.

Elle me dévisagea de bas en haut, puis appela un vendeur. Sans doute son collègue.

— Je vais vous demander de me suivre calmement, s'il vous plaît, me dit le vendeur en me faisant signe de le suivre vers la sortie.

Soudain, je sentis deux mains se poser sur mes épaules.

— Ça ne sera pas nécessaire, dit une voix grave.

Je sentis des doigts se mêler aux miens.

— Bonjour, monsieur. C'est un plaisir de vous recevoir ici. Puis-je vous offrir du champagne ?

C'est une blague ou quoi ? Moi, on m'envoie dehors et Hugh, on le reçoit avec du champagne. Ce monde n'est vraiment pas fait pour moi.

— Avec joie, mais je pense que monsieur, dit-il en me désignant, en mérite lui aussi.

— Je ne bois pas d'alcool, mais je peux faire une exception.

Je n'allais pas refuser une bonne coupe de champagne, même si je n'en étais pas fan.

La vendeuse nous fit un signe de la main afin qu'on la suive jusqu'au fond du magasin. Une pièce à la décoration sobre se présentait devant nous. Elle semblait avoir été préparée pour recevoir les clients les plus fortunés. On s'assit sur une belle banquette en cuir d'un gris somptueux, nos verres à la main. Je ne comptais pas forcément acheter des habits au vu de leurs tarifs exorbitants et de l'image qu'ils renvoyaient, mais

je voulais faire plaisir à Hugh. Il avait l'air de tenir à m'offrir des vêtements, alors pourquoi refuser ?

— Voulez-vous que je vous présente notre toute dernière collection ?

— Avec plaisir, je suis venu accompagné de mon frère pour lui trouver quelques tenues.

Je regardai Hugh avec incompréhension. J'aurais pu lui reprocher le fait qu'il m'ait présenté comme son frère, mais au vu de sa situation, je comprenais qu'il agisse ainsi. Il devait avoir une bonne raison. Il voulait sans doute se protéger des journalistes ou autre. Une information peut se propager comme une traînée de poudre et il suffit qu'un journaliste s'empare d'une ou deux photos pour provoquer un scandale dans la presse. Jusque-là, on avait eu de la chance, enfin... il avait été chanceux, mais ça restait juste de la chance. Je tournai les yeux vers la vendeuse. — Je connais votre marque, de par son histoire, mais j'avoue ne pas être adepte de vos collections de vêtements.

— Ne vous inquiétez pas, prenez tout votre temps. Nous avons tout ce dont vous avez besoin.

Tout ce dont j'ai besoin ? J'ai juste besoin de Hugh, moi.

— J'apprécie les couleurs modernes, mais je souhaiterais quelque chose de sobre et discret, si possible.

— Bien sûr, monsieur.

Elle accrocha plusieurs vêtements à un portant. Je ne pus cacher mon étonnement à la vue de toutes ces tenues qui défilaient juste devant moi. Hugh me regardait contempler les habits de plus près. Il y avait des polos, des chemises, des pantalons de costume... tout le nécessaire pour bien s'habiller. Les chemises blanches avec les vestes de costume brodées du fameux H qui représentait la marque m'allaient plutôt bien et me mettaient en valeur.

La vendeuse me choisissait les plus beaux costumes de la boutique pendant que Hugh regardait les accessoires. Je pensais qu'il allait m'aider à choisir, mais il avait préféré me laisser aux mains de cette jeune demoiselle qui semblait mieux s'y connaître que lui. Un homme habillé dans un beau costume noir et blanc arboré du H sur la poche avant de sa chemise s'approcha de nous. Il tenait dans sa main un long ruban qu'il déplia en s'approchant de moi, sous le regard discret et affûté de Hugh.

J'avais l'impression que le monde tournait autour de moi et ça ne me plaisait pas du tout. J'aimais bien garder mon intimité et ne pas paraître tel que je n'étais pas ; que l'on s'occupe de moi était une chose, mais que l'on m'habille et me mesure comme on pourrait le faire avec une poupée me déplaisait.

Hugh regardait attentivement les moindres faits et gestes de l'homme qui était en train de prendre les mesures de mes épaules. L'employé s'approcha pour prendre mon tour de taille.

— Non, ce n'est pas la peine. J'ai déjà choisi celle qui lui irait. Je connais sa taille, ne vous en faites pas, dit Hugh pendant que ma gêne s'intensifiait.

L'homme regarda Hugh d'un œil perçant puis enroula et rangea son mètre dans sa poche.

— Nous allons prendre celle-ci en supplément, s'il vous plaît, indiqua Hugh, qui était retourné voir les accessoires rangés sur une étagère en chêne.

Je vis dans ses yeux qu'il avait quelque chose derrière la

tête, mais il aurait été malvenu en ce lieu de lui demander ce qu'il pensait, surtout que j'avais très bien deviné de quoi il pouvait s'agir. Il suffisait de le connaître un peu pour traduire son regard de joueur. Je le connaissais depuis peu de temps, mais je parvenais déjà à lire en lui.

Je le dévisageais et le regardais jouer avec la ceinture. Elle tombait le long de son corps et il s'amusait à la ramener vers lui en lui faisant faire des mouvements de vagues. On aurait dit un cow-boy qui maniait parfaitement son lasso, sauf que l'on n'était pas au Far West.

Après être passé à la caisse, Hugh rangea sa carte bancaire dans sa poche dont il sortit ensuite son téléphone portable.

— Le Uber sera là dans quelques minutes.

En sortant du magasin et après avoir emballé nos articles dans un grand et beau sac orange, on se dirigea vers le point de rendez-vous pour attendre la voiture.

— Je suis désolé pour ce qu'il s'est passé, Thomas. Ce n'était pas correct de leur part, ni gentil d'ailleurs, mais tout est superficiel dans le luxe.

Je regardais ma montre. Hugh intercepta mon regard.

— Ne t'inquiète pas, on aura tout le temps nécessaire pour profiter de nos achats. Tu les as déjà essayés en magasin de toute façon.

— Ah, non. Ce n'est pas ça. C'est juste que ça m'a surpris.

— Je sais, je sais. Désolé. La prochaine fois, je ferai en sorte de ne pas te lâcher.

— Tu sais... je ne sais pas si je suis prêt pour ce que tu entreprends de me faire ce soir, dis-je en mordillant mes lèvres.

J'espionnais son regard tout en marchant à ses côtés.

— Si tu ne te sens pas prêt, il n'y a pas de souci.

— Pourquoi tu as acheté une ceinture supplémentaire ? La tienne est cassée ? demandai-je timidement en le regardant fixer des yeux les vitrines des autres boutiques.

— Tu verras ce soir, c'est une surprise. J'espère que tu l'apprécieras.

Drôle de surprise.

— D'ailleurs, je t'ai toujours vu porter la même.

— Ma ceinture ? dit-il en baissant la tête pour la contempler.

— Oui.

— Ma ceinture m'a été offerte par ma mère avant qu'elle ne nous quitte, mes frères et moi, alors j'y tiens énormément. Je suppose que ton bracelet aussi est important pour toi.

Est-ce qu'il tient à sa ceinture autant qu'à moi ?

— Effectivement. Il représente beaucoup pour moi. Il est un symbole de paix et d'honneur. Je ne m'en séparerai jamais.

— Alors, j'espère que je serai, pour toi, aussi important que ton bracelet, dévoila-t-il.

— Et moi, j'espère que ta ceinture sera moins importante que l'amour que tu me portes, répliquai-je.

— Bien joué. Belle répartie, Thomas, je te reconnais bien là, dit-il. De simples objets ne pourront jamais remplacer l'amour que l'on se porte, je me trompe ?

— Non, je suis d'accord avec toi. Jamais je ne te quitterai.

— Moi aussi. Je t'aime, dit-il en m'embrassant. Tu veux faire d'autres boutiques ?

— Pourquoi pas.

On ne fit pas d'achat supplémentaires, mais on fut invités à goûter d'autres verres de Champagne que l'on refusa poliment.

Après avoir vu de beaux produits, nous sommes arrivés au bout d'une ruelle qui rejoignait l'axe principal et séparait le trottoir en deux. Une belle Mercedes-Maybach classe S roula doucement dans notre direction puis se gara juste devant nous. C'était notre *Uber*.

— Je ne voulais pas t'alarmer tout à l'heure, Thomas, mais je n'étais pas serein, dit-il une fois que nous étions confortablement assis. Cette ruelle est bondée et, sans me vanter, il n'est pas toujours évident de trouver des lieux où vivre normalement.

À aucun moment, je n'aurais pu deviner qu'il était inquiet. Il préférait tout garder en lui. Jusque-là, il est vrai que nous avions souvent trouvé des endroits calmes sans que personne ne vienne nous embêter, à part peut-être, au restaurant... et personnellement, je trouvais ça plutôt amusant. En tout cas, pour l'instant.

Allais-je, dans quelques heures, comprendre la raison de l'acquisition de cette ceinture ?
C'est la question que je me posais.

BLESSURES ÉMOTIONNELLES

Sur le chemin du retour, je ne pus m'empêcher de penser à la façon dont Hugh avait parlé à Shannon et des punitions que l'on avait décidé de mettre en place pour remplacer nos potentielles disputes de couple. Ce n'était peut-être pas la solution la plus saine, mais elle faisait travailler notre libido, elle liait le plaisir à la punition. Hugh semblait apprécier l'idée, mais je ne voulais pas qu'il y prenne goût trop vite, car je commençais à bien le connaître et cette ceinture soulignait bien ma crainte. Qu'il me baise ne me posait pas de problème, mais qu'il profite de sa ceinture pour me punir sans raison... il n'en était pas question. Il fallait une raison valable pour se punir et il le savait très bien.

Je n'envisageais pas de lui appartenir et personne ne pouvait prétendre me posséder. Personne ne pouvait me soumettre à sa volonté. Il ne l'avait encore jamais fait ni même pensé, mais je souhaitais m'en assurer.

Sa façon de traiter les autres quand ils n'agissaient pas à

sa guise me déplaisait, et je voulais qu'il comprenne bien une chose : s'il adoptait le même ton envers moi, il en subirait les conséquences.

L'expression « on lui donne un doigt, il vous prend le bras » me revenait en tête et elle prenait tout son sens. Être gentil n'était pas qu'une qualité, je l'avais appris à mes dépens. Je tenais cette fois à solidifier les bases dès le début de la relation, car je sentais qu'avec le caractère de Hugh, il valait mieux fixer des règles. Elles nous seraient utiles à tous les deux, car j'étais capable de dériver aussi. J'avais dans mon entourage connu trop d'hommes qui avaient mal évolué dans leur couple et dont la femme était devenue un objet de soumission bonne qu'à faire la cuisine ou le ménage.

Je n'aimais pas ça et je ne voulais pas que cela se produise avec lui, même si la possibilité était plus qu'infime, je le savais. Derrière son caractère audacieux et sa maturité se trouvait une âme douce qui savait apprécier les plaisirs, même les plus petits, que l'univers avait à offrir.

De l'amour peut naître un désir, mais d'une passion peut également découler la haine et c'était ce que je voulais éviter avec lui.

Notre voiture se gara juste devant notre hôtel et nous quittâmes le luxe de la voiture pour rejoindre celui de l'hôtel.

— Cette virée shopping t'a plu, Thomas ?

Je regardais Hugh ranger ses chaussures dans le meuble de l'entrée tout en essayant d'imaginer la suite de nos aventures.

— Hugh, j'aimerais te poser une question.

— Oui ? dit-il jovialement en se contorsionnant pour enlever ses chaussettes sans me quitter des yeux.

— J'aimerais te parler de quelque chose, mais... mais tu vas peut-être trouver ça ridicule...

— Vas-y, accouche ! Je ne vais pas te manger, dit-il en souriant.

Je me sentais de plus en plus stupide.

— Je ne me suis jamais posé la question, et ça ne m'a pas traversé l'esprit, mais...

Je n'osais pas finir ma phrase.

— C'est dérangeant à tel point, Thomas ? dit-il gaiement.

— Je savais que je t'attirais... je l'ai senti à l'instant même où tu m'as intercepté dans les marches de cet hôtel.

Hugh pencha doucement sa tête en arrière et ne me lâcha plus des yeux.

— Tu as senti tout ça dans un simple regard ?

— Oui, répondis-je.

— Dès l'instant où je t'ai regardé, j'ai su que tu étais l'homme de ma vie, Thomas, alors je pense que je peux te comprendre.

J'étais charmé par ce qu'il venait de m'avouer.

Bon, je n'avais plus rien à craindre.

— Est-ce que je peux te poser une question ?

— Tu sais bien que oui, Thomas. À moins que ça ne soit trop personnel.

Je le regardais en me grattant l'arrière de mon crâne pour cacher ma gêne.

— Je rigole. Je rigole. On est ensemble, ça serait bizarre si je ne voulais pas.

Ouf !

— Quand est-ce que tu as su que tu aimais les hommes ?

— Depuis que je suis adolescent, j'ai toujours aimé regarder les hommes. Je trouve le corps masculin si beau quand on sait l'apprécier. Cassandra bien sûr a toujours considéré ça comme un mal. Un mauvais penchant, dit-il en levant les yeux au ciel. Et ce qu'elle m'a fait n'a pas aidé contrairement à ce qu'elle pensait. Elle avait beau me martyriser sexuellement et me soutenir que ce n'était pas normal, j'ai toujours gardé ça au fond de moi. L'air s'engouffrait sous son tee-shirt. J'avais envie de l'embrasser. C'est pas pour ça que je suis parti une fois que j'ai pu le faire. Quand je t'ai vu pour la première fois dans cet hôtel, tout m'est revenu et quand on s'est embrassés, c'était pour moi bien plus qu'un simple coup de foudre.

À l'instant où il termina sa phrase, mes lèvres se posèrent sur les siennes.

— Ça l'était pour moi aussi, répondis-je en l'embrassant de nouveau.

— Mais... tu n'as jamais essayé de coucher avec d'autres hommes ? continuai-je.

Je me rapprochais de lui d'un pas léger, sans chercher à le surprendre.

Hugh m'attrapa délicatement par l'avant-bras.

— Viens regarder la vue avec moi.

La vue était si belle au dernier étage.

— Non. Jamais. Même si ça peut te paraître bizarre. Je n'ai jamais tenté l'aventure. Par contre, j'ai eu un passé avec de nombreuses femmes. Faut que tu le saches, bien qu'avec Cassandra, ça été comme une révélation. Je veux dire par là, je me suis fait la promesse de ne plus coucher avec une femme. Son regard s'attristait. Rien que voir le vagin d'une femme me rapelle ce que Cassandra me faisait subir. Je ne prenais aucune satisfaction à la toucher et elle le savait très bien. Elle en profitait pour me torturer un peu plus.

Une larme coula sur ses joues.

— Tu n'as jamais eu de plaisir avec elle, dis-je l'air triste.

— Non, je ne pouvais avoir de plaisir avec elle, elle m'a violé, Thomas ! Je n'éprouvais aucune excitation en la regardant. Elle m'obligeait à regarder des vidéos pornographiques entre femmes. Elle s'en amusait. Elle voyait très bien que je n'aimais pas ça et pourtant elle continuait... elle a continué longtemps... jusqu'au jour où elle est passée au niveau supérieur.

Il s'appuyait sur la balustrade et s'enfonça la tête dans ses bras. Il sombrait peu à peu dans ses souvenirs.

À chaque fois qu'il pensait à elle, ses blessures semblaient se rouvrir.

— Elle te faisait quoi ?

— Elle me mettait dos au mur et dans ses accès de colère, elle s'amusait à me taillader le dos avec ses longs ongles. Elle me disait que c'était pour mon bien.

Je pris sa tête dans mes mains.

— Rassure-toi, je suis là maintenant. Tu sais que je ne te ferai pas de mal... à part si tu n'es pas sage.

— Ahah, oui i Bien vu. Son sourire revenait à lui comme le soleil après une averse.

Ça me faisait plaisir qu'il reprenne ses esprits aussi vite.

— C'est pour ça que je t'aime. J'aime les hommes, et plus spécialement les hommes comme toi. Les hommes qui m'apprécient pour ce que je suis et non pour mon argent ou mon physique. C'est seulement bien trop tard que j'ai compris pourquoi Cassandra m'avait pris sous son aile... ou sous ses griffes, si je puis dire. Son sourire était de plus en plus lumineux. Tu es gentil et compréhensif. Tu sais ce que tu veux et tu sais le faire savoir et c'est tout ce dont j'ai envie. Avec toi, je me sens rassuré. Je sais que, peu importe nos penchants pour le sexe, tu ne me feras jamais de mal.

— Je t'aime. Jamais je ne te ferai de mal, dis-je tristement.

Il relevait petit à petit sa tête et se blottit dans mes bras. Je partageais son chagrin avec lui.

Il semblait avoir fait du chemin et subit de terribles douleurs. Passer du négatif au positif dans son cas avait dû être une route longue et compliquée et j'appréciais qu'il l'ait fait.

— Tu te sens toi-même avec moi, si je comprends bien?

— Oui. Avec toi, Thomas, je me sens détendu. Tu es tout ce que je recherche. L'argent m'a amené de belles affaires, mais jamais un homme comme toi. On peut tout avoir avec l'argent, Thomas, et malheureusement les personnes qui en ont trop ne trouvent jamais la paix, mais avec toi, je sais que ça ne sera jamais le cas. Tu es ce qu'il me manquait.

Il retrouvait petit à petit de sa force.

— Je pense que l'on discutera un peu plus souvent sur ce balcon, désormais, dis-je pour rigoler.

— Oui, j'ai toujours trouvé cette vue magnifique. Tout semble si puissant vu d'en haut, c'est magique! On se sent fort.

Loin était le temps où je le regardais à travers l'écran de mon smartphone...

L'électricité et l'énergie de notre premier baiser avaient-elles renforcé cet amour que je lui portais et ce sentiment de toute-puissance? Je sentais que je pouvais tout oser avec lui, que je pouvais tout faire et que mon seul rôle était de le soutenir pour que l'on puisse grandir et évoluer vers un monde qui nous ressemblait davantage, tout en laissant nos difficultés passées derrière nous.

Aucun scientifique, ni aucune revue spécialisée n'aurait pu expliquer ce que l'on avait partagé au moment de notre premier baiser... cette attirance si magique... ce regard si tendre et cet amour indescriptible.

— Ton premier baiser m'a donné de la force, Thomas. Une force si puissante... J'ai eu l'impression que tous mes problèmes s'étaient envolés. Une force si puissante que je me sentais prêt à affronter n'importe quoi.

Comme attirées par une force magnétique, nos mains se rejoignirent. On se serrait la main si fort que rien n'aurait pu nous séparer à ce moment-là et surtout sous ce beau coucher de soleil.

— Tu es tellement beau, dis-je tout en le fixant.

Nos deux corps se rapprochaient doucement.

Encore une fois, il était passé des larmes au sourire... il arrivait si bien à affronter ses peurs et son passé si lourd, si facilement. Étais-je l'énergie dont il avait besoin pour se sentir mieux ?

— Quand je te regarde, je me sens apaisé. Je trouve un certain pouvoir... c'est compliqué à t'expliquer, mais...

— Non. Je crois que je peux comprendre, répondis-je, le sourire aux lèvres.

J'avais l'envie folle de l'embrasser, là... tout de suite, et il semblait partager cette même idée.

— Tu es ma hache, me dit-il en baisant timidement mes lèvres.

— Et toi, mon Viking, dis-je en l'embrassant de nouveau avec une force équivalente.

On se regarda sans dire un mot de plus. Mes doigts caressaient les poils de sa barbe.

Sa main soutenait l'arrière de mon crâne et mon doigt naviguait sur le haut de sa poitrine, à la recherche de quelques poils.

Je regardais Hugh qui se dirigeait vers l'espace cuisine pour se servir un verre d'eau.

— Je pense que l'on devrait instaurer des règles plus précises entre nous. Je ne veux plus que l'on se dispute, dis-je en le regardant s'approcher. Il faut qu'on trouve un moyen de se parler via le sexe. Par exemple, en utilisant la ceinture comme un fouet, en m'attachant ou en me pénétrant, mais je ne veux pas te faire de mal pour autant.

— Tu veux qu'on utilise le sexe pour s'excuser ? me demanda-t-il en s'appuyant sur mon épaule pour s'asseoir. Tu sais que ce que tu me dis porte un nom.

Il posa son verre sur la table à côté du sofa puis reprit.

— Le BDSM, c'est avant tout pour pimenter une vie sexuelle, non pour blesser l'autre. C'est un moyen de se rapprocher.

— Justement, c'est bien pour ça que je veux que tu me fasses comprendre certaines choses, quand j'en ai besoin. Si tu me disputes, je préférerais que ce soit avec ton sexe.

— C'est une bonne idée, Thomas. Le sexe au lieu des paroles... Ça me va, tant que ces punitions valent le coup. Je n'utiliserai la ceinture que si son utilisation est justifiée,

sans aller trop loin. On sortirait du contexte, sinon, dit-il en couchant sa tête sur mes épaules.

— Et... est-ce que je peux te punir pour la scène que tu m'as faite ce midi ? dit-il.

— Oui, mais seulement si tu penses que c'est justifié, mais je ne crois pas que ce soit le cas, je me trompe ?

— Non, après réflexion, je pense que c'était mérité, dit-il en me tapotant le dos. Tu m'as juste remis à ma place et tu as bien fait, en quelque sorte, c'était une punition, je me trompe ?

— Non.

— Ça me va, Thomas, dit-il en m'embrassant le front, mais tu ne sais pas de quoi je suis capable, ajouta-t-il l'air coquin.

Je tournai la tête pour le regarder.

— Et toi, tu ne sais pas quelles sentences je te réserve, dis-je en relevant rapidement mon menton pour le provoquer.

Il détourna son regard de la tête et écarta ses jambes pour venir s'agenouiller sur mes cuisses.

— T'as plutôt intérêt à te tenir droit. On aura l'occasion d'en reparler, de toute manière, Thomas.

Il se rassit correctement, à côté de moi.

On voulait tous les deux vivre agréablement sans se disputer, sans se juger et dans une parfaite harmonie, et ce, grâce au sexe qui serait un moyen de se décharger de nos frustrations. Pour moi, il n'y avait rien de pire que de s'engueuler avec son copain. On utiliserait le sexe pour se punir et je m'en amusais déjà. Le BDSM nous permettrait d'approfondir nos fantasmes.

— On prendra le temps d'évoluer ensemble, ne t'inquiète pas. Je t'aime, dis-je en l'étreignant.

Je pourrai tranquillement lui faire comprendre ses actes et manières qui me déplaisaient sans risquer une dispute. Je me rappelais encore sa dernière conversation avec Shannon... son ton m'avait quasiment pétrifié.

— Je suis fatigué, Thomas, tu ne veux pas que l'on aille se reposer un peu, juste tous les deux ?

— Parce que tu comptais inviter quelqu'un d'autre ?

— Tu me fais rire, dit-il en posant ses doigts sur mes lèvres.

On se baisotait tendrement. Je me sentais sur un nuage et je regardais ses yeux qui se fermaient. Je ne mis pas longtemps à rejoindre son sommeil.

Je me voyais flotter au-dessus d'un lac translucide. Soudain, je vis un magnifique cerf rejoindre les bords du lac pour venir s'y abreuver. Son museau caressait la surface de l'eau et ses formes se reflétaient sous l'ondulation des coups de sa langue. Son imposante couronne de bois reflétait une certaine virilité et sa prestance semblait majestueuse.

Je n'osais pas bouger par peur de l'effrayer ou de me retrouver dans une situation délicate. Il semblait si fort que le moindre coup aurait pu m'être fatal. Sa ramure me faisait penser à l'arbre Yggdrasil, reliant les neuf mondes dans la mythologie nordique.

Soudain, une lumière blanche, comparable à celle qui m'avait ébloui dans l'avion, m'aveugla... J'aperçus quelques secondes plus tard en rouvrant les yeux mon propre reflet dans l'eau miroitant devant mon nez qui semblait, tout d'un coup, être devenu un museau long et large. Ma peau se transformait en beau pelage d'un blanc neige. J'étais soudain devenu une douce biche, d'une beauté incomparable.

Je cherchais un mâle qui pourrait me séduire. J'entendis aussitôt un long son lourd. Un cerf majestueux s'approchait de moi. Son brame rauque et puissant m'attirait à lui. Sa tête s'approchait de la mienne, nos deux grands yeux noirs se regardaient et nous nous reniflions avec élégance.

Soudainement, un voile blanc se matérialisa juste devant moi, je venais de quitter ce rêve si paisible et ce cerf si imposant. Je me réveillais non dans la tanière d'un mâle, mais bien dans le lit de l'homme de mes rêves, qui me regardait d'un air tendre et amoureux.

Je me relevais doucement pour m'asseoir tranquillement sur le rebord du lit. Hugh reniflait mes cheveux. Il passa de ma chevelure à mon cou en s'enivrant de mon odeur corporelle. Il soulevait avec délicatesse mon tee-shirt pour y faufiler son nez.

Sa bouche à demi ouverte me mordillait à présent l'oreille et poussait des rugissements insistants.

Je faisais semblant de ne rien ressentir et je restais de marbre face à ses actes qui devenaient de plus en plus insistants. Pour me faire réagir, il frotta son crâne contre moi et me poussa en arrière. D'un geste doux, il s'approcha de mon visage et appuya son front contre le mien. Je me sentis soudainement aussi léger qu'un nuage, tous mes sens venaient de se mettre au repos.

Je replongeai dans ce monde féerique. Cette fois-ci, je n'étais plus une biche, mais un cerf... le cerf que j'avais rencontré dans mon précédent rêve, sauf que je cherchais cette fois à défendre un autre cerf, qui me faisait étrangement penser à Hugh. Il semblait dans une mauvaise situation et les autres cerfs semblaient lui en vouloir. Ils fonçaient bois baissés dans sa direction. Sans même me poser de question, je me mis en travers de leur chemin, prêt à lutter. Mes jambes enroulées autour de lui et les yeux de nouveau ouverts, je contemplais juste devant moi ce beau mâle en chair et en os qui avait cette fois-ci bien forme humaine. Je le serrais fort contre moi en apposant mes lèvres contre les siennes, les doigts collés à sa peau chaude.

Mon menton posé sur son épaule, je frottais mes joues tout contre lui et ce corps animal. Par mon corps, je le réchauffais et par mes yeux, je lui envoyais ma douce et belle lumière.

Le bout de son nez glissait contre le mien et nos lèvres se caressaient délicatement. Il partageait ses envies avec les miennes et l'on semblait communiquer par la pensée... c'était en tout cas ce que la forme arrondie que je sentais contre moi me laissait penser. Nos corps, chauds comme la braise, se frictionnaient.

— Avec toi, je me sens comme une biche.

— En réalité tu es plus un chaton qu'autre chose, Thomas.

Je le poussai pour l'enfoncer davantage dans le dos du canapé. Mes mains le plaquèrent au cuir du sofa. Il était de nouveau à moi.

— Je veux te protéger de tes ennemis... jusqu'à la mort. Elle ne me fait pas peur quand je suis avec toi, je me sens protégé.

Je le maintenais contre le sofa. Mon corps s'imposait au-dessus de lui. Je voulais lui montrer jusqu'où je pouvais aller avec lui et que j'étais autant à lui, que lui était à moi. On s'appartenait mutuellement.

Hugh feinta une sortie pour se dégager de ma présence, mais je le retins. J'étais comme son bouclier... le bouclier de ce beau Viking aux muscles saillants, sauf que j'avais oublié un détail... sa force !

— Je suis toujours ton chaton, ou ton...

Il posa délicatement son pouce sous mon menton, puis descendit le long de mon cou. Il appuya délicatement sur ma gorge, non pour me faire mal, mais pour me faire lâcher.

Il avait bien plus de puissance et d'expérience que moi et je n'aurais peut-être pas dû le négliger ainsi.

— Biche, dit-il, tu es ma biche. Tu sais autant te montrer félin dans tes mouvements que noble dans ton allure féminine et ambitieuse. Tu es fidèle à une biche, mais tu sembles avoir autant de volonté que moi et ça me plaît, dit-il pendant que je reprenais ma respiration.

Une biche... après tout, pourquoi pas ? Je savais très bien passer de la soumission à la domination et ça ne me posait pas de problème.

Je calmais petit à petit mes ardeurs masculines pour contempler le ciel s'obscurcir. J'eus l'impression pendant quelques instants que le temps s'était arrêté.

Ses muscles s'étaient assouplis et ses yeux me fixaient avec hardiesse. Il me regardait. Ses yeux reflétaient la lumière extérieure. Je n'avais pas vu le temps passer.

— Quoi ? dis-je en fixant Hugh qui me regardait avec grand sourire moqueur.

— J'aime quand tu reprends le dessus pour te calmer juste après, ça me détend.

Oh, c'était si mignon...

Je caressais son visage tendre comme pour lui dire merci.

— On devrait peut-être commander à manger, tu ne crois pas ? dis-je pendant que mon estomac criait, à son tour, ses

ardeurs.

— Oui, mais ce coup-ci je t'emmène au restaurant, c'est plus sûr. Habille-toi avec les vêtements que l'on vient d'acheter, tu n'en seras que plus craquant.

Cet homme savait se montrer charmant quand on lui montrait qui on était réellement.

Après avoir jeté un ultime coup d'œil aux poissons du dôme de verre, je pris la main de Hugh et me dirigeai vers Shannon qui nous attendait devant l'hôtel.

— Cette soirée sera reposante, ne t'en fais pas, me dit-il en frottant son pouce sur ma peau.

Il était vrai que mes cernes laissaient percevoir une certaine fatigue.

Le soleil ne se voyait presque plus et les étoiles brillaient dans le ciel éclairé. La soirée s'annonçait particulièrement magistrale, je le sentais !

PLAISIR INTENSE

Un homme habillé en noir et rouge nous accueillit d'un air gracieux. Deux pin's en or indiquaient le nom du restaurant et épinglaient sa veste. Les couleurs s'accordaient avec le décor lumineux et aéré du restaurant.

— Monsieur Headland, quel plaisir de vous voir ! Quelle table souhaitez-vous ?

Hugh n'avait même pas eu besoin de réserver quoi que ce soit. Le fait d'être connu lui permettait apparemment de venir à l'improviste et de choisir sa table. Pratique !

— La table habituelle, s'il vous plaît.

— Bien, monsieur, répondit notre hôte.

Tout cela était bien agréable, mais je me sentais quelque peu mis à l'écart et j'avais l'impression de devenir invisible. Depuis que l'on était entrés dans ce restaurant, je me sentais comme un enfant accompagné de ses parents. J'enfonçais mes doigts entre ceux de Hugh pour le lui signaler.

— Oh... avant que je n'oublie, dit-il avec courtoisie en me jetant un coup d'œil. Je suis accompagné ce soir.

Le maître d'hôtel me toisa et je serrai plus fort la main de Hugh.

— Asvård, dit soudainement Hugh, si jamais son nom vous intéresse.

L'homme fut contraint de répondre poliment.

— Ravi de vous compter parmi nous, monsieur Asvård, j'espère que le dîner sera à la hauteur de vos attentes.

— J'espère bien, dis-je.

On nous guida vers une grande table blanche aux formes arrondies derrière un somptueux paravent or et gris. En moins d'une minute, un serveur s'approcha de nous pour prendre notre commande. Il était vêtu comme le maître d'hôtel, à l'exception d'un unique gant blanc qu'il portait à la main droite. — Que désirez-vous, messieurs ?

Au moins celui-ci ne me considérait pas comme un fantôme ! Je regardais le décor environnant en attendant que nos entrées arrivent. Tout était si luxueux et épuré que rien que les murs étaient inspirants. Avant de repartir et pour patienter, le serveur nous déposa de fines rondelles blanches et marron que je n'avais encore jamais vues ni goûtées auparavant.

J'allongeai mon bras pour m'emparer d'une tranche de pain sur laquelle je disposai les pétales inconnus. Je ne savais pas ce que c'était, mais c'était si gentiment servi en entrée que je ne me serais pas privé.

— C'est la toute première fois que tu en manges, Thomas ? me dit Hugh en me dévisageant alors que je m'apprêtais à enfiler ma tartine. Tu sais combien ça coûte au moins ?

— Non, mais c'était sur la table alors je me suis dit que c'était fait pour être mangé, dis-je sur un ton amical.

— Ce n'est pas faux, remarque, dit-il.

Je lui tendis mon casse-croûte pour qu'il puisse, lui aussi, le goûter... vu qu'il avait l'air si intrigué par ce que je faisais, peut-être que ça lui faisait juste envie et qu'il n'osait pas me le demander.

— Tu ouvres la bouche plus facilement quand tu es à l'hôtel ou dans la voiture, soulignai-je.

— Sauf que là, on est dans d'autres circonstances, répondit-il d'un regard fixe.

Je regardais tout autour de moi, les regards indiscrets qui se propageaient de plus en plus dans notre direction et je compris immédiatement que mes gestes semblaient bien plus gêner les clients du restaurant que Hugh.

Qu'est-ce qu'ils ont, tous, à me scruter ? C'est trop français pour leurs yeux, ou quoi ?

— Pourquoi ils nous toisent tous, Hugh ? Ils veulent ton autographe ou quoi ?

Je ne savais plus où regarder.

Entre ces gens qui semblaient me juger et Hugh qui cherchait à me faire comprendre ce que je ne comprenais visiblement pas, je ne savais plus comment me comporter...

— Non, ne t'en fais pas. C'est juste qu'ils ne sont pas habitués à voir quelqu'un dévorer de la truffe blanche d'Alba de cette manière. Le kilo se vend entre deux mille et six mille euros selon la météo, alors c'est normal qu'ils te jugent, mais si tu pouvais éviter à l'avenir de recommencer, ça m'arrangerait.

Je me disais bien que quelque chose n'allait pas !

Les yeux éberlués, je ne savais pas si je devais finir cette

tartine ou non.

Tant pis! Après tout on dit bien qu'il faut prendre des risques.

J'avalai le dernier bout qu'il me restait en main tout en suçant mon pouce sans gêne pour m'amuser de la situation.

— De toute façon, si tu m'as invité au restaurant, c'est pour manger, non? dis-je en cherchant à le déranger.

— Et tu penses que c'est approprié de ta part de te comporter comme ça?

— Non, pas vraiment. J'avoue que ce n'est pas très distingué de ma part, dis-je en relevant mon regard vers le sien et en parcourant mes autres doigts avec ma langue... Surtout, si tu préfères ne pas attirer l'attention sur toi.

— Tu sais, tu n'as pas besoin de faire ça. Si tu souhaites ne plus pouvoir t'asseoir pendant les cinq ou six prochains jours, tu as juste à me demander. Je peux être tolérant, mais il ne faut pas abuser, non plus.

— Je suis désolé. J'ai trouvé ça amusant, c'est tout. J'aime bien casser les codes, tu sais.

Le serveur apporta nos entrées dans deux belles assiettes décorées de motifs fleuris.

— La prochaine fois, tu te retiendras, dit-il pendant que le serveur déposait nos assiettes devant nous.

— Je ne recommencerai plus, c'est promis! dis-je en baissant mes yeux sur ses épaules.

Je me sentais bête tout d'un coup. Le serveur repartit et les autres clients reprirent leurs habitudes.

Hugh s'approcha doucement de moi pour me chuchoter à l'oreille.

— Je comprends que tu veuilles un peu casser les normes.

Je reconnais que cela me tente, moi aussi, de temps à autre... je l'avoue. Mais si c'est moi qui en fais les frais, ça ne m'intéresse pas. Je t'accorde une exception pour cette fois-ci, mais ne t'avise pas de recommencer. Dans le cas contraire, tu sais ce qui t'attendra.

— Et cela mériterait que je ne puisse plus m'asseoir ?

— Tu as dit que j'étais libre de faire ce que je voulais, dit-il en reculant son dos vers sa chaise en hêtre. Que cela te plaise ou non.

— Tu es maître de tes gestes, mais tu dois me respecter, dis-je.

— Oui, j'ai cette information en tête, mais en acceptant, tu as aussi accepté que... je te corrige à ma façon.

— Oui, c'est exact... *monsieur le dominant!* dis-je en rigolant.

Ses yeux se crispèrent sous l'intonation de mes mots.

— Attention, Thomas. Ne fais pas l'enfant, s'il te plaît. Tu es un adulte maintenant, alors comporte-toi en tant que tel, du moins quand je me trouve en public.

Ses yeux devenaient plus sombres et je préférais les voir lumineux.

— Peut-être, mais j'ai toujours mon âme d'enfant, ça n'empêche pas.

— Mange, à présent ! dit-il d'une voix plus autoritaire en désignant mon assiette de son doigt.

Si je continuais, j'y aurais droit !

— Bon appétit, dis-je un sourire en coin.

— Bon appétit, Thomas.

J'avais décidé de me calmer, moi et mes subites ardeurs.

Je pris ma serviette que je tapotai avec délicatesse sur mes

lèvres.

— Voilà, c'est déjà beaucoup mieux.

Le sourire me revenait. Qui n'aimait pas les compliments, après tout ?

Peu de temps après, un beau jeune homme nous servit la suite. On nous avait proposé la spécialité du jour et étant donné que Hugh semblait déjà connaître tous les plats de ce restaurant, on décida de se fier à la spécialité du chef. Nos deux assiettes arrivèrent rapidement, surmontées d'une cloche argentée. Lorsqu'elles se soulevèrent, je découvris un tourteau entouré de fleurs et de trois cercles d'un coulis jaune. Tout était si joliment dressé !

— Je vous présente la spécialité du chef : tourteau au potimarron, accompagné de sa *Riviera* exotique.

— Je vous remercie, dis-je avant que Hugh n'ait le temps de parler. J'espérais qu'il comprenne que je n'étais plus un enfant, mais un adulte sachant, lui aussi, parler poliment et avec élégance.

Je voulais me lécher les lèvres, mais je me retins de le faire pour ne pas le gêner. Je ne voulais attirer ni ses foudres ni celles des autres clients.

Ses yeux noisette brillaient ce soir-là et le voir manger me donnait encore plus l'appétit. Sa bouche qu'il ouvrait délicatement pour déguster fièrement son plat me mettait en chaleur.

J'enfournai une fourchette. La saveur éclata à l'intérieur de mon palais et dégagea tout le savoir-faire du chef cuisinier.

J'étais presque sur le point d'exploser intérieurement tellement c'était bon. Cette magie et ces arômes de la mer qui m'enivraient et coulaient jusqu'au fond de ma gorge étaient tout simplement exquis.

Hugh demanda l'addition et je le laissai payer sans même oser regarder la facture. Il me tendit la main et m'accompagna jusqu'à notre belle limousine. La suite s'annonçait magique pour nous deux. Je le sentais.

De retour dans notre chambre, Hugh ferma la porte derrière moi.

La lueur de la lune se projetait dans toute la pièce et l'on marchait dans une véritable ambiance féerique. Ses bras imposants me soulevèrent sans que je m'en rende compte. Mes jambes accrochées autour de lui, je regardais le ciel briller de mille feux depuis mon tout nouveau point de vue. Je sentais son corps me réchauffer et la douceur du matelas m'envelopper.

Hugh leva soudainement ses bras pour détacher les boutons de sa chemise blanche, puis me caressa la tête. J'étais de nouveau prêt à m'abandonner pour lui. Nos corps se collèrent. Je sentais son caleçon qui ne demandait qu'à s'enlever. Nos corps entraient en fusion par cet amour infini qui nous escaladait.

— Prends-moi, dis-je dans un souffle chaud, désireux de me faire pénétrer par ce grand homme.

Il dirigeait mon souffle et mon sexe ne faisait que grandir. Jusqu'où le sexe d'un homme pouvait-il aller ?

Mon anus s'élargissait à la vitesse de ses rapides va-et-vient. La grosseur de son sexe écartait les parois de mon anus et ses cris bruts me faisaient frémir. Il n'y avait que cet homme pour me faire ressentir de pareilles sensations par l'arrière !

— Suce-moi, suppliai-je, mes hormones en chaleurs.

Il retira son pénis de mes fesses, puis approcha lentement sa langue de mon nombril pour me chatouiller. Il descendit un peu plus bas et lécha mes testicules. Il me chauffait de plus en plus. Collé à elles, il me léchait comme jamais. Il les englobait dans sa bouche pour les déguster comme on le ferait avec une boule de glace à la vanille. Mes boules durcissaient à la mesure des délicats mouvements de sa langue.

Je n'en pouvais plus... mon corps bouillonnait de plaisir, rien n'aurait pu me refroidir à ce moment-là. J'étais un volcan à moi tout seul. J'étais tendu, mon corps se dressait de plaisir et sa langue humide m'excitait encore plus.

— S'il te plaît, je ne vais pas pouvoir me retenir.

Il saisit mon sexe entre ses lèvres et continua son bout de chemin. Je ne pouvais plus me retenir. Mon pénis en érection me démangeait. Je ne pus me retenir plus longtemps. J'éjaculai dans sa bouche.

— Laisse-moi partager.

Il se rapprocha de mes lèvres et ouvrit les siennes pour laisser couler mon sperme chaud. Il enfouit sa langue jusqu'au fond de ma gorge.

— Je t'aime.

— Moi aussi, mon Viking, dis-je en le regardant me sourire.

Hugh m'admirait, assis sur le lit, pendant que j'ouvrais doucement les yeux.

— Tu te réveilles tôt ce matin, dit-il d'une voix à la fois mielleuse et pleine de surprise. Tu veux venir déjeuner avec moi ?

— Oui, répondis-je d'une voix encore ensommeillée.

Je regardai rapidement l'heure sur mon téléphone portable.

Six heures.

Dans la salle de déjeuner, je croquais mon pain au chocolat tout en essayant de lire à l'envers le journal qu'il tenait dans ses mains. La pièce était généralement calme à cette heure-ci et je pouvais oser quelques fantaisies sans risquer de choquer les gens autour de moi.

— Je ne suis pas en congé, aujourd'hui, tu te souviens ?

— Heu... non, j'avoue que j'ai légèrement oublié, dis-je en mettant ma main devant ma bouche pour dissimuler mon bâillement.

— Tu penses pouvoir tenir la journée sans moi ?

— J'ai déjà vécu le quart de ma vie en solitaire, alors... oui, je pourrai très bien me passer de toi, ne t'en fais pas.

Je ne voulais pas lui montrer que j'étais incapable de vivre sans lui. Il posa son journal sur la table en acajou pour me contempler plus fixement.

— Ça fait plaisir de l'entendre, dit-il en reprenant son journal. Je voudrais que tout soit prêt quand je rentre ce soir, Thomas.

— Comment ça ?

— Que tu cuisines notre dîner, que tu délaces mes chaussures quand je rentre et enfin que tu m'enlèves le reste. Ha oui ! Avant que j'oublie... Je prends un café pour me détendre, juste avant de passer à table. Tu t'occuperas donc de me le servir. La cafetière est simple d'utilisation, tu verras.

Je ne comprenais pas, c'était la lecture des nouvelles

matinales qui le mettait dans cet état ou juste le fait de ne pas avoir assez bien dormi ? Je penchais plutôt pour la deuxième option.

— Ça sera tout ? répliquai-je, grincheux.

— J'attends aussi que tu te prépares... Tu m'attendras bien sagement devant la porte. Je t'informerai quelques minutes auparavant par SMS pour que tu aies le temps de te préparer à m'accueillir en toi.

— Tu peux aller te faire mettre, bien profond ! Je me casse, dis-je en haussant la voix.

Je quittai la table pour aller je ne sais où. J'étais habillé et l'extérieur me tentait bien, je voulais éviter de le retrouver dans la chambre, mais avant que je ne puisse faire quoi que ce soit, il m'attrapa le bras en me tirant vers lui et du café se renversa sur ses vêtements.

En me réveillant, je constatai que ce n'était qu'un mauvais rêve que je ne comprenais toujours pas. Peut-être que les dieux avaient voulu me montrer la relation toxique entre Cassandra et Hugh. Je m'étais juste transformé en lui, et lui avait pris sa place.

Hugh ouvrit lentement ses yeux et je posai mes lèvres sur les siennes.

— Bonjour, dis-je en me détachant de lui.

— Bonjour, me répondit-il d'une voix douce. J'ai droit à un réveil plutôt torride ce matin, à ce que je vois.

— Je me suis réveillé un peu chaudement. J'ai cauchemardé une bonne partie de la nuit.

— Moi aussi. J'ai fait un de ces rêves... pour le moins désagréable. Je me suis de nouveau retrouvé avec *elle*.

— Un peu comme moi, quoi.

— Comment ça ? répondit-il.

Il voulut me serrer dans ses bras, mais je l'esquivai pour rejoindre la salle de bain. Je n'étais pas certain de pouvoir lui raconter cette psychose. Je lui faisais confiance, mais je ne voulais pas l'effrayer, car je m'en remettrais bien plus vite que lui.

— J'aimerais bien savoir de quoi tu as rêvé pour m'en vouloir autant, dit-il alors qu'il me regardait depuis le lit.

Si je lui dis pas, il ne va pas me lâcher.

Pour construire une bonne relation de couple, il fallait que je lui livre mes craintes et problèmes.

— Désolé, Thomas, je sais que tu n'as peut-être pas envie de me le raconter, mais qu'est-ce que j'ai bien pu faire, pour te faire cet effet ? dit-il en riant.

— Et ça te fait sourire ? dis-je en le fixant depuis l'entrebâillement de la porte.

— Non, non. Je voulais juste détendre l'atmosphère, c'est tout. C'était peut-être mal placé de ma part. Désolé.

Je ne lui en voulais pas, mais je souhaitais juste lui envoyer une petite pique pour lui montrer que je n'étais pas du matin.

Je lui racontai mon cauchemar.

— Je te promets que cela n'arrivera jamais. En aucun cas, je ne te traiterai de la sorte, Thomas, mais je dois t'avouer que l'envie de te donner des ordres me donne quelques idées.

— Ah, mince ! Je ferais bien de te jeter immédiatement par la fenêtre, alors !

— Si tu arrives à me soulever, je t'en prie, vas-y, dit-il d'un rire provocateur.

Je le regardais gaiement depuis l'entrée de la salle de bain.

J'étais rassuré qu'il le prenne de cette manière.

— Il y a une chose qui est vraie dans ton rêve, me dit-il d'un air plus sérieux.

— Laquelle ?

Je restai calme, mais mon cœur battit un peu plus fort.

— Je vais devoir te laisser seul aujourd'hui et toute cette semaine. J'aurais aimé que tu m'accompagnes, mais...

— Ouf. Tu m'as fait peur ! Tu ne peux pas le faire, car tu ne veux pas officialiser notre relation ?

— C'est cela. Je te fais entièrement confiance, mais, du point de vue de ma carrière, je ne peux malheureusement pas bousculer les choses du jour au lendemain. Mais j'y pense. Ne t'en fais pas.

Au moins, il y pense. Je ne peux pas le lui reprocher.

Je comprenais qu'il ne puisse pas m'emmener avec lui au studio. Je me demandais alors ce que j'allais bien pouvoir faire de mes journées quand il serait au travail. J'aimais particulièrement être seul et tranquille sans personne pour me déranger, mais la semaine allait malgré tout être longue.

— Je peux faire ce que je veux ?

— Oui, bien sûr ! Tu me prends pour un tyran, ou quoi ?

Il approcha ses lèvres de mon oreille et me chuchota :

— Tu n'auras besoin de faire qu'une seule chose à mon retour.

— Quelle chose ?

Mon cœur fit un bond.

— Celle de me chérir, comme je te chéris, mais c'est toi qui le fais le mieux, alors je ne te demanderai rien, dit-il en passant sa jambe dans l'entrebâillement de la porte de la salle de bain.

— Bien sûr que je t'aime, mon Viking !

Je redescendais en pression. Le regard attentif, il me baisa les lèvres, puis me laissa seul prendre ma douche.

— Oh ! Une dernière chose, Thomas.

Mince, il aimait tant que ça me chavirer d'émotions ce matin ou quoi ? Je n'allais pas survivre bien longtemps, comme ça, moi !

— Quoi ?

— Je ne mange pas ici ce matin. Je déjeunerai directement aux studios. Je vais te donner mon numéro, je crois ne pas te l'avoir donné.

— Si, tu me l'as donné sur la carte que tu as glissée sous ma porte, tu te rappelles ?

— Oh. Oui. C'est juste i Comment je peux oublier ça...

Une fois ma douche prise, je laissai Hugh y aller, puis je m'assis sur le bord du lit. *Il aurait au moins pu éviter de verrouiller pour que je puisse le rejoindre...*

L'air grognon, j'appuyai frénétiquement sur la poignée pour essayer de le rejoindre sous la douche, même si j'en sortais. J'entendis un cliquetis, puis la porte s'entrebâilla.

— Tu as besoin de quelque chose ? me demanda-t-il, seulement vêtu de son caleçon.

— Oui. D'une douche avec toi, dis-je en contemplant son corps.

— Tu viens déjà de la prendre.

— Oui, mais je ne me suis pas lavé les cheveux... j'ai juste oublié de le faire. J'étais dans mes pensées.

— Tu n'as pas besoin de te justifier, tu sais. Surtout devant moi... Thomas. Tu veux un câlin ?

— Oui, s'il te plaît, dis-je l'air heureux.

— Bon, viens me rejoindre, mais je te préviens, je n'ai pas le temps pour tu sais quoi.

— Même pas si je te suce ?

Il me regarda longuement puis apposa ses mains sur mes épaules.

— Non, encore moins pour ça.

Déçu, je me mis à genoux, ma main posée sur son caleçon. Un homme comme lui résisterait-il à la tentation ?

Il la retira, puis m'attrapa par les aisselles en me soulevant en douceur.

— Écoute, je sais que ça ne sera peut-être pas facile à entendre, mais je ne veux pas de sexe le matin. En tout cas pas pendant ma semaine de travail, OK ? On aura d'autres occasions pour le faire, ne t'en fais pas.

Quel homme refuserait une fellation quand c'est aussi gentiment proposé, surtout sous la douche ?

— S'il te plaît ?

— Tu peux prendre ta douche avec moi si tu veux, mais...

— ... laisse-moi au moins te laver, dis-je en le coupant.

— Bon, d'accord, si tu insistes, Thomas.

J'avais l'impression de lui demander la lune. Il n'y avait que lui pour refuser une telle chose. Je grimpai dans la douche en sa compagnie, saisis la savonnette que je frottai sur mon gant. Avec des gestes circulaires, je frottais sa peau de haut en bas pour le laver. Les muscles de son corps réagirent plutôt rapidement.

— Lève les bras, dis-je d'une douce voix.

Je passais doucement mon gant sous ses aisselles. Son corps se détendait. J'avais la chance de pouvoir laver le corps de ce grand guerrier. C'était déjà ça !

En sortant de la douche, Hugh se dirigea vers le miroir et sortit du meuble en marbre un rasoir électrique. Le pouce sur le bouton d'allumage, je saisis son poignet.

— J'aimerais le faire.

— C'est gentil de prendre soin de moi, Thomas, vraiment, mais j'ai des règles à respecter pour le rasage, alors je préfère le faire moi-même.

C'est vrai qu'il jouait le personnage principal du film à succès dans lequel il tournait en ce moment et il devait être suffisamment barbu pour être crédible dans son rôle.

— Peut-être aurai-je la chance de le faire une autre fois, qui sait ? dis-je en relâchant l'emprise de ma main sur son poignet.

Le regard triste, je le regardais tranquillement se raser seul, sans mon aide. Ma tête sur son épaule nue, je caressais les poils de sa joue pendant qu'il s'occupait de l'autre côté.

Il me regarda à travers le miroir et balaya affectueusement sa main inactive dans mes cheveux.

— Au moins, toi, tu n'as pas ce problème, dit-il tout en se concentrant sur ses mouvements.

C'est vrai que la pilosité de mon corps n'était pas excessive, bien au contraire. Je n'étais pas sans poils au menton, mais il fallait avouer que je paraissais imberbe à ses côtés. C'était le jour et la nuit !

Je me contentais de ce que j'avais. Je préférais regarder le positif avant le négatif. J'avais l'air plus jeune et je n'avais pas à me raser tous les matins, comparé à certains hommes, car la barbe donne de l'âge. Je paraîtrais encore jeune quand lui ne pourrait plus cacher son âge.

Hugh s'habilla en vitesse et sortit de la salle de bain pour aller vers la cuisine. Il déposa son portefeuille sur le plan de travail, me caressa le menton en marque d'affection, puis enfila ses chaussures, prêt à partir pour les studios de cinéma.

— Je commence à neuf heures, soit dans une heure. Je préfère prendre de l'avance pour être serein sur la route et puis... ça me permet de déjeuner tranquillement avec l'équipe, sans me mettre la pression. Je t'ai laissé tout ce qu'il te faut, ajouta-t-il en pointant son portefeuille et en déposant un baiser sur mes lèvres encore humides.

— Et tu ne peux pas me laisser ton corps, je suppose ?

— Non, ça je ne peux pas, répondit-il en se dirigeant vers l'entrée.

Bon... tu m'excuseras, Thomas, mais il faut que je file aux studios, dit-il en regardant sa montre.

Il m'embrassa une dernière fois puis il referma la porte derrière lui. Le verrouillage automatique s'enclencha... Hugh était parti. Heureusement qu'il m'avait donné un double de la carte magnétique. Sinon, je ne sais pas comment je serais sorti.

Je me demandais maintenant ce que j'allais bien pouvoir faire de ma journée avec toutes ces possibilités qu'il venait de m'offrir. Mais sans lui, je n'avais pas envie de sortir... Je survolais quelques chaînes sur le grand écran plat de la chambre. Quelques secondes plus tard, je me levai avec une nouvelle idée : analyser plus en détail ce qu'il m'avait laissé. À côté de son portefeuille était posé un papier sur lequel figurait le code de sa carte bancaire.

Décidément, il a pensé à tout ! Je sortis mon téléphone et fis glisser mon doigt pour accéder à mes contacts. Je me demandais s'il valait mieux lui envoyer un petit SMS tout de suite ou dans l'après-midi... j'hésitais.

Je tapotais sur mon smartphone quelques phrases.

« Bonjour, monsieur,
Je tenais à vous remercier chaleureusement pour votre cadeau matinal. J'aurai de quoi refaire ma vie facilement grâce à tout cet argent.
Vous pouvez tout de même me contacter à ce numéro, si vous en ressentez le besoin. Je serai sans doute parti depuis longtemps à votre retour, mais je tenais à vous en informer.
Thomas.

P.-S. Dépêchez-vous de revenir avant que je ne m'envole sans vous. »

Je n'avais pas pu m'en empêcher. La tentation était encore une fois trop grande.

À peine quelques secondes plus tard, je reçus une réponse.

« J'ai bien entendu votre demande. J'aurais aimé en apprendre davantage à ce sujet, toutefois vous êtes l'arbitre de vos désirs. Je vous laisse donc choisir ce qui vous convient le mieux.
En aspirant à vous revoir avant votre prochain vol,
M. Headland.
P.-S. Si vous avez la patience de m'attendre, je saurai vous en être reconnaissant. »

Mince !

Moi qui voulais simplement me foutre de lui...! Je n'exigeais pas pour autant qu'il se déplace juste pour mon caprice d'enfant. Comment allait-il réagir?

Qu'est-ce que j'ai fait moi? ... Je m'excuse? Non! Certainement pas. Ça serait avouer ma défaite et je ne le laisserai pas gagner ce petit jeu.

À force de poser toutes ces questions, mon esprit divaguait de plus en plus. Mon téléphone dans la poche de mon jean, je me dirigeais vers le rez-de-chaussée pour me trouver une table pour manger et penser à autre chose.

Après avoir déjeuné, je remontai vers ma chambre. Une intuition étrange me parvint dans la seconde où ma main frôla la poignée de la porte. Je sentais que quelque chose allait se produire, mais je ne savais pas encore quoi.

La porte déverrouillée, je rangeai mes chaussures dans le meuble en bois prévu à cet effet. En rejoignant la pièce à vivre, un courant électrique m'électrifia soudainement. Je vis une ombre s'étendre jusqu'à mes orteils. Un frisson me glaça subitement tout le corps. J'étais à la fois effrayé et apaisé.

— Alors? Tu n'as toujours pas fait tes bagages à ce que je vois?

J'avalai ma salive. Hugh surgit de sa cachette; me prenant au dépourvu, il me souleva en m'attrapant par les jambes.

Je ne comprenais absolument rien à ce qu'il venait de se passer.

— Tu penses que tu peux jouer de cette façon avec moi, Thomas?

J'étais complètement déboussolé, mais j'étais à la fois rassuré que ce soit lui, et quelque peu tendu par la chaude motivation qui semblait émaner de lui. Je m'attendais un peu à sa vive réaction, mais pas si tôt !

Accroché à ses épaules, je me retenais de tomber, même si je savais qu'il ne m'aurait pas laissé échapper à son emprise masculine.

Il avait pris le dessus si vite ! Je n'avais rien pu faire.

Il claqua la paume de sa main sur mes fesses et me balança sur le lit.

— Fini les bêtises, maintenant. Ferme les yeux, dit-il en m'écartant les bras.

Je m'exécutai sans discuter... de toute façon je n'avais pas le choix. Je sentais que je n'avais pas intérêt à le défier.

— Ne bouge pas, ça sera rapide.

Sa voix rauque et autoritaire me pétrifiait le corps.

Mon corps ne voulait plus bouger, alors il pouvait bien essayer de m'impressionner avec sa grosse voix... je n'aurais de toute façon pas bougé d'un pouce !

Il voulait me dominer ?

Je l'avais cherché !

— Tu voulais me voir dans la peau de mon personnage, Thomas ?

— Oui, mais... pas tout de...

— Pas tout de suite, c'est bien ça ? Écarte les bras ! ordonna-t-il d'une voix toujours plus directrice. J'ai seulement trente minutes pour t'expliquer quelque chose.

— Quoi donc ?

— Tu verras bien, répondit-il en attrapant sa paire de menottes.

Je laissai le métal froid entourer mes fins poignets sans bouger.

Mes mains posées sur mon ventre, je ne bougeais pas.

— La prochaine fois que tu viens jouer avec moi pendant que je travaille. Attends-toi à ce que cela soit... comment être clair avec toi... punitif.

— Et tu crois que trente minutes te suffiront pour me le faire comprendre ? dis-je pour le provoquer.

Il s'agenouilla entre mes cuisses et écrasa doucement et progressivement mes testicules. Je me sentais à sa merci. Il pouvait me faire tout ce qu'il voulait, je savais qu'il ne me ferait aucun mal et qu'il souhaitait simplement me faire comprendre que j'étais peut-être allé trop loin. Le faire revenir presque de force des studios juste pour qu'il s'occupe de moi était peut-être un tant soit peu exagéré.

Ses deux mains sur mes épaules, il appuya. Je m'enfonçais dans le matelas. Il me maintenait fermement. J'avais beau essayer de me mouvoir, je ne pouvais pas faire le moindre mouvement. Il avait trop de pouvoir sur moi et je me sentais surtout trop faible pour lui tenir tête surtout après ce que je venais de lui envoyer comme texto.

— Tu crois que tu peux me faire perdre mon temps par SMS ? Tu veux jouer avec moi, c'est ça ?

Je remuais les jambes par réflexe pour essayer de me dégager... sans succès.

— Ne bouge plus et allonge tes jambes.

Ses pouces qu'il appuyait contre ma gorge m'empêchaient de parler distinctement.

Il savait que j'aimais les hommes durs. C'était certes carrément cliché, je n'étais pas pour autant du genre à me laisser faire, mais avec lui, je me sentais redevable.

— Relâche-moi, s'il te plaît, dis-je d'une voix à moitié

étouffée par son emprise.

— Pas tant que tu n'auras pas compris.

Il enleva ses pouces de ma gorge pour me laisser parler.

— Compris. Je ne recommencerai plus, désolé. Je voulais juste m'amuser, répondis-je essoufflé en ayant eu l'impression d'avoir couru un sprint de cinquante mètres.

— T'*amuser*? En me disant que tu t'en irais avec toutes mes affaires? Ma confiance a des limites, Thomas!

Mon corps s'était aussitôt réchauffé sous ses mots. Je ne l'avais encore jamais vu exercer une telle pression sur moi, mais étrangement je ne ressentais ni courant électrique ni peur.

J'avais juste l'impression d'avoir été trop loin.

— La prochaine fois, tu y réfléchiras à deux fois. De toute façon, je sais que tu reviendras vite vers moi.

C'était pas faux. Il me faisait bien trop d'effet pour que je l'abandonne. J'étais fou de lui. Tout m'attirait chez lui... Il m'avait certes attaché un peu trop fort au lit pour un simple SMS, mais je l'avais mérité.

Il n'aurait jamais pensé à mal avec moi, je le savais.

Au fond de moi, cette domination ne me déplaisait pas, au contraire. J'avais besoin de lui pour calmer mes ardeurs masculines. Il avait une sorte de don pour m'apaiser. Il savait me mettre en confiance, peu importe la circonstance.

— Monsieur. Monsieur! Vous allez bien? Vous vous êtes assoupi.

La tête encore dans les nuages, j'ouvrais doucement mes yeux.

Un membre du personnel de l'hôtel se dressait droit devant

moi et ma table.

Je m'étais endormi sans m'en rendre compte.

— Souhaitez-vous que j'appelle un médecin ?

— Non... non. Ça ira, je vous remercie, dis-je en me levant difficilement. Je me suis juste endormi. Veuillez me pardonner.

Je frottais mes mains contre mes joues pour me remettre de mon rêve.

— Ce n'est rien, monsieur. Je pensais que vous vous étiez évanoui.

Par la beauté de Hugh, oui, certainement.

— Je vous remercie d'avoir pris soin de me réveiller. C'est gentil à vous.

— À votre service, monsieur.

Il repartit vers ses collègues pour débarrasser les autres tables.

Mince ! Combien de temps j'ai dormi, moi ?

Je sortis rapidement mon téléphone pour regarder l'heure. Quinze heures étaient affichées.

Qu'est-ce qui avait bien pu me provoquer ce rêve ? Était-ce un message ? Une prédiction des dieux ?

Je n'en savais rien, mais j'avais envie d'en voir plus.

FRAICHEUR ET VOLUPTÉ

En refermant la porte de notre chambre derrière moi, je sentis que quelque chose l'empêchait de se refermer normalement. Je vis dans le filet de lumière l'ombre d'une personne qui se tenait derrière.

— Tu pensais que je t'avais déjà oublié ?

Son ton affirmé, ses cheveux châtains et sa barbe de taille moyenne, je l'aurais reconnu entre mille. Il se tenait debout devant moi, un pied dans le cadre de la porte.

Il entra immédiatement tel un félin et déposa ses lèvres sur les miennes dans un geste tendre tout en me les mordillant légèrement, puis me poussa délicatement en arrière.

— Tu pensais qu'il n'y aurait aucune conséquence, Thomas ?

Les bras le long du corps, je ne savais guère comment réagir face à cet homme qui se tenait maintenant devant moi.

Devais-je le laisser entreprendre ce qu'il semblait penser ? Le laisser me punir ? Mon instinct me criait de le laisser me toucher. Après tout, j'étais bien le responsable de cette situation.

— Hugh, je suis désolé. Je ne sais pas ce qui m'a pris... Enfin, je voulais juste jouer avec toi, rien de plus.

— Je l'ai bien compris, ma belle biche, ne t'en fais pas, dit-il en caressant les maigres poils de mon menton.

Il posa un sac en tissu noir orné d'inscriptions rouges sur le sol. Je coiffai mes cheveux en chignon pour éviter qu'ils ne me gênent, car ma sieste involontaire de tout à l'heure les avait ébouriffés.

— J'aimerais avant discuter de quelque chose avec toi.

— Je t'écoute. Maintenant que je suis ici, je n'ai plus que ça à faire.

Mes mains dans les siennes, je ne pouvais m'empêcher de jeter des coups d'œil furtifs sur ce sac.

— Tout à l'heure, pendant que je mangeais... j'ai fait un rêve spécial...

— Spécial, comme toi et moi, tu veux dire ?

— Oui, répondis-je en rigolant.

Après lui avoir raconté l'intégralité de mon rêve, je surveillais les moindres de ses mouvements pour appréhender sa réaction.

— C'est drôle, car je prévoyais justement de le faire.

— Quoi ! répondis-je interloqué. Tu me fais peur, là...

Il lâcha délicatement ma main pour ouvrir le sac à ses pieds.

— Regarde, j'ai fait un détour avant que tu ne t'envoles je ne sais où, dit-il en me montrant des jouets qui semblaient destinés à un usage sexuel.

Je recommençais à stresser.

— Je te rassure, Thomas. Le but de cet art n'est pas de te faire mal, dit-il en posant sa main sur mon cœur. Je veux seulement que tu prennes du plaisir et que l'on se découvre un peu plus toi et moi, et pas uniquement physiquement.

— Et tu comptes me punir avec ça, dis-je en montrant une barre métallique du doigt.

— Seulement s'il y a besoin, Thomas.

— D'accord, mais... j'ai beau l'avoir fantasmé, je ne l'ai encore jamais pratiqué pour autant.

— Ne t'en fais pas, j'ai appris comment faire... plus violemment que la normale, mais avec toi, j'irai le plus doucement possible. On commencera par le début. Je veux juste initier ça entre nous.

Je saisis tout de suite à qui il voulait faire référence.

J'effaçai rapidement cette image de ma tête. Je ne voulais pas lui en parler pour qu'il se remette à pleurer devant moi, il était l'homme que j'aimais et je ne souhaitais pas le voir sombrer face à de telles émotions dévastatrices. C'était bien trop dur à encaisser pour moi, même si je savais qu'un jour on serait peut-être amenés à la rencontrer... de nouveau pour lui et une première fois pour moi.

— Mais sinon, tu as fini plus tôt que prévu, non ?

— Ils n'avaient plus besoin de moi cet après-midi... ça m'a permis de faire un petit détour avant de rentrer pour aller chercher le matériel pour passer au niveau supérieur avec toi. J'avais peur que tu ne sois plus là, à mon retour, mais heureusement tu es resté.

— Oui, je ne serais jamais parti sans toi, tu le sais, dis-je en caressant amoureusement son visage.

— Oui, je peux le voir dans tes yeux, mais on s'égare.

Loupé !

— Thomas, dit-il doucement. Je ne vais pas te punir, je te rassure. Je veux seulement prendre du plaisir avec toi et pimenter ce que l'on a déjà entrepris ensemble. Les gens s'imaginent que le monde du BDSM est brutal et les films et documentaires sur le sujet n'aident en rien, mais c'est loin d'être le cas, fais-moi confiance.

J'avais envie d'expérimenter cet art avec lui.

— Non, ce n'est pas ça, dis-je timidement. C'est juste que je ne sais pas le faire.

D'un coup, ses yeux s'écarquillèrent.

— Écoute, si tu veux tu peux débuter avec moi. Tu m'attaches et tu décides du reste. OK ?

— Non, je préfère m'abandonner à toi. J'aime bien quand tu t'occupes de moi. Je me sens bien avec toi... quoi que tu me fasses. Je te fais entièrement confiance.

— Bon ! répondit-il en rigolant. Tu pourras apprendre plus tard, on a tout notre temps. Viens, on va discuter tranquillement.

On s'assit sur le rebord du lit.

Ma tête posée sur ses genoux, je me laissais délicatement caresser le cuir chevelu.

— Tu savais, Thomas, que c'est avant tout un jeu de rôle ? Son origine remonte même à l'Antiquité.

— Non, je ne savais pas.

Je me laissais bercer par ses gestes affectueux.

— Si tu ne te sens pas prêt, on remet ça à plus tard, OK ? me dit-il en repoussant les mèches qui tombaient sur mon visage.

— Non, non. J'ai juste peur de te décevoir, dis-je en frottant ma joue contre ses genoux.

— Je ne vois pas pourquoi tu me décevrais. Laisse-toi simplement guider par ma voix. Tu sembles si bien l'apprécier, après tout. On ira lentement, sans se presser. Tu veux bien essayer ?

— Oui, j'ai envie d'essayer, mais vas-y doucement.

Hugh sortit son téléphone de sa poche, puis soudain une douce mélodie emplit la pièce. Je ne savais même pas qu'il y avait des enceintes intégrées à la pièce.

Il prit une chaîne qu'il tira du sac puis en sortit un collier en cuir qu'il posa sur le lit.

— Tu ne sors pas le reste ? dis-je en regardant le fond du sac.

— Il y a deux règles que tu te dois de connaître avant que l'on débute, Thomas.

Je l'écoutais sagement sans poser davantage de questions. Premièrement, tu m'appelleras monsieur, et non pas par mon prénom.

— D'accord... monsieur..., dis-je en regardant le collier en cuir qu'il frottait entre ses doigts.

— Bien. La deuxième chose est un code couleur.

— Un code couleur ?

— Oui. Tu auras deux couleurs à retenir : le bleu et le rouge. Bleu quand c'est difficile, mais que tu peux encore supporter et rouge pour...

— Quand j'atteins mes limites, c'est ça ? dis-je en lui coupant la parole.

— C'est ça !

— Je peux te dire arrête, aussi ? Enfin, je peux VOUS dire « arrête » ? me repris-je.

Hugh fronça les paupières. Avais-je dit quelque chose de travers ?

— Le terme « arrête » signifie que je dois ralentir. Mais je saurai m'occuper de toi sans atteindre tes limites, autrement je le ressentirai, ne t'inquiète pas.

— D'accord.

— Maintenant, laisse-toi faire et attends sagement mes ordres.

Je baissai les yeux en signe de soumission. Avec lui, j'étais prêt à tout pour lui faire plaisir.

— J'ai une dernière question à te poser, avant de commencer, demandai-je en contemplant de nouveau le collier en cuir qu'il approchait de plus en plus de mon cou et que je trouvais de plus en plus attrayant.

— Je place ça sur le compte de ta non-expertise, Thomas.

Comprenant mon erreur, je rectifiai encore une fois mes paroles.

— Pardon, monsieur, mais puis-je vous demander de quelle manière on distinguera les punitions de ce fantasme ?

Hugh reprit dans sa main son téléphone qu'il avait posé sur le lit et mit la musique en pause.

— Je veux juste t'initier à cette discipline, Thomas, même si le message que tu m'as envoyé mérite plus.

Hugh reposa son téléphone, puis la belle mélodie remplit de nouveau la chambre.

— Je suis prêt.

Hugh ne dit rien. Il semblait attendre quelque chose.

— Je suis à vous, monsieur, dis-je en me rappelant les règles.

— Bien, mets-toi devant moi et agenouille-toi.

Il m'attacha le collier en cuir autour du cou.

— Tu l'aimes bien ?

— Oui, je l'aime bien.

— Donne-lui un nom alors, dit-il calmement.

— Gleipnir.

Gleipnir était le nom que les elfes noirs avaient donné au collier qui attachait Fenrir, un des enfants de Loki, qui était en réalité un immense loup. Fenrir était si grand qu'il pouvait d'un seul coup de patte écraser une montagne.

— Penche la tête en arrière.

Il ferma le collier autour de ma gorge. Sur l'anneau chromé, il attacha une longue chaîne qu'il enferma dans sa main. Il enroula cette dernière autour de son poignet pour me tenir en laisse.

Prisonnier, je me pliai à sa volonté. Tout comme Fenrir, le loup géant, il n'y avait aucun risque que je le brise, car je n'avais pas assez de force pour cela. Il tira sur la chaîne pour me faire reculer. Cette impression de force m'excitait.

Sans réfléchir, j'exécutai ses ordres.

— Non, reste sur tes genoux, dit-il alors que je me levais.

— Bien, monsieur.

Hugh me sourit, puis colla mes mains contre le sol.

— Ce collier sera le tien et il te liera, de ce fait, à ton maître, donc moi. Maintenant, Thomas, recule.

Il tendit son pied et m'ordonna de lui enlever ses chaussures. Aussitôt, je m'exécutai.

— Puis-je enlever le reste, monsieur ? dis-je en défaisant les lacets de ses chaussures.

— Tu suivras mes instructions, et non les tiennes.

Il me tendit ses doigts de pieds.

— Maintenant, montre-moi que tu sais prendre autre chose que mon sexe en bouche.

Ma langue parcourait ses orteils

— Personne ne m'a léché le pied comme tu le fais, Thomas.

Je voulais lui montrer que je savais aussi bien utiliser ma langue pour bien d'autres choses qu'une simple fellation. Je prenais étrangement beaucoup de plaisir à accueillir ses orteils dans ma bouche, même si je préférai la saveur salée de son sexe. Je sentais que je lui faisais du bien et cela me mettait en joie, mais je ne voulais pas m'arrêter là, je voulais aller plus loin. Je m'aventurai hors des limites pour lécher délicieusement ses jambes.

— Qu'est-ce que tu fais ? T'ai-je réclamé de me lécher les jambes ?

— Non, dis-je en me stoppant comme un enfant pris en flagrant délit de bêtise.

— Attends-moi et ne bouge pas. Ouvre la bouche, mais ne mords pas.

Il inséra le bout du passant de la ceinture entre mes dents. Le goût du cuir saisit mes papilles. Je ne mangeais pas de viande, mais j'avais un faible pour l'odeur et le toucher du cuir que je trouvais très agréables.

Il remplaça le cuir par sa langue qu'il enfouit jusqu'au fond de ma gorge ; ça me laissait le temps de goûter autre chose que son sexe !

— Mets-toi debout, dit-il brusquement.

Il fit passer la chaîne qui me reliait à lui sous mon tee-shirt qu'il s'empressa d'enlever avec envie. Mes tétons déjà durcis s'unissaient à mon corps qui ne demandait qu'à obéir. Il me saisit par les fesses et me pencha en avant. Il enfila autour de mon cou la longue lanière de cuir, puis entama des va-et-vient.

Les premiers coups furent lourds, puis se prolongèrent en des gestes de plus en plus longs et profonds. Il jouissait de ce plaisir que lui procurait son instrument de cuir. J'étais la jument sauvage d'un cavalier qui n'hésiterait pas à se servir de sa cravache pour la faire cavaler. Il me chevauchait avec assurance et avec force sans perdre une seule seconde son contrôle. Je ne pouvais que suivre la cadence qu'il m'imposait.

Ma respiration devenait de plus en plus bruyante et ma voix devenait criarde. Ses mouvements prenaient la forme d'un ballet, je me sentais comme sur un bateau en pleine tempête. Je résistais aux vagues imprévisibles tout en y prenant un certain plaisir.

C'était certes quelque peu brutal, mais j'aimais cette intensité, car elle me faisait perdre pied.

Voyant que j'appréciais ce moment, il tira de plus belle sur la chaîne pour me faire relever la tête. Le haut de mon corps était cambré et la ligne directrice de mes fesses bien en place pour accueillir les prochains mouvements de son gros engin. D'une main, il me pinçait le téton tandis que de l'autre, il me tenait l'épaule pour garder son équilibre.

— Retourne-toi, maintenant.

Il retira son sexe, tortilla la pointe de mes tétons et reprit la cadence de ses mouvements. Je sentis mon corps exploser de fantaisies.

Mon corps suivait ses mouvements et l'arrière de mon crâne plongeait dans mon oreiller en rythme.

Au lit, il était une vraie bête féroce...

Cet homme savait comment pénétrer un homme et utiliser ses muscles autrement que pour le visuel !

La majorité des mecs semblaient apprécier la domination, mais la plupart ne pensaient qu'à eux-mêmes. Hugh, lui, parvenait très bien à me pénétrer, sans dépasser mes limites corporelles, fort heureusement pour moi. Il me comprenait si bien quand on baisait.

— Tout va bien ? me murmura-t-il à l'oreille.

— Oui, répondis-je entre deux expirations.

Chaud comme la braise, je n'arrivais ni à contenir mon excitation ni à retenir ma respiration.

— S'il te plaît, continue.

Sans un bruit, Hugh tira sur Gleipnir.

— Tu m'appartiens désormais.

Il recommença ses va-et-vient et accéléra la cadence. Il tirait sur mon collier pour se donner encore plus d'élan. Mon corps se balançait encore plus vite qu'une cloche que l'on sonnerait avec force et fermeté.

Il approcha son sexe de ma bouche.

— Ouvre la bouche, dit-il en approchant son sexe de mes lèvres.

J'obéis.

Il l'inséra au fond de ma gorge.

Son goût salé remplit ma gorge d'extase.

— Ferme la bouche et ne suce pas. Je veux que tu t'en imprègnes.

Ne pouvant lui répondre, je profitais du moment présent pour accueillir sa saveur salée en bouche.

D'un coup, je le sentis tout au fond de ma gorge faire de légers mouvements circulaires.

— Tu me fais confiance ?

Il se retira puis attendit ma réaction. Mes mains posées sur ses fesses, je le tirai vers moi pour de nouveau le prendre en bouche et me délecter de lui.

— Laisse-moi t'enseigner, dit-il en me plaquant contre le matelas.

Il saisit son sexe puis l'enfonça entièrement dans ma bouche.

Le souffle coupé, j'essayais de respirer.

J'ouvrais la bouche pour tenter de trouver un brin d'air frais, mais cette ambition fut réduite à néant. Il occupa tout l'intérieur de ma gorge.

J'étais à lui et j'attendais patiemment qu'il daigne me laisser reprendre mon souffle.

— Respire par le nez, Thomas.

Il se retira quelques secondes puis redémarra ses va-et-vient. Entre deux mouvements, j'embrassais le maximum d'air qu'il me laissait prendre. Il semblait en jouer.

Qu'est-ce que j'adorais le prendre dans ma bouche !

Il retira son sexe d'homme de ma bouche pour que je puisse le lécher.

De son gland à ses testicules, ma langue glissait sur son sexe. Ses râles devenaient de plus en plus insistants. Ma langue s'agitait autour de sa verge et je jouissais d'un plaisir encore inexploré.

J'aimais tant lui appartenir !

Tout d'un coup, Hugh se raidit et un liquide coula jusque sur mes lèvres. Son sexe remplit ma gorge de grands jets irréguliers et un délicat goût sucré dont je raffolais remplit mon palais.

J'adorais goûter les hommes et plus particulièrement cet être plein d'amour.

Hugh retira tout doucement Gleipnir de mon cou, puis le déposa sur la table de nuit. Nous reprîmes tranquillement notre souffle.

Ma tête posée sur son épaule, je m'abandonnais à ses caresses silencieuses. Mes muscles se détendaient et ma respiration redevenait habituelle.

Je descendais ma main vers mon bassin quand soudain un liquide chaud humidifia mes doigts. C'était ma propre semence... J'avais voyagé tellement loin dans mes sentiments de plaisir que je ne m'étais même pas senti jouir.

— Je n'ai même pas senti...

— Que tu as joui ?

— Oui.

— C'est que je me suis bien occupé de toi, alors, dit-il d'un grand sourire, si parmi toutes les choses que je t'ai faites, tu n'as même pas ressenti ton éjaculation. Tu me remplis de bonheur, Thomas.

— Merci. Je ne pensais pas prendre autant de plaisir.

— Tu sais, le sexe BDSM n'a pas lieu d'être violent ou malaisant. Les gens le voient comme une souffrance que l'on inflige à son partenaire, comme une domination à but personnel, mais ils sont loin de la vérité... C'est brutal, mais pas malsain. C'est avant tout du plaisir que l'on partage.

— Pourtant, c'est ce qu'elle te faisait ?

— Non. Elle pensait le pratiquer, mais c'en était loin. C'était de la violence pure et dure. Du sadisme et de la torture, mais ça appartient au passé maintenant, je ne veux pas me le rappeler après ce qu'on vient de faire.

— Je comprends, dis-je en fermant les yeux.

— Avoir une emprise physique et psychologique sur son partenaire, ce n'est pas la même chose, même si ça peut se rejoindre par le sexe. C'est même très loin de l'être, Thomas, dit-il en me caressant les cheveux.

— C'est le plaisir et le respect de l'autre qui est important, c'est ça ?

— Oui, c'est ça. Tu sais, j'aime être dominant, comme tu as pu le remarquer, mais ce n'est pas pour autant que je peux me permettre de te faire mal. Le sexe doit être un moment de plaisir partagé, et non l'inverse. C'est une preuve d'amour qui passe par le corps.

— Oui, je pense que tu as raison, mais... du coup... pendant les punitions tu comptes me faire du bien ?

— Je ne suis pas tortionnaire, Thomas, ni manipulateur.

— Au contraire de moi, dis-je tout haut pour rigoler.

— J'ai plutôt intérêt à ne pas faire de bêtises si je te comprends bien, mon Thomas ?

Je souris en réponse.

— Tu verras bien. J'ai vu que tu étais à l'aise avec ces instruments et je pourrais l'être aussi. Je te demande juste de ne pas être trop violent avec moi.

Hugh reprit son air dominateur.

— Pour ne pas te mentir, si tu ne m'obéis pas, ça sera bien plus rude que tu ne le penses. Cependant, je ne te ferai pas souffrir, je te ferai juste comprendre tes actes. Et puis... honnêtement, Thomas, je ne pense pas que l'on aura l'occasion de trouver des sujets de dispute suffisamment importants pour que je te punisse au point de te faire mal.

— Je ne me vois pas t'insulter ou autre, répondis-je.

— Je ne veux pas que tu subisses ce que j'ai subi.

Il me saisit dans ses bras et posa un baiser sur ma longue chevelure.

— Je t'aime.

— Moi aussi, Hugh. Bien plus que tu ne le penses.

— Je le ressens, ne t'inquiète pas.

— Je peux t'appeler par ton prénom, maintenant ?

— Bien sûr, nos surnoms sont valables seulement pendant l'acte et non en dehors. Pareil pour le code couleur d'ailleurs, même si tu n'en as pas eu besoin... j'espère que tu ne l'as pas oublié d'ailleurs...

— Bleu quand il faut que tu modifies ton comportement et rouge lorsque tu vas trop loin ?

— C'est ça. Tu as bien retenu, c'est bien. Mais ne t'en fais pas si tu les oublies. Je suis entièrement capable de ressentir quand tu ne vas pas bien et je peux te le demander pendant l'acte, si je vois que je te fais mal. Tes ressentis ne se limiteront jamais à deux stupides codes couleurs.

Il me caressa le visage de sa paume et se leva du lit pour regarder le soleil se coucher. Le dégradé de couleurs orangées, ajouté au moment que nous venions de partager, me plongeait dans une sérénité totale.

— J'en profite pendant que j'y pense, me dit Hugh, il faudra que tu commences à rassembler tes affaires. On approche des dernières scènes et je vais bientôt rentrer chez moi.

— Chez toi ?

— Oui, tu ne songeais tout de même pas que j'habitais dans cet appartement, même si je reconnais qu'il est très agréable ?

— Non, non. Bien sûr... mais... est-ce que je pourrai te

rejoindre ou...

— Quelle question ! Bien sûr. De toute manière, je ne saurai résister. Ne t'en fais pas, je ne partirai pas sans toi, dit-il en regardant mon visage éclairé par le coucher de soleil.

— Hugh, j'aimerais discuter de quelque chose avec toi...

— De quoi, Thomas ?

— Je vais devoir repartir, dis-je tristement, ma famille me manque et puis, je ne pense pas pouvoir vivre sous le même toit que toi.

— Je ne comprends pas où tu veux en venir, mais si tu ne désires pas vivre à mes côtés, il faut qu'on en parle plus longuement, tu ne penses pas ?

— Si. C'est justement pour ça que je t'en parle, là...

Je baissais les yeux comme un enfant pris en faute.

— Tu es un très bon coup, Hugh, mais je ne suis pas certain de vouloir vivre avec toi finalement. Ton physique est super attirant, certes, mais... enfin... j'en ai eu assez, je crois.

J'adorais le picoter, de temps à autre, même si c'était dangereux, surtout après ce que l'on venait de faire. C'était mon petit côté dangereux. J'aimais bien renverser des situations comme celle-ci. Je trouvais ça très amusant.

Je le regardai m'observer comme un parfait inconnu. Il bouillonnait intérieurement. Le visage impénétrable, j'attendais sa prochaine réaction.

— Et moi, je ne t'ai aimé que pour ton jeune corps.

Je renchéris dans la seconde.

— Pour être franc, je t'ai piqué assez de blé pour vivre sereinement sans personne.

— Le dépouillement, c'est ta spécialité en fait ?

— Oui. Je montre mes fesses aux riches et vieux célibataires pour obtenir leur confiance, ensuite je les dérobe sans qu'ils s'en aperçoivent.

— Et ensuite, tu t'évades, c'est bien ça ?

— Ouaip ! dis-je gaiement.

Je savais qu'il jouait également la comédie.

— Alors, pars !

Ses yeux rivés sur les miens, il jouait plutôt bien. C'en était même effrayant. Je pouvais presque percevoir les larmes sur ses joues.

Je me dirigeai vers l'entrée de la chambre. Au moment où je posais la main sur la poignée, il se précipita sur moi, m'attrapa par le cou, puis me tira en arrière.

— Je n'aurais peut-être pas dû te détacher tout de suite. Je comprends pourquoi tes dieux ont attaché ce loup, car tu lui ressembles ! Tu ne pourras pas sortir de toute manière, c'est moi qui ai le passe.

La porte était fermée et je n'avais aucun moyen de la déverrouiller, à moins d'utiliser la clé magnétique que Hugh semblait avoir pris un malin plaisir à me subtiliser.

J'aurais peut-être dû réfléchir avant de chercher à sortir.

— Où est mon passe ? essayai-je de dire en imitant un ton énervé.

— MON passe, tu veux dire ?

— Oui. Dis-moi où il est ! dis-je en croisant les bras.

— Je te le dis si tu me laisses t'expliquer quelque chose.

— D'accord.

— Si t'arrives à le récupérer, on se dit adieu, dit-il en me montrant la boucle de sa ceinture, mais si tu me donnes un dernier baiser, je t'emmènerai bien plus loin que tu ne peux l'imaginer. À toi de choisir ce que tu veux.

Notre petit jeu était peut-être allé trop loin.

Je me dirigeai vers lui, la réponse en tête et les yeux fixés sous sa ceinture. Je déposai avec légèreté ma main sur son torse nu. Sa tête s'approcha de moi et mes lèvres se posèrent tendrement sur les siennes.

— Tu ne croyais quand même pas que je n'allais pas succomber à tes charmes ? dis-je d'un regard implacable.

— Œil pour œil ! Tu ne pensais quand même pas que j'étais un si mauvais acteur ?

— Tu es le meilleur que je connaisse.

— Viens là, toi.

Ses mains sur mes hanches, il me serra de ses gros bras, tout contre lui, puis me souleva dans les airs pour me déposer sur ses épaules.

Je m'agrippai à lui. Mes pieds enroulés autour de lui, il m'emmena sur le balcon admirer les grands immeubles de verre qui nous faisaient face, tandis que j'admirais le ciel depuis ses larges épaules.

— Si je te lâche, tu tombes... tu le sais ça ?

— Sauf que ça n'arrivera pas. Tu es bien trop attaché à moi pour me jeter par-dessus bord.

Je m'imaginais en proue d'un bateau de croisière dirigé par le plus beau des capitaines de navire.

On regardait l'horizon qui nous submergeait par sa beauté.

— Tu es sûr de toi, Thomas ?

Il fit semblant de me lâcher, mais par réflexe, je m'agrippai à sa tête.

— Tu as bien raison, moi non plus, je ne peux me séparer de toi. Je t'adore trop pour ça.

Il m'avait fait peur sur le coup. Je ne l'avais pas vu venir.

Tout doucement, il me posa à terre, mes pieds nus retrouvèrent la sécurité du sol.

J'embrassais cet homme en maintenant fermement mes mains sur son dos puis, discrètement, je m'emparai de la carte magnétique dans la poche arrière de son jean. Je savais qu'il ne l'avait pas mis où il me l'avait signalé.

— On va dîner ? me proposa-t-il.

— Ouais, répondis-je malicieusement.

Hugh fronça les sourcils, puis on partit se changer. Avant de sortir, Il chercha la carte magnétique pour déverrouiller la porte. Je sortis alors le passe de ma poche et le lui montrai.

— C'est ça que tu cherches ?

— Petit malin. Tu m'as bien eu à ce que je vois. Tu ferais peut-être un bon acteur, malgré tout.

— Je suis surtout un bon ninja.

J'avais en tête l'image de mon avatar dans mon jeu de rôle en ligne favori. Il était furtif et pouvait facilement voler sans se faire prendre.

— Donne, s'il te plaît.

— Non, je préfère la garder en ma possession.

— Sauf que j'en aurai besoin pour sortir demain, Thomas.

— Je viendrai avec toi, donc tu pourras sortir librement.

J'étais plutôt fier de moi et je m'en amusais.

— Après tout, pourquoi pas ? C'est mon dernier jour.

— Tu es en vacances, après ?

— Jusqu'à ce qu'on me propose un autre rôle, oui.

— Super ! Je pourrai profiter de toi tous les jours, alors. J'ai hâte de découvrir les studios avec toi.

Il posa ses mains sur mes cheveux, puis les éparpilla sur mon crâne pour me décoiffer.

— Bon. Tu l'ouvres, cette porte ? J'ai faim, moi.

— Oui, moi aussi, surtout après l'énergie qu'on vient de dépenser.

Ce soir-là, on se coucha tôt pour être en forme et attaquer une nouvelle journée. J'avais l'habitude de me lever de bonne heure, car ça me permettait d'être plus productif et de me laisser un moment pour me reposer l'après-midi, sans frustration. S'angoisser du temps qui nous manque est rarement une bonne chose.

— Tu n'enlèves pas ton caleçon, Thomas ? me dit Hugh qui venait de soulever la couette pour me rejoindre.

— Non, je me sens mieux comme ça.

— Tu sais, ici, il fait bien plus chaud qu'en France.

— Oui, mais je n'aime pas dormir nu, dis-je en remontant la couette jusqu'à mon nez.

— Comme tu veux, moi je l'enlève, j'espère que ça ne te dérange pas.

Il se rapprocha et m'étreignit chaleureusement. Lové tout contre lui, je ressentais déjà la chaleur de son corps. Hugh me caressait les cheveux de sa main libre. Après quelques minutes sans discuter et sans bouger, je me concentrai sur sa respiration qui se faisait de plus en plus lente. Je ne tarderais pas à le rejoindre dans ses rêves.

PENSÉES INUTILES

Hugh était toujours endormi et ne semblait pas entendre le doux carillon qui retentissait depuis plusieurs minutes sur mon téléphone. Je me retournai alors vers mon Viking.

— Hugh, réveille-toi.

Les yeux encore à demi-clos, il leva ses paupières lentement en s'étirant.

Sa carrure imposante et ses cheveux ébouriffés me mirent dans une excitation certaine. Je contemplais son dos aux formes si alléchantes. Ses biceps grossissaient en réponse à son corps qui se tendait. Qu'est-ce que j'aimais le regarder avec ses cheveux tout ébouriffés ! Il me faisait presque penser à un sorcier dans une heptalogie de livres bien connue.

— Tu as bien dormi ? dit-il en bâillant.

— Oui, mieux que toi, apparemment.

— J'ai pensé à elle toute la nuit.

— *Elle* ? Cassandra, tu veux dire ?

— Oui, mais je suis rassuré, maintenant. Je te sais à mes

côtés, ma belle biche.

Il glissa ses mains sous mon menton et caressa les quelques poils qui en dépassaient.

Le temps de me préparer, je pris un café dans le petit espace cuisine. Je n'avais pas pour habitude d'en boire, mais étant donné l'heure matinale, j'en avais bien besoin. J'avais plus tendance à me lever aux alentours de sept heures que de cinq.

Je patientais tranquillement sur le balcon en attendant que Hugh se prépare dans la salle de bain. À sa sortie, il saisit sa tasse de café que je lui avais bien gentiment préparée. Tel un gentleman, il me regarda me diriger vers la salle de bain pour que je puisse me changer à mon tour.

Le déjeuner de l'hôtel commençait à peine, mais je sentais déjà les premiers effluves me parvenir. Habillés, nous descendîmes déjeuner.

Je m'étais habillé rapidement sans porter d'importance à mon élégance et je commençais à douter.

On rejoignit Shannon qui attendait Hugh comme à son habitude devant l'hôtel.

— Bonjour, Shannon.

— Bonjour, monsieur.

Ce « monsieur » me renvoya à mes souvenirs de la veille. En refermant sa portière, Shannon rentra dans l'habitacle et démarra le moteur d'un bref coup de clé.

— Peut-on y aller, monsieur ?

— Oui, allons-y.

Sur le chemin, Hugh expliqua à Shannon que je passerais la journée au studio avec lui.

— Si jamais vous avez besoin de moi, n'hésitez pas,

monsieur... pouvez-vous me rappeler votre nom déjà ?

— Asvård. C'est d'origine norvégienne.

— D'où vos yeux bleus, monsieur Asvård.

Je croisai le regard de Shannon à travers le rétroviseur intérieur.

— Vous n'avez pas choisi n'importe qui, monsieur, dit-il en jetant un regard bref à Hugh.

— Vous vous en doutez bien, répondit Hugh. Je ne suis pas n'importe qui, après tout.

Je regardais Hugh, un peu décontenancé.

— Oui, il est au courant, et puis on ne s'en est pas cachés jusque-là. Ça fait des années qu'il me conduit. Tu imagines bien qu'après toutes ces années, il me connaît parfaitement.

— Pas autant que je te connais, dis-je pour répondre quelque chose.

Un rire général emplit l'atmosphère.

— Ça ne me regarde pas. Tout de même, j'aurais volontiers pris votre place, monsieur...

Je me demandai si j'avais bien entendu. On échangea un regard interloqué. Aucun de nous deux ne semblait comprendre ses paroles. Hugh semblait tout sauf vouloir rigoler.

— Ce que monsieur Headland se retient de vous dire, c'est que le rire est une excellente chose, mais il y a des pensées personnelles qu'il serait préférable de garder pour soi. Vos années d'entente ne sont que professionnelles et une attitude comme celle-là peut détruire bien des choses, dis-je pour apaiser la situation.

Hugh semblait tendu. Il se retenait pour ne rien dire. Il savait qu'avec moi, il valait mieux réfréner ses ardeurs avant de prononcer des mots déplaisants.

— Pardon, messieurs, je n'aurais pas dû vous faire part de cela. C'était tout à fait déplacé. Je m'en excuse.

— Effectivement ! enchaîna Hugh.

Était-ce un accès de jalousie ?

Je mis aussitôt ma main sur son épaule pour le calmer, car je sentais que l'ambiance devenait explosive. Les muscles de son visage se détendaient.

— Ce n'est pas bien grave, après tout, monsieur Davis, dit Hugh.

Je n'avais encore jamais entendu le nom de famille de notre chauffeur.

Une véritable tension s'installait à présent. C'est fou comme deux hommes peuvent rapidement se quereller ! Hugh était jaloux, ou quoi ?

— Shannon, mettez un peu de musique s'il vous plaît, dis-je en espérant apaiser l'atmosphère. Vous vouliez me dire quelque chose, tout à l'heure ?

Une douce musique se diffusa dans la voiture.

Shannon était concentré sur la route. Il avait l'habitude de parler pendant le trajet.

— Oui, c'est exact monsieur. Je souhaitais vous proposer mes services. Monsieur Headland vous a communiqué mon numéro de téléphone ? dit-il en regardant brièvement Hugh.

— Oui, tout à fait. J'ai justement vérifié hier soir que je l'avais bien enregistré. C'est aimable à vous. Mais j'ose vous prévenir que le moindre de mes soupçons sera immédiatement transmis à monsieur, dis-je alors qu'il me regardait dans le rétroviseur.

— Compris, monsieur Asvård.

J'espérais que cela atténuerait les ardeurs colériques de Hugh. Il avait mal dormi et je commençais à le ressentir. Au moins, s'il avait des ennemis à combattre pendant ses dernières heures de tournage, il n'aurait pas de mal à se mettre dans la peau de son personnage.

Arrivés aux studios de cinéma, Shannon baissa sa vitre pour présenter sa carte, puis celle de Hugh.

— Monsieur est mon accompagnateur, dit Hugh, voyant que les vigiles me scrutaient.

Heureusement pour moi, ils ne posèrent pas de questions et ouvrirent le portail sans discuter. Cela avait du bon d'être avec un acteur reconnu mondialement. Ça ouvrait des opportunités.

La voiture passa les grandes grilles métalliques et circula au milieu de baraquements blanchâtres dans lesquels devaient être mis à l'abri les éléments de décors. Shannon arrêta la voiture devant un grand bâtiment portant le numéro 136.

— C'est ici ? demandai-je à Hugh, même si je le savais déjà.

— Oui, suis-moi et laisse-moi parler. Ne touche à rien et ne fais pas de bêtises, surtout.

— Je ne suis plus un enfant, tu sais ?

— Non, ce n'est pas ce que je voulais dire.

— Je sais, je sais. Je rigole, dis-je.

J'avais tout de même relevé son agacement, car je sentais que sa réponse n'était pas totalement sincère. Après tout, j'aimais bien faire l'enfant et je lui avais montré quand j'avais empilé les rondelles de truffe dans un sandwich. Je ne pouvais m'en prendre qu'à moi-même.

Naturellement, je pris les devants. Les yeux grands ouverts, je contemplais le bâtiment comme un enfant devant sa nouvelle console de jeu. Un garde au crâne rasé, habillé dans un beau costume bleu, me toisa.

— Il est avec moi, dis-je l'air victorieux en balançant ma tête en arrière pour désigner Hugh.

Nullement impressionné, il s'avança vers moi. Je fis semblant de ne rien remarquer. Je sentis aussitôt deux mains musclées se poser sur mon cou. Le regard du garde changea instantanément.

— Bonne journée à vous messieurs.

— Tu ne pouvais pas t'en empêcher, hein ? dit Hugh en me poussant doucement en avant.

Heureusement pour moi, j'étais bien accompagné, car le lieu m'intimidait quelque peu. Deux jeunes filles s'approchèrent de nous avec des viennoiseries à la main. Je ne pus m'empêcher de prendre un des pains au chocolat que l'une d'entre elles me proposa avec bienveillance.

Voyant que je n'étais pas rassuré, Hugh me prit par la main pour m'aider à me calmer. J'avais l'impression que Thor, fils d'Odin et protecteur des Hommes, m'accompagnait dans cette lutte stressante.

On s'approcha de la scène englobée d'un fond vert immense et de quelques décors.

— C'est le fond vert pour les effets spéciaux ?

— Oui, c'est ça. Il y a d'autres plateaux plus grands, mais on y a déjà tourné les scènes nécessaires. Ils sont en train d'être démontés, je ne pourrai pas t'emmener les voir, désolé.

Les personnes sur le plateau se déplaçaient dans toutes les directions. De multiples caméras reliées par de nombreux câbles étaient actionnées par plusieurs hommes et des personnes discutaient de chaque côté du studio.

— Bon... je dois y aller. Je vais rejoindre mon équipe.

— Et moi, je fais quoi? Je reste là sans bouger? dis-je en haussant les épaules.

— Mince. Désolé, j'avais l'esprit ailleurs.

À l'instant où il était entré avec moi dans le studio, il s'était instantanément plongé dans son monde professionnel.

— Viens, je vais te présenter, me dit-il en regardant sa montre. J'ai encore un peu de temps avant de passer au maquillage.

Je me rapprochais en sa compagnie d'une petite troupe d'acteurs et actrices qui révisaient leur texte silencieusement.

— Je vous présente, Thomas, il est...

— Je suis son frère, le coupai-je.

Tous les visages se portèrent vers moi. Un sentiment de gêne s'installa en moi.

— Enchanté de te connaître, moi c'est Alice! dit une jeune femme habillée dans une belle robe noire. Elle me tendit une main tremblotante. Elle semblait trépigner d'excitation. Qu'est-ce que je la trouvais séduisante avec ses yeux ambrés i Elle possédait un charisme très particulier.

— Bonjour! répondis-je. Vous êtes énergique à ce que je vois!

— Bien décelé. Bravo! fit-elle sur un pied dansant. Des mèches de ses cheveux se balançaient sur son visage.

Un autre acteur s'approcha de moi.

— Enchanté de te rencontrer. Tu te nommes? dit un homme plus âgé.

Il a de belles épaules, celui-là. Je louchais discrètement sur son corps.

— Thomas ! Je suis l'un de ses frères. Et vous, vous êtes ? dis-je en me dirigeant vers un autre acteur.

La peur avait définitivement quitté mon esprit. Hugh me prit le bras et je me retirai quelques instants en sa compagnie.

— Tu aurais pu éviter. Je t'ai dit de me laisser parler, ne fais pas l'idiot.

— Tu adores dominer chaque moment de la vie, toi, dis-je pour le provoquer.

— Fais attention, Thomas. Ne joue pas trop avec moi, où tu te consumeras sous la chaleur de ma ceinture.

— Ce n'est pas comme si j'avais parlé de notre couple, dis-je d'une voix basse.

— J'aimerais bien voir ça, tiens ! dit-il en poussant un faux rire. Écoute ! Tu as une chance inestimable d'être ici, alors sois discret. Si je te dis ça, c'est pour notre bien à tous les deux.

Je regardais tout autour de moi et je réfléchis quelques instants. D'autres acteurs venaient de rentrer dans le studio et mes yeux se concentrèrent instantanément sur eux.

— Je t'emmène les voir si tu me promets de rester sage, d'accord ?

Il sentait bien que j'avais l'intention d'aller me présenter à eux. Le petit groupe d'acteurs que j'avais quitté plus tôt à cause de Hugh reprit le cours de leur discussion.

— D'accord, dis-je en lui souriant.

Hugh saisit mon poignet et m'emmena vers eux pour me présenter. Il préférait prendre les devants pour que je ne commette aucune bêtise.

Il me semblait les avoir déjà vus dans plusieurs films.

— Je vais te présenter à eux comme tu l'as fait avec les

autres, maintenant que tu es mon frère, me chuchota-t-il à l'oreille.

L'un des deux hommes me tendit la main. Face à eux, je ne savais plus quoi dire. Leur charisme était impressionnant. J'avais l'impression qu'ils me jaugeaient du regard alors que ce n'était probablement pas le cas.

— Heureux de vous rencontrer, me dit l'un d'entre eux, pendant que son collègue se dirigeait vers le buffet de viennoiseries.

— Attends-moi là et ne bouge pas, me dit Hugh en s'éloignant.

Hugh rejoignit une femme plus âgée que lui et signa quelques papiers qu'elle tenait en main.

Quelques minutes plus tard, il revint avec un papier.

— Il faut que tu signes là, Thomas. C'est juste au cas où il t'arriverait quelque chose. C'est aussi pour s'assurer que tu ne dévoileras rien de ce que tu verras. Je vais devoir y aller. Tu vas suivre Enzo aujourd'hui, tu verras, il est très sympa. C'est un jeune technicien. Il s'occupe de surveiller le fonctionnement global des caméras.

— D'accord.

Soudain, une sonnette retentit et tout le monde se dirigea vers son poste.

— Je dois vraiment y aller, tu pourras apprendre quelques petites notions, j'espère.

Hugh m'indiqua où se trouvait Enzo puis partit rejoindre les maquilleuses.

Je regardais la scène de mes yeux écarquillés. Tous ces gens qui rejoignaient leurs postes, de manière presque automatique. Personne ne perdait de temps. On ne voyait pas cela tous les jours !

— Salut, Hugh... enfin... monsieur Headland m'a dit que tu pourrais me montrer quelques petits trucs, aujourd'hui.

— Tu dois être un visiteur. D'accord, suis-moi, me dit le jeune homme aux traits fins.

— Je ne voudrais pas te déranger.

— Je suis seul la plupart du temps, alors tu sais ça ne me dérange pas, au contraire.

— Oui, j'imagine, répondis-je en regardant la grosse caméra qui me faisait face.

Je sentis une petite boule grossir petit à petit dans mon ventre.

Mince ! Ce n'est pas le moment pour être angoissé.

Je regardais ses cheveux mi-longs se rabattre sur son visage pendant qu'il appuyait frénétiquement sur des boutons de la caméra.

— Tu vois cette caméra ? Elle a beau être performante, si je ne la configure pas correctement, l'image sera de mauvaise qualité.

Un peu comme avec Hugh.

Il me présentait toutes les caméras disposées autour de la scène.

— Elles sont toutes paramétrées pour le travail d'aujourd'hui, mais il faut que je vérifie si elles fonctionnent bien avant que les acteurs ne rentrent en scène.

Ses yeux bleus étaient concentrés sur l'écran de la caméra. Je l'examinais manipuler l'appareil avec une telle aisance que c'en était remarquable. Même moi, je ne parvenais pas à manier mon appareil photo aussi rapidement ! Ça semblait inné chez lui.

— On voit que tu as l'habitude, dis-je en le suivant à la trace.

— On apprend vite dans ce milieu, tu sais.

Une mèche retomba sur son visage, avant qu'il ne la fixe à l'aide d'une fine barrette noire.

— Oh! Mais attends. Je ne me suis même pas présenté avec tout ça, me dit-il en me fixant dans les yeux.

— Tu es Enzo, c'est ça?

— Oui. Et toi?

— Thomas, enchanté.

Je lui tendis la main pour le saluer. Ses doigts étaient plutôt rêches et secs.

— Tu es en train de régler la mise au point et la luminosité, je suppose? Je suis photographe freelance, alors je ne suis pas totalement perdu, mais il y a beaucoup d'options que je ne connais pas sur cet appareil, dis-je en désignant la grosse caméra qui se dressait juste devant moi.

— En effet, il vaut mieux maîtriser le matériel avant de le manipuler, surtout dans un cadre professionnel. De toute façon, les caméras diffèrent d'un simple appareil photo.

Simple?

— Surtout avec ce type d'outils! répondis-je sans relever sa remarque.

Les heures avaient défilé bien plus rapidement que je l'avais ressenti. La sonnette annonçant la pause de midi retentit dans les studios. Les acteurs s'échappaient de leurs rôles et profitaient de la pause pour discuter de nouveau.

Un homme en fauteuil roulant parlait à Hugh pendant que je l'espionnais à distance.

— Tu peux aller rejoindre ton frère, si tu veux, me dit

Enzo en regardant au loin. Je vais retourner auprès de mes collègues pour leur faire un retour technique.

Je me dirigeais à présent vers cet homme à l'imposante carrure, que j'aimais par-dessus tout. Ce n'était pas pour rien que je l'appelais « mon Viking ».

— Bonjour, dis-je à la personne assise dans son fauteuil roulant, dessiné d'une croix métallique sur chaque roue.

— Ah, Thomas. Tu ne t'es pas ennuyé, j'espère ?

— Non, c'était très intéressant, j'ai appris quelques petites choses sur les caméras avec Enzo.

— Je vous présente mon frère, dit Hugh. Il a insisté pour venir découvrir de plus près comment se passait un tournage.

— Je vois, c'est une bonne chose de s'intéresser au monde qui nous entoure.

Je souris à ces mots, puis l'homme me sourit en retour. Il semblait apprécier le fait que je m'intéresse à ce milieu. C'est en tout cas ce que je percevais au fond de ses yeux.

Je regardais Hugh, puis cet homme, mes yeux ne sachant pas où se poser. J'avais à la fois envie d'aller déjeuner aux côtés de Hugh, et en même temps le désir d'en apprendre plus sur cet homme, qui semblait en connaître bien plus que l'on pourrait le penser.

Les personnes handicapées se focalisaient davantage sur les arts mentaux, et assimilaient de ce fait beaucoup plus d'informations que la plupart des gens. Stephen Hawking en était un parfait exemple.

À force de le regarder, je voyais en lui non pas un acteur, mais plutôt un professeur aux talents insoupçonnés. Enfin, c'était ma vision des choses, chacun peut se créer ses propres définitions.

— Je vous laisse aller déjeuner. Je vais rejoindre les autres, dit-il en nous désignant un groupe de personnes situées derrière lui.

— Qu'est-ce qu'il fait sur le plateau, Hugh ?

— Il est coach et expert en jeu de rôle. Pour faire simple pour toi, non pas que tu sois stupide, il est ici pour nous aider à nous mettre dans la peau de nos personnages. Il nous aide à mieux comprendre leurs philosophies pour améliorer notre jeu. Il est d'une aide précieuse quand on a besoin de motivation.

— Ah, je vois. Et du coup, tu manques, toi aussi, de motivation ? Tu veux que je te guide à mon tour ?

— Ta présence me suffit amplement, je te remercie.

J'avais tellement soif de l'embrasser que je sentais mon cœur battre à tout rompre dans ma poitrine. Ses formes, délicieusement musclées sous son débardeur déchiré, me donnaient la folle envie de lui sauter dessus. Je surveillai les alentours, mais je ne vis personne dans mon champ de vision. Je m'arrêtai alors quelques secondes pour laisser Hugh prendre de l'avance sur moi. Je courus vers cette montagne de muscle pour l'escalader.

— Tout le monde est parti manger, dis-je en serrant mes jambes autour de son buste pour maintenir l'équilibre.

— On ne sait jamais, descends s'il te plaît, dit-il en scrutant d'un œil de faucon les alentours, mais il n'y avait plus personne.

Je descendis de ses épaules, puis je me calai sur son pas. J'avais de longues jambes et je pouvais donc facilement suivre ses rapides enjambées musclées. La cafétéria était purement fonctionnelle. Pas de bling-bling, pas de décor impressionnant.

— C'est moins glorieux, comme tu peux le voir, mais au moins on peut y déjeuner en paix sans que personne nous dérange.

Nous prîmes chacun notre tour plateau et couverts, puis nous nous dirigeâmes vers le grand buffet qui devait faire au moins dix bons mètres de long. Il y avait du monde sur le tournage d'après ce que j'avais pu voir ce matin et ce buffet semblait le prouver.

Je réalisais la chance que j'avais de manger avec autant d'acteurs connus autour de moi. Le lieu faisait un peu pittoresque comparé au Royal Blue, mais qui aurait pu se plaindre de manger auprès de son acteur préféré ? Pas grand monde.

— Vous êtes prêts pour la dernière scène ? dit un homme rasé et coiffé d'une casquette grise.

Je regardais la table autour de laquelle deux longues rangées d'acteurs étaient assises.

— On est surtout pressés de finir ce tournage, dit une jeune femme aux cheveux écarlates, assise un peu plus loin.

Je m'assis à côté de Hugh qui m'avait devancé.

— C'est vrai que ça fait des mois qu'on travaille sur ce film. Je suis un peu fatigué, ajouta un jeune homme à la peau noire, qui était assis tout près de moi.

— Pourtant tu es jeune. Tu es encore fort et endurant, déclara un homme barbu.

— Certes, mais le directeur n'arrête pas de me dire que je ne suis pas assez impliqué dans mon rôle.

La discussion était riche à cette table !

— C'est normal, tu débutes. Qui n'a jamais entendu ça dans sa carrière ? dit un homme derrière sa longue barbe.

— Te tracasse pas, il dit ça à tout le monde. Ça m'est encore arrivé la semaine dernière, dit une femme d'une trentaine d'années.

— Pourquoi tu ne vas pas voir Gabriel, notre coach ?

Il devait sans doute parler de l'homme en chaise roulante à qui j'avais parlé un peu plus tôt.

— Je ne sais pas, je n'ai pas encore eu l'occasion.

J'étais un parfait étranger à leurs yeux, mais ça ne semblait pas les déranger.

— Tu es très talentueux, tu devrais aller le voir.

— Pas autant que mon frère, lançai-je en rigolant pour m'inclure à la conversation.

J'avais envie de les rejoindre dans leur conversation et surtout de montrer que j'étais tout sauf timide. Soudain, tous les regards se posèrent sur moi, y compris celui de mon soi-disant frère.

Les rires s'enchaînèrent les uns après les autres. Tout le monde semblait l'avoir bien pris. *Ouf !* Je débarquais de nulle part et je m'incrustais dans une discussion qui n'était pas la mienne, c'était risqué. Une bonne ambiance s'installa et les blagues fusèrent par dizaines.

Quelques minutes plus tard, les premiers à avoir fini de déjeuner partirent rejoindre leurs loges. L'ambiance fut plus silencieuse.

— Alors comme ça, tu es son frère ? demanda un des acteurs encore présents à notre tablée.

— Oui, répondis-je surpris par sa question.

— Pourtant, tu parais bien jeune.

— Qu'est-ce que tu racontes là, Arthur ? Tu ne vois pas que tu le déranges ? Il est déjà entouré de personnes qu'il ne connaît pas, ne l'intimide donc pas.

— J'ai beau être jeune, je ne suis ni un adolescent, ni fragile, et encore moins coincé du cul, dis-je suffisamment fort pour que mes propos soient entendus.

Hugh, étonné par ma réponse, me regarda avec de grands yeux. Je ne parlais pas souvent de cette manière, mais je ne sais pas comment, les mots étaient partis tout seuls.

— Pardon, c'est sorti d'un coup...

— Excuse-moi... Thomas, c'est ça ? me demanda Arthur. C'est moi, je suis désolé. Tout est de ma faute, j'aurais dû me taire.

— C'est pas grave, je n'aurais peut-être pas dû te répondre de cette manière non plus, désolé.

Dans ce film, tous avaient des régimes alimentaires à tenir pour garder la forme et le hamburger-frites, bien qu'appétissant, n'aurait pas été très apprécié par le directeur artistique ainsi que les scénaristes. Les personnages qu'ils devaient incarner étaient musclés et larges d'épaules.

Une personne comme moi n'aurait jamais pu avoir le beau rôle, même si j'étais loin d'être maigre. Mes séances de sport matinales me suffisaient pour avoir un corps plutôt respectable pour un homme.

— Je vais rejoindre mes maquilleuses, elles doivent déjà m'attendre dans ma loge, vu l'heure qu'il est, me dit Hugh.

— Je te suis.

Je n'allais pas rester seul dans la cafétéria et encore moins sans rien faire.

— Je n'allais pas t'abandonner, de toute façon. Je ne

voudrais pas que tu prennes peur, sourit-il.

Tel un chat, je me préparais à saisir ma proie. Aussi rapidement qu'un lion, je courus vers lui, me saisit de ses épaules pour m'y agripper et enroula mes jambes autour de lui, tel un serpent étreignant sa victime.

Serré contre ses muscles et la tête dans les cieux, j'étais fier de moi. J'avais le sentiment d'avoir une nouvelle fois conquis le mont Hugh.

— Arrête. Les autres semblent déjà se poser des questions sur ton âge, alors ne leur donne pas sujet à débattre sur ce qui pourrait les rapprocher de la vérité.

Quelques regards se portèrent sur nous. Je descendis pour le suivre jusqu'à son petit logement qui ressemblait à une caravane.

Hugh ouvrit la porte et deux jeunes femmes, rouge à lèvres pétard et fond de teint impeccable, nous accueillirent avec élégance. Je ne pus m'empêcher de penser qu'ici aussi, la gent féminine était obligée de se maquiller pour paraître professionnelle. Je n'étais pas le genre de mec qui aimait que les dames se peignent le visage juste pour paraître jolies le temps d'une journée pour ensuite revenir à la réalité le soir en se démaquillant. Je les trouvais souvent plus belles au naturel. Enfin... je ne jugeais personne après tout, seulement un aspect de la société qui allait à l'encontre de mes convictions.

— Bienvenue messieurs, dirent-elles dans une parfaite synchronisation. Nous sommes ravies pour vous.

— Comment ça, *ravies pour nous*? les interrogea Hugh qui comme moi ne comprenait pas leur réaction.

— Nous avons été mises au courant ce matin.

Étonné, Hugh s'assit sans poser plus de questions et se

laissa pomponner le visage pour les dernières scènes.

— Vous avez de la chance d'être... enfin, d'avoir un frère comme lui.

Mais qu'est-ce qu'elles sous-entendent au juste ?

La maquilleuse balaya de sa brosse les paupières de Hugh. De la poudre entra accidentellement en contact avec ses yeux.

— Faites attention, mademoiselle !

Anxieuse, elle s'excusa puis termina aussitôt de le maquiller, cette fois-ci avec plus de rigueur.

Cette fois-ci, c'est à mon tour de te protéger !

Les paroles des maquilleuses tournaient dans ma tête. Soudain, une idée jaillit. Avaient-elles deviné ? Non. La majorité des personnes présentes ne pouvaient pas imaginer un seul instant que Hugh soit mon compagnon ?

— C'était quoi ce sous-entendu bizarre ? demanda-t-il nerveusement en descendant les marches du bungalow.

— Quel sous-entendu ?

— Je ne sais pas, tu as entendu tout comme moi, tu sais bien de quoi je parle, Thomas, rugit-il.

— Je ne sais pas, justement.

Hugh s'assit sur une chaise réservée aux acteurs, puis prit un magazine.

— Qu'est-ce que ce torchon fait ici !?

Exaspéré, il feuilleta les premières pages. Soudain, ses mains se crispèrent sur une page qu'il chiffonna à moitié et son visage devint de plus en plus rouge.

— Putain, mais c'est quoi ce foutoir ! hurla-t-il. Qui a pris cette photo ?

L'atmosphère se figea et tous les gens présents sur le plateau de tournage se tournèrent pour nous dévisager. On aurait dit qu'un fort courant électrique nous avait foudroyés, moi et tous les autres, à la différence que je semblais être le moins stressé.

Je me saisis du journal que Hugh tenait fébrilement dans ses mains. Avec stupeur, je compris rapidement ce qui posait problème sur la photo qui l'avait dérangé.

Elle nous montrait tous les deux en maillot de bain en train de remonter sur la plage. Je courais joyeusement vers Hugh qui, lui, regardait le sable fin de la plage d'un air sérieux.

— Merde. Je suis désolé, Hugh.

— Ce n'est pas à toi de t'excuser, Thomas, et je ne vois pas pourquoi tu aurais à le faire, dit-il bouleversé. Je pensais qu'on était seuls.

— Si j'avais vu ou entendu le bruit d'un reflex, je te l'aurais dit. Je te promets.

Je voulais le soutenir, mais le visage dans les mains, il ne semblait plus savoir où se mettre et les nombreux regards, qui se faisaient de plus en plus nombreux autour de nous, ne l'aidaient pas vraiment.

Je savais que ce n'était pas dans ses plans d'annoncer notre relation de cette façon. Il aurait préféré le faire bien plus tard. C'était encore trop tôt pour lui et peut-être pour moi également.

— Écoute, ce n'est pas grave. Il aurait bien fallu l'officialiser de toute manière, mais j'aurais préféré le faire dans de meilleures conditions, c'est tout. Je suis pris au dépourvu, là, dit-il.

Il y avait pire comme situation de toute manière.

— On est désolés, on pensait que tu l'avais vu ce matin, dit un homme en porte-parole.

— Et quand on s'est présentés comme frères, ça ne vous a pas étonnés ? Vous auriez pu nous le glisser à ce moment-là, reprit Hugh sur un ton de défense.

Tous les curieux présents nous rendaient de plus en plus mal à l'aise. On avait l'impression d'être de simples bêtes de foires. Autant Hugh que moi.

Des journalistes absents alors qu'une célébrité se met en couple avec un jeune homme bien plus jeune que lui. Aucun paparazzi n'aurait voulu louper cela ! Il fallait s'y attendre...

Après tout, c'était juste un mauvais moment à passer. Les regards avaient beau être insistants, il semblait l'avoir plutôt bien pris. J'étais la star du jour et des possibles prochaines années. Être en couple avec une personne célèbre m'importait peu, mais il fallait avouer que cela ouvrait des portes. Tant mieux pour moi ! S'il pouvait m'aider à dépasser mes limites et amener du renouveau dans ma vie !

— Vous êtes en couple depuis longtemps ? demanda l'un des acteurs.

— On s'est rencontrés tout récemment et le courant semblait plutôt bien passer entre nous, hein, Thomas ?

Je compris dans son regard que tout allait bien.

— J'ai demandé à Thor de m'envoyer un homme et il me l'a envoyé, dis-je pendant que je regardais Hugh.... donc je suis allé le chercher.

— Thor, dans les films Marvel ?

— Non, le vrai. Celui de la mythologie scandinave, déclarai-je. Marvel ne s'en est que brièvement inspiré, leurs personnages n'ont aucun rapport avec les dieux auxquels je crois.

Tout le monde autour de nous semblait apprécier ma

version, même si je n'avais rien dévoilé d'extraordinaire à mon sens. Je faisais juste référence à mes croyances.

— On ressent la passion juste en t'écoutant. Je comprends maintenant pourquoi ça a « matché » entre vous.

— Ouais, merci, répondis-je brièvement, même si je n'aimais pas ce terme.

Une sonnerie retentit.

La cour de récré était terminée.

— Allez, allez! Préparez-vous, dit le réalisateur. On a une dernière scène à tourner. Tout le monde à son poste! Les amoureux... chacun de votre côté, vous aussi! Vous aurez le loisir de donner des interviews plus tard dans la soirée.

Je retournai vers Enzo.

Hugh me lança un dernier regard, puis rejoignit les autres pour se préparer à tourner. Le script final en main, ils révisaient tous une dernière fois leur texte pendant que les maquilleuses leur apportaient la touche finale.

NUIT SOUS LES ÉTOILES

L e tournage semblait être achevé et les différentes personnes dans le studio se félicitaient du travail accompli. Certains avaient les larmes aux yeux.

Hugh s'approcha de moi dans un jean totalement déchiré.

— Eh bien ! Tu as bien combattu à ce que je vois. Je pensais qu'il n'y aurait plus de scènes de combat ?

— Le producteur a consulté le réalisateur tout à l'heure. Il y une scène que l'on a dû refaire, dit-il juste avant de m'embrasser.

Je vérifiai tout autour de moi que personne ne nous regardait. Cette fois-ci, c'était moi qui étais parano.

— Je n'ai pas fait attention, j'étais surtout concentré sur les caméras. Elles sont tellement importantes. Tu as fini ton tournage, alors ?

— J'aurai juste à revenir demain dans la journée, juste au cas où.

— Comment ça ?

— Ils vont vérifier toutes les séquences cette nuit et s'il manque quelques petites choses ou qu'ils ont besoin de rajouter ou modifier une scène, il faudra la tourner à nouveau.

— Ah. D'accord, un peu comme tu viens de faire.

Il m'embrassa sur la joue.

— C'est ça, Thomas, tu as tout compris. Tu apprends vite à ce que je vois. Je te pensais plus bête, dit-il pour rigoler.

Je le regardais, lui et son corps, en perspective des choses que je m'apprêtais à lui faire en rentrant. Je voulais qu'il puisse profiter de sa soirée pour se reposer l'esprit tranquille.

Tous les membres du film se réunirent et partagèrent un verre pour fêter la fin du tournage. Ils se prenaient tous dans les bras, les yeux brillants. On aurait presque dit une fin heureuse où les personnages se retrouvaient après une grosse péripétie.

Je vis une femme qui serrait contre elle mon Viking, un peu trop fort à ma convenance. Une pointe de jalousie s'empara de mes pensées. Je voyais bien que l'heure était aux réjouissances, mais les mains de Hugh sur son dos nu me dérangeaient. Il ne manquerait plus qu'elle se frotte à lui.

Il est difficile de résister à ses envies les plus fortes.

Comment pouvait-on rester de marbre face à ce véritable dieu ?

Je me dirigeais vers lui et cette femme, le regard mauvais.

Hugh m'aperçut et se recula brusquement du corps de l'actrice. Mes yeux avaient suffi à le convaincre.

— Moi aussi, je veux un câlin, dis-je en me blottissant contre lui, le regard concentré sur elle.

— Oui, pardon, ma biche, chuchota-t-il en me mordant l'oreille.

Tant pis, s'il me prenait pour un gamin...

Je profitais de ses muscles compressés contre moi pour étirer et agrandir les trous au dos de son tee-shirt.

— Hey... doucement. On fera ça à la maison, me dit-il d'une voix douce et lente.

J'aurais pu m'endormir sur lui en écoutant sa voix résonner jusque dans ma cage thoracique.

— À la maison ? répondis-je les yeux fermés.

— Oui, si tu veux, si je t'ai demandé ce matin de préparer tes affaires, ce n'est pas pour rien. J'ai envie d'inaugurer autre chose qu'une chambre d'hôtel ce soir, si tu vois ce que je veux dire.

— Pas tout à fait, mais j'aime les surprises, surtout quand elles viennent de toi.

Je mordis son oreille à mon tour en le serrant dans mes bras. On avait déjà bien profité de cette chambre et d'une tout autre manière que de simplement regarder la vue qu'elle nous offrait chaque jour.

— J'aimais bien la chambre, moi.

— Ce qui t'attend est encore mieux qu'une chambre d'hôtel, dit-il en posant ses mains sur mes épaules.

Je savais très bien où il voulait en venir et de toute manière mes affaires étaient déjà rassemblées.

— Je t'aime. Je te suivrai où tu veux et jusqu'au bout du monde, s'il le faut.

On se bécotait comme deux tourtereaux.

— Oui, moi aussi je t'adore, ma biche.

— *Ma hache*, je préfère, dis-je en lui tenant ma main.

— Alors, *mon Viking* me convient très bien de mon côté.

Il joignit sa main à la mienne. Je sentais la chaleur de ses

doigts au contact des miens.

— Oui, mais je préfère *ma hache*. Je sais que c'est pas commun, mais spirituellement parlant, si je puis dire, je préfère ma hache. Et puis, c'est logique, tu comprends ?

Tout le monde était heureux de partager cette scène bonus qu'on leur offrait.

— Tout à fait ma biche. Oh, pardon ! *Ma hache.*

Il déposa un nouveau baiser sur mes lèvres puis balaya sa langue autour de la mienne. Je comptais bien profiter de ce moment-là !

Les gens autour de nous s'en amusaient de nouveau. Je n'avais encore jamais eu la possibilité d'embrasser un homme devant tant de célébrités. Il fallait oser et aussi se réjouir de chaque instant de la vie.

D'autant plus qu'il était certain qu'aucun journaliste n'était présent sur le plateau. C'était une scène bonus réservée aux plus glorieux.

— Une photo ? demanda une jeune femme, le sourire aux lèvres.

— Non merci, je préfère éviter une photo de plus.

— Je comprends tout à fait, ne vous inquiétez pas.

Je ne souhaitais pas risquer une fois de plus qu'une photo surgisse dans la presse à notre insu. Il y en aurait peut-être d'autres, mais si je pouvais éviter celle-ci, c'était déjà une de moins ! Je ne voulais pas que mon Viking se fâche une fois de plus pour une chose aussi futile.

— Effectivement, au vu des récents événements, je rejoins l'avis de mon partenaire, rajouta Hugh.

Elle repartit aussitôt en compagnie des autres.

— C'est tellement beau, l'amour. Ça me rappelle mes

débuts avec mon mari, dit une actrice qui semblait avoir le même âge que Hugh en nous invitant à boire un verre.

De petits groupes s'étaient formés et tout le monde discutait. Après quelques dizaines de minutes, la pièce commença à se vider et la plupart des acteurs étaient déjà partis. La journée avait été longue pour moi et épuisante pour tous les acteurs !

— Bon, ce n'est pas tout, mais je vais devoir vous laisser, dit Hugh aux derniers membres de notre groupe. J'aimerais bien partager ma soirée avec Thomas avant que je ne cède à la fatigue, moi aussi.

On se sourit mutuellement.

— Cela fut un plaisir de travailler à vos côtés, répondit une jeune femme.

Nous saluâmes les dernières personnes encore présentes sur le plateau et je fis mes adieux à Enzo.

— C'est toujours joyeux les fins de tournage. Je vais enfin pouvoir décompresser et profiter d'être avec toi, même si je vais surtout devoir me reposer avant de repartir sur une autre production, dit-il pendant que je gobais un dernier toast.

— Les gens ont l'air sympas. Ils m'ont tous salué respectueusement alors qu'ils ne me connaissent pas.

— Ce film s'est déroulé dans une si belle ambiance et les acteurs et actrices avec qui j'ai joué étaient tellement joviaux. Ça fait plaisir de tourner dans ces conditions.

— Il y a des tournages où ça ne l'est pas ?

— Oui. On n'est pas tous passionnés par notre métier, Thomas, malheureusement.

— Je pensais que dans le cinéma ça n'existait pas. Les acteurs devraient se réjouir. C'est génial de contribuer à des œuvres artistiques. Faire voyager le public à travers un film, ça doit être sympa.

— Je suis bien d'accord avec toi, j'aime cette philosophie que tu as, Thomas.

De retour au Royal Blue, on assista aux derniers rayons de soleil de la journée. Le moment était à la fois triste et magique. Je me préparais à l'idée que je ne reverrais pas ce lieu avant longtemps, voire peut-être jamais, car je ne savais pas ce que les dieux allaient me réserver et quels choix allaient s'offrir à moi.

Je me dirigeais vers les escaliers en sa compagnie, ma valise et mon sac à dos avec moi en vue d'une nouvelle route à parcourir. Un sentiment de tristesse profonde s'empara de moi. J'avais toujours ce sentiment quand je quittais un endroit auquel j'avais attaché de beaux souvenirs.

— Ça va aller, Thomas ?

— Oui, avec toi, tout ira bien, ne t'en fais pas, répondis-je en refermant derrière moi la porte de notre chambre.

Hugh remit les clés au réceptionniste, puis je lui restituai les miennes dont j'étais sûr ce coup-ci de ne plus avoir besoin. Je n'avais besoin que d'un seul homme et il me tenait amoureusement la main. Hugh Headland ! Mon Viking à moi.

J'allais bientôt pouvoir découvrir mon nouveau lieu de vie et me laisser guider par les dieux.

— Ça te dit un dernier petit restaurant avant de rejoindre les étoiles ?

— Bien sûr !

— Merci, Thomas, répondit-il derrière un grand sourire. Direction le restaurant ! Quand Shannon arrivera, confie-lui tes bagages, il les apportera dès qu'il nous aura déposés.

Arrivés au restaurant, nous fûmes placés au milieu d'un

décor somptueux. J'admirais le plafond qui donnait l'illusion d'un ciel étoilé.

— Pourquoi as-tu réservé une chambre dans cet hôtel, alors que tu n'habites pas loin ?

— J'aime bien son ambiance et puis je m'y sens comme chez moi. J'ai besoin de changer d'endroit pour me détendre, de temps à autre, et puis ça me permet d'être entouré d'un public plus large. À force de rester dans sa bulle, on finit par ne plus voir le monde qui nous entoure. Ça m'a permis de te rencontrer, par exemple.

— C'est vrai, dis-je en sirotant le fond de mon cocktail sans alcool.

Je partis me refaire une beauté dans les toilettes du restaurant. Tout était si luxueux. L'ambiance y était sobre et élégante, quelques néons renforçaient la couleur dorée de ses murs et les vitres incrustées de dorures.

En revenant, je ne pus m'empêcher de regarder les clients installés tout autour de notre table.

— Arrête de regarder les gens, Thomas, ça ne se fait pas, me dit-il pendant que je retrouvais ma place face à lui. Je t'ai commandé des légumes pendant que tu explorais ce vaste monde dont tu me reviens.

— Tu sais ce que j'aime, à ce que je vois.

— Je commence déjà à te connaître, *ma petite hache*.

— Hey ! Je ne suis pas petit et encore moins « petite » !

Le serveur arriva et nous apporta nos plats. Hugh avait choisi une entrecôte à la française accompagnée de frites, pour fêter la fin de son régime forcé. De mon côté, une salade de légumes me convenait parfaitement.

— Je m'amusais, je m'amusais.

— Je préfère ça, répondis-je en enfourchant une carotte pour la porter à sa bouche.

— Ouvre la bouche, Hugh, dis-je en regardant les gens manger autour de moi.

Les gens tenaient leurs couverts avec une telle élégance... ça me dépassait totalement.

C'était si charmant de l'observer manger ce que je lui tendais que je ne pus contenir mon rire.

Voir un homme comme lui m'obéir me donnait entière satisfaction. Il n'avait plus honte de se dévoiler avec moi et se fichait bien de ce que pouvaient penser les gens autour de nous. On avait presque inversé les rôles ! C'était une véritable preuve d'affection envers moi.

— J'ai quelque chose pour toi, Thomas. J'aimerais te l'offrir.

— On n'attend pas le dessert pour les cadeaux ?

— Tu as déjà deviné, c'est ça ?

Je baissai les yeux sur mon assiette pour éviter son regard. Je ne voulais pas le décevoir.

— Tu sais... le petit sac blanc que Shannon a apporté au réceptionniste... Eh bien, je crois que je l'ai vu.

Hugh avait voulu le garder secret, mais je n'avais pas pu m'en empêcher. Il ne pouvait pas me cacher grand-chose quand il était près de moi. L'air désapprobateur, il soupira et interpella le serveur d'un geste de la main.

— Tu ne peux pas t'en empêcher, hein ? dit-il pour me provoquer légèrement.

— De quoi ? demandais-je naïvement.

— De faire ton gamin.

— Désolé, répondis-je en regardant mon assiette.

— Ce n'est pas grave, c'est ce qui fait ton caractère, Thomas. Ferme les yeux. Pas de tricheries entre nous, d'accord ?

Le serveur en profita pour débarrasser la table. Les yeux clos, je n'osais pas lui désobéir et gâcher ce moment magique. J'entendis le bruit d'un sac s'ouvrir. Je touchais ce qui semblait être deux emballages en carton. Un troisième m'effleura les doigts. Je déposais délicatement les trois petites boîtes sur la table. Il aurait été fâcheux de les faire tomber, car rien qu'au poids de ces dernières, j'imaginais qu'il ne s'agissait pas d'un banal porte-clés. Je ne voulais absolument pas briser ce moment de plaisir partagé.

— C'est quoi, je peux ouvrir les yeux, cette fois ?

— Oui, ouvre-les maintenant.

Trois emballages blancs de taille moyenne se présentaient devant moi, ma grande expertise de la technologie me confirma le contenu de l'une des trois boîtes.

Un petit paquet orange m'intriguait, ce n'était pas un portable, mais autre chose que je n'arrivais pas à deviner. Je l'ouvris en premier. À l'intérieur se trouvait, sur un coussin noir, un magnifique bracelet bleuté orné d'un fermoir en acier en forme de H.

— Il te plaît ?

— Oui !

— Et tu aimeras encore plus le porter ce soir.

— Ce soir ? répondis-je l'air étonné. Tu iras doucement au moins ?

Je ne pouvais lui refuser un tel plaisir vu ce qu'il venait de m'offrir.

— Je t'ai fait mal dernièrement, Thomas ?

— Non, tu m'as certes un peu bousculé, du moins au tout début, mais j'y ai pris beaucoup de plaisir. J'ai bien aimé être attaché la dernière fois. C'était intense ! Je peux ouvrir les autres ? demandais-je en regardant les deux autres cadeaux avec avidité.

Le serveur déposa devant nos yeux deux jolis gâteaux surmontés d'une délicate cerise qui me mirent instantanément l'eau à la bouche. La crème chantilly apportait un joli contraste à cette pâtisserie chocolatée. Le serveur s'éclipsa pour nous laisser déguster ces petites merveilles.

— Hum... tu mériterais que je m'occupe de toi comme de ces desserts, là, tout de suite, mais malheureusement, je ne peux pas le faire ici.

— Vas-y, rien ne t'en empêche, tu n'as qu'à le faire sous la table, dis-je pour le provoquer.

Je commençai à retirer le papier cadeau du deuxième cadeau pendant que Hugh me lançait un regard de braise. Il se demandait certainement de quelle façon il allait me prendre ce soir. Il souleva mon menton et me regarda avec envie. J'avais l'impression qu'il pénétrait mon âme ! Ses yeux pétillaient. Ça lui donnait presque un air de prince charmant, même si les fantasmes qu'il dissimulait contrastaient avec cette image.

— Si tu désires ouvrir le reste, tu vas devoir me suivre jusqu'à mon lit et m'obéir.

— Ah... Dommage.

Il pensait que je me laisserais faire aussi facilement ? Je n'étais pas le genre de personne que l'on pouvait acheter avec des cadeaux. J'étais touché, mais je voulais m'assurer qu'il ne prenne pas de mauvaises habitudes avec moi, quitte à paraître rustre.

— Tu m'offres ce cadeau en preuve d'amour ou pour que je t'appartienne ?

Hugh se leva de sa chaise. À genoux devant moi, il me fixait. On avait attiré l'attention de tout le monde ! Le silence était aussi palpable que lors d'un duel dans un western. Qui sortirait son arme en premier, c'était ce qu'ils se demandaient dans la salle, car même les serveurs s'étaient stoppés. Je me demandais ce qui nécessitait de se mettre à genoux devant moi ? Il n'allait quand même pas me demander en mariage ? On venait de se rencontrer, je n'y croyais pas.

— Est-ce que tu m'aimes ?

— Oui.

— Tu me fais confiance ?

— Oui.

Noon... il voulait me demander en mariage ou quoi ?

D'un bref coup d'œil, Hugh regarda autour de lui.

— Est-ce que je t'ai déjà fait mal volontairement ou involontairement ?

— Non, jamais, répondis-je, le sourire aux lèvres.

— Alors, fais-moi confiance. Personne ne te fera du mal, je m'en assurerai. Ce soir, je ne vais ni te mettre Gleipnir ni te diriger. On fera ce qui te plaît, OK ? Cette soirée est importante pour moi et j'ai envie qu'elle se termine bien.

Les gens autour de nous essayaient d'intercepter la moindre de nos paroles.

— Tu ne veux pas me dompter ?

— Non, je ne veux pas te contrôler, juste te découvrir un peu plus. J'aimerais qu'on aille plus loin, là où personne ne s'est encore jamais rendu. Peu importe ce qui nous attend, on aura le temps de s'adapter tous les deux. Tu seras la seule personne qui occupera mes pensées et la seule qui me permettra d'avancer.

Je trouvais ce moment tellement romantique! Ses mots résonnaient en moi. Mon cœur vibrait comme jamais. Il ne s'était encore jamais montré comme ça avec quiconque auparavant en public.

Les gens nous filmaient maintenant avec leurs téléphones. Je ne savais pas ce qu'ils allaient capter comme son, vu leur distance, mais je m'en fichais éperdument, je ne me trouvais plus derrière l'écran à regarder cet acteur de rêve, mais bien devant lui. J'avais l'impression qu'un ruban de tissu nous reliait l'un à l'autre et que celui-ci se resserrait à mesure que l'on évoluait dans notre nouvelle vie. Ce lien pour moi signifiait l'amour que l'on partageait et qui nous rassemblait de plus en plus.

Je caressais la main de ce bel homme qui se tenait à genoux devant moi. Il avait décidé de m'accompagner jusqu'au bout de ma vie, je le savais. Cette demande en mariage il me l'avait bel et bien faite, mais à travers nos yeux. Elle était privée et visible que par nous, le bracelet remplaçait la bague et ses paroles étaient la preuve qu'il souhaitait s'engager avec moi quoi qu'il nous arrive.

— Je peux paraître trop ambitieux par moments, Thomas, mais je ne veux pas m'arrêter en si bon chemin avec toi... jamais.

— Alors je t'accompagnerai et je partagerai avec toi des moments inoubliables.

Je me réjouissais intérieurement.

Il se releva et se rassit sur sa chaise.

— Je voulais être sûr que l'on soit sur le même chemin toi et moi, mais maintenant je suis rassuré.

Ses mots résonnèrent fort en moi.

— Celui de l'amour et de la confiance ?

— Oui, Thomas !

Un amour infini s'était emparé de nous et animait à présent nos visages. C'était un homme qu'il fallait apprivoiser, mais j'avais tout ce qu'il fallait pour le diriger.

Derrière son rôle au cinéma et ses muscles, il était adorable, un gros nounours comme on dit. Hugh connaissait ses problèmes et moi les miens, et on s'entraiderait pour les surpasser. Il était capable de tout pour moi, y compris de se mettre à genoux en public, alors que je n'étais personne, et ça c'était le signe que je serais également apte à le soutenir à chaque épreuve. Il était un individu accompli et épanoui et il était à mes yeux bien plus évolué que ce qu'il pouvait imaginer.

Certaines célébrités n'étaient intéressées que par l'image d'elles-mêmes, par leur compagnon, leurs robes... leur voiture ou leur Rolex pour les mecs. Une image totalement centrée sur du fictif. Hugh n'était fictif que pendant le tournage de ses films, ses muscles étaient juste son outil de travail et j'en profitais pendant nos moments exotiques, mais ça s'arrêtait là. Je n'étais pas du genre à m'exhiber à ses côtés en public. Hugh avait tout d'un homme heureux et on voulait vivre ensemble dans une belle harmonie.

Il me regardait comme aucun autre et m'accordait autant d'importance qu'à lui-même, bon, à part peut-être à certains moments, mais personne n'est parfait, moi le premier. Ma jalousie n'allait pas être facile à dompter et mon comportement

non plus.

Il m'éclairait chaque jour, et cette lumière, je la lui renvoyais. On se dévorait chaque jour des yeux.

— Tu croyais vraiment que j'allais te demander en mariage si tôt, Thomas ? Tu commences à voir clair dans mon jeu, alors, répondit-il habillé d'un large sourire.

— Depuis le temps, j'arrive à voir quand tu joues sérieusement ou non. Tu as juste voulu jouer avec ton public et leur montrer que j'étais la seule personne devant qui tu te mettrais à genoux. Tu t'es affirmé.

— Ça te dit de déballer le reste à la maison ?

— Ooh oui, avec plaisir !

Je remis les autres paquets dans le sac, Hugh paya l'addition puis nous rejoignîmes Shannon dans la voiture.

— Pas de complication ? demanda Hugh à Shannon.

— Non, monsieur. Je vous remercie. J'ai déposé les bagages chez vous comme convenu.

— C'est très bien, je te remercie. Pas de problème à notre domicile ?

— Non aucun, monsieur. Tout est en ordre, je suis allé vérifier, tout va pour le mieux.

— Bien.

Nos mains serrées l'une contre l'autre, nous nous regardions avec passion.

— Je peux ouvrir mes derniers cadeaux, s'il te plaît ?

— Bien sûr, mais on peut le faire dans de meilleures conditions, si tu veux.

— Comment ça ?

— Je te propose de les déballer sur le lit, à mes côtés.

— C'est plutôt tentant, avouai-je en le dévisageant.

— N'est-ce pas ? lança-t-il.

— Et j'aurai le droit de te faire ce que je veux ?

— C'est bien le but, Thomas. Vois cela comme un supplément.

— Ça sera mon premier *unboxing* érotique, dis-je en regardant par la vitre de la voiture.

J'avais hâte !

Shannon se mit à rire. Il ne s'était pas joint à la conversation, mais il l'avait écoutée et Hugh n'avait rien dit. Il avait réussi à s'en détacher, à mon plus grand plaisir. De toute manière, maintenant que la presse s'était emparée de notre petit secret, ça ne servait plus à rien de se cacher.

La voiture s'arrêta devant une belle et grande résidence. Mes pas s'enfoncèrent dans un gravier blanc. Je restai debout, immobile. J'en avais presque oublié mon sac qui contenait mes cadeaux. J'étais bien trop absorbé par la splendide maison bercée d'étoiles.

— Tu viens ? me dit-il en ouvrant la porte de ce qui serait ma nouvelle maison.

Arrivé sous un porche en verre, je découvris une magnifique porte sculptée dans du bois et encadrée de liserés dorés. Le tout apportait un charme sophistiqué à l'entrée.

Hugh m'entraîna dans la maison. Je le suivis en regardant à peine les tableaux aux murs. J'avais l'impression d'être un enfant trop pressé par le moment qu'il s'apprêtait à vivre.

— Viens, dépêche-toi. Tu verras le reste demain, me dit-il.

J'entendis la voiture repartir, j'étais dans l'antre du loup et en ressortir allait être plus compliqué que prévu. On avait déjà eu l'occasion de faire connaissance, mais j'avais l'étrange impression que c'était la première fois que je rencontrais cet homme.

— Maintenant, ouvre-les, me dit-il en me montrant les deux paquets qu'il venait de poser sur le lit. Je ne m'étais même pas rendu compte que je ne les avais plus en main.

La lune éclairait toute la chambre.

Je découvris une magnifique Apple Watch.

— Mets-la au poignet, elle permettra de vérifier si ton cœur ne bat pas trop vite.

Clic. Le fermoir métallique se verrouilla autour de mon poignet.

Une notification vibra doucement pour m'indiquer que la connexion avait été établie avec succès avec mon iPhone.

D'une pression sur l'écran, j'ouvris une application pour lancer un exercice sportif.

— D'après toi, quel sport serait le plus adapté pour ce que je m'apprête à te faire ? me demanda-t-il en fixant ma montre.

— Je ne sais pas. Que penses-tu de l'escalade ?

Main dans la main, on marchait sereinement sur ce tout nouveau chemin arc-en-ciel bordé de blanc et éclairé de rayons dorés provenant de cet arbre au tronc immense. Ses branches semblaient flotter comme par magie devant nous, au milieu d'un flot infini d'étoiles multicolores. On venait de quitter Midgard, la terre des hommes, pour le Valhalla. Ce soir, les dieux nous avaient invités à festoyer sans fin à grandes gorgées d'hydromel.

La nuit fut formidable. Elle fut même la plus fantastique de ma vie.

Je regardais ce corps musclé à mes côtés, encore endormi par la nuit agitée que nous avions intimement partagée. Dans un grognement presque silencieux, il se réveilla doucement.

— Merci, Thomas, me dit-il en s'allongeant sur moi tout en appuyant sa tête sur mes épaules.

On resta immobile puis on se rendormit quelques instants jusqu'à ce que la sonnette retentisse et nous réveille pour de bon.

— C'était quoi, ce bruit ? demandai-je.

— C'est la sonnette, répondit-il en s'habillant rapidement pour se montrer le plus présentable possible.

— Non, je sais reconnaître le bruit d'une sonnette. Écoute.

Hugh s'arrêta pour écouter. On resta le plus silencieux possible.

— Là ! Je connais ce bruit !

— Bordel... dit-il en boutonnant les derniers boutons de sa chemise nerveusement. Reste-là, ne bouge pas.

C'était mal me connaître, de me demander de ne pas bouger. Je le suivis jusqu'en bas aussi silencieusement qu'un Ninja. Les bruits s'amplifiaient de plus en plus.

Je connais ces bruits. Impossible de me tromper, me dis-je tout bas.

Je le vis déverrouiller et ouvrir timidement la porte. J'étais certain d'avoir vu sa main trembloter, comme s'il s'apprêtait à recevoir un coup fatal.

Un brouhaha de flashes d'appareils photo et de voix remplaça instantanément le calme sacré de la maison, à tel point que ça en fut assourdissant. C'était tout sauf agréable, mais la seule chose qui occupa toute mon attention fut de voir la panique se dessiner sur son visage. Je me suis rapproché pour voir ce qui allait m'attendre pendant de longs mois, voire de longues années (ce que je n'espérais pas). Mes deux mains serrées autour de son poignet, je regardai la cinquantaine d'appareils photo dressés vers nous. Je ressentais à la fois l'envie oppressante de me montrer et celle de me cacher et ne plus jamais me montrer en public.

— Je croyais t'avoir dit de ne pas bouger.

— Tu me connais, pourtant, et je sais que tu aurais fait la même chose à ma place.

— C'est pas faux, mais j'aurais aimé que tu le découvres un peu plus tard. C'est trop tôt là. Tu n'es pas prêt.

Quand les paparazzi me virent apparaître à ses côtés, les bruits des appareils photo s'amplifièrent. J'étais ébloui par tous leurs flashes.

Les appareils photo ne sont pas censés être utilisés pour rendre aveugle que je sache.

« Comment décrivez-vous votre relation ? » ; « Pensez-vous au mariage ? » ; « Qu'en pense votre conjointe ? Avez-vous rompu avec elle ? », toutes ces questions remuaient sur chacune des lèvres.

— Ça allait bien nous arriver un jour de toute façon, dit-il en claquant la porte derrière lui pendant que je fixai la poignée.

On entendait encore les voix, même avec la porte fermée. Soudain, une personne toqua vivement à la porte.

— N'ouvre surtout pas, Thomas, dit-il alors qu'il se préparait un café pour affronter la journée qui s'annonçait plus compliquée que prévu. Mais dès qu'il rejoint l'étage supérieur, je n'en fis qu'à ma tête.

Sous la pluie de coups, j'ouvris innocemment.

Une femme qui semblait avoir la quarantaine (si on omettait son maquillage et ses traits tirés) se présenta devant moi.

— Alors, c'est toi qui as pris ma place, dit-elle derrière des cheveux mi-longs, bouclés. Comment oses-tu ?

C'était comme si elle parlait dans une autre langue pour moi. Je ne comprenais pas un mot de ce qu'elle disait.

— Je vous demande pardon ?

Elle ne semblait pas être là pour prendre des photos, mais pour bien autre chose. Peut-être une fan déjantée ? C'était drôle de penser à ses fans, alors que j'en étais un, moi aussi. Peut-être que j'en aurais un jour ?

D'un coup, un flash me remit les idées en tête. Apeuré par cette situation et certainement par l'image de son visage qui me revenait maintenant en tête, je lui fermai instinctivement et immédiatement la porte au nez, comme pour me protéger d'un maléfice mortel.

C'est elle, c'est elle. Merde. C'est la dernière fois que j'ouvre la porte aujourd'hui. Mince, qu'est-ce que je vais faire ?

— Je t'ai dit de ne pas ouvrir. C'était qui ? gueula Hugh, qui descendit précipitamment les marches, trois à trois.

— Juste un paparazzi. Rien de plus, tu les connais.

— Oui i Et je ne te connais pas en menteur, que je sache. J'ai reconnu sa voix. Ne me mens pas, Thomas. Je n'aime pas ça.

Il semblait aussi paniqué que moi.

Elle tambourinait de plus belle.

— On fait quoi ?

Je me serrais tout contre lui.

— Je ne sais pas. N'ouvre pas, elle partira, dit-il en me serrant contre lui, les bras serrés autour de mes épaules. Elle partira.

Deux jours plus tard, alors que j'étais tranquillement assis devant la TV à siroter un jus de fruits, j'entendis tambouriner de nouveau. Hugh posa son journal à côté de moi et se leva pour aller ouvrir.

— Attends i C'est peut-être elle.

— Je sais, Thomas, mais on ne pourra pas l'éviter longtemps, alors autant affronter la tempête. Je n'en peux plus. Il faudra bien que ça finisse un jour.

Je le fixai, l'œil inquiet, en train de se diriger vers la porte. Il ouvrit la porte. Pas de doute, c'était bien elle. Sa chevelure bouclée et ses yeux agressifs. Elle m'inspirait encore moins confiance que la dernière fois. Elle semblait déterminée et l'arme que je vis cachée sous sa veste ne me disait rien de bon.

Quelle était la raison de sa venue ? Pourquoi a-t-elle une arme sur elle ? Était-elle furieuse à cause de moi ?

D'un coup, sans prévenir. Le canon de son arme retentit et Hugh s'écroula dans une marre de sang.

SUITE ET FIN AU PROCHAIN VOLUME.

Merci à tous ceux qui ont suivi l'aventure sur Instagram. À ceux qui ont suivi mon parcours et m'ont soutenu dans les moments les plus compliqués. Je vous remercie du fond du cœur. À toi qui as lu cette histoire, j'espère que tu as apprécié ce moment en compagnie de Hugh et Thomas et que tu prendras plaisir à lire la suite.

Cette romance est bien plus qu'une histoire à mes yeux, elle est un rêve d'accompli, une montagne vertigineuse de franchie. J'espère pouvoir franchir les autres qui se présentent à moi pour te partager mon imaginaire, car il m'en reste tant d'autres à escalader à tes côtés.

Même si, avec du recul, un premier jet plaît rarement à son créateur. Prendre du recul sur le temps est enrichissant pour l'âme.

J'espère t'avoir fait voyager.

Merci infiniment d'avoir lu cette histoire,

Alexandre Fostien.

Cet ouvrage a été composé par : Thibault Beneytou